孙频 著

鲛在水中央

湖南文艺出版社
HUNAN LITERATURE AND ART PUBLISHING HOUSE

博集天卷
CS-BOOKY

图书在版编目（CIP）数据

鲛在水中央 / 孙频著. — 长沙 : 湖南文艺出版社，
2019.5
ISBN 978-7-5404-9064-5

Ⅰ.①鲛… Ⅱ.①孙… Ⅲ.①中篇小说—小说集—中
国—当代 Ⅳ.①I247.5

中国版本图书馆CIP数据核字（2019）第011800号

上架建议：小说

JIAO ZAI SHUI ZHONGYANG
鲛在水中央

作　　者：孙　频
出 版 人：曾赛丰
责任编辑：薛　健　刘诗哲
监　　制：蔡明菲　邢越超
策划编辑：蒋淑敏
特约编辑：汪　璐
营销支持：李　帅　傅婷婷　文刀刀　周　茜
版式设计：李　洁
封面设计：利　锐
封面插图：杨添净
出版发行：湖南文艺出版社
　　　　　（长沙市雨花区东二环一段508号　邮编：410014）
网　　址：www.hnwy.net
印　　刷：北京天宇万达印刷有限公司
经　　销：新华书店
开　　本：880mm×1270mm　1/32
字　　数：190千字
印　　张：9.5
版　　次：2019年5月第1版
印　　次：2019年5月第1次印刷
书　　号：ISBN 978-7-5404-9064-5
定　　价：45.00元

若有质量问题，请致电质量监督电话：010-59096394
团购电话：010-59320018

目　录

Contents

⚓

鲛在水中央

一

⚓

昨夜山间淅淅沥沥一场微雨，我在半睡半醒间听到雨滴正拍打着这漫山遍野的落叶松、栎树和云杉。

树下开着野玫瑰、老虎花、荚蒿。层层叠叠、时远时近的雨声在无边的森林里游荡，雨滴从树叶间滑落的回声又冷又远，流年在梦中暗换。

大概昨晚喝得又多了些，蜡烛都没吹灭就睡着了。醒来才发现那支蜡烛在半夜已经自行燃尽，只在桌子上结下一堆皱巴巴的蜡泪，里面还裹着一只小飞蛾的尸体，琥珀一般。

我朝地上一看，那只肥大的塑料酒壶静静卧在我的鞋边，里边还有半壶酒。我每晚都要从这酒壶里倒出一碗酒来，点着蜡烛一边喝酒一边看书，跳动的烛光把我的影子扣在了墙上，比我自己大出好几倍来，像座狰狞的建筑耸立在那堵墙上。

大多数的夜晚，我都是这样打发过去的，点支蜡烛看本书，看上几页抿上一口酒，再看几页再抿一口。下酒的多是些山里的花鸟鱼虫；或是把山里采来的木耳用开水焯一下，用蒜泥和野葱拌了；或是把土豆埋进炉灰里埋一个下午，到了晚上把烧焦的土豆壳敲开，再往冒热气的沙瓤里撒点盐。

柳木桌上胡乱堆着一摞书和杂志，有《老残游记》《红楼梦》《唐诗百话》《诗经译注》、"三言二拍"，杂志多是些《读者》和《书屋》，还有几本破破烂烂的《今古传奇》。除了这张柳木桌，屋子里还有橡木柜、核桃木椅子，都是在我小的时候，我父亲用这山里的木材亲手做的。

当年铅矿倒闭后，这些家具都留在了职工宿舍里，多年以后我回来打开这间宿舍一看，居然还是我当初离开时的样子。如同寒潮一夜忽至，不及躲避，冰雪下到处锁着栩栩如生的鱼虾尸体。因为地处深山，铅矿倒闭之后连电也被停掉了，现在这整座废弃的铅矿里就住着我一个人。

我朝挂在墙上的那本巨大的日历看了一眼，二〇〇八年四月十七日，这是我住进这废弃铅矿里的第四年了。每年过年买年货的时候，我都要下山买这样一本巨大的日历回来挂在墙上，上面庞大鲜红的数字隔着老远就能跳到人的眼睛里。一个人在深山里待久了，会感觉像掉进了时间的黑洞，无论宇宙中又孵出多少个新鲜的日日夜夜，都会立刻被这无底的黑洞吸收进去，消化殆尽。

人被裹挟在这黑洞当中时会有一种类似要永生下去的恐惧感，无边无涯，有时候过着过着居然连自己的年龄都会突然忘记，一时疑心自己是不是已经活了几百岁。想想一个失去年龄的人就这么无限地奔走在时间里，没有个歇脚处，甚至不知道自己什么时候才能死去，便觉得又是可怜，又是好笑。

我穿好衣裤出门打水。铅矿大门外的树丛里藏着条清澈见底的小溪，山里的溪流都这样，只听见满山环佩叮当，似在脚边又似在身后，却终是无迹可寻，在这山中久居才能掌握其秉性。我提了一桶水回屋洗脸刷牙，又在门口的泥炉上熬了点小米粥做早饭。

吃过早饭之后，我对着墙上残留下来的半面镜子细细把下巴刮干净，把头发三七分梳整齐，再喷点摩丝定型。然后穿上一件卡其色衬衣，打好那条蓝底白点的领带，外面再穿上一件深蓝色西服。我一共有三件衬衣、三套西服、两条领带，三套西服的颜色款式都一模一样，是多年前请同一个裁缝做出来的。所以以前老有人以为我一年到头就一身衣服，从来不换，其实是我来来回回已经换了多少次别人却并不知道。

把自己穿戴整齐是我每天早晨起床之后的一个重要仪式。就算这一整天都不过是对着山林和鸽子，我也不敢在仪表上有丝毫懈怠。真的是不敢。这是一种站在断崖边上的感觉，稍不留神就会掉下去。一个人住在深山里，整天除了植物和动物，没有任何观众，自然是身上随便披挂个麻袋都能出入，可是我不允许自己这样随心所欲地塌下去，或者，掉下去。

穿戴整齐后，我照例在荒凉的铅矿院子里巡视了一圈。铅矿四面环山，如在井底，破败的采矿车间门窗洞开，里面住着年深日久的黑暗。当年卖剩下的几台锈迹斑斑的破碎机和球磨机，如年老的象群挤在黑暗里等待死亡。干涸的浮选槽里长满荒草，槽边是当年开采的矿石，有铁矿石、金矿石、铅矿石。我太熟悉这些矿石了，铅矿石里有紫色的晶体，黄铁矿石里有一种金黄色的光泽，金矿石看起来反倒没有黄铁矿石那么耀眼。废弃的高炉默立着，水塔顶上住着一大群野鸽子，只要往水塔上随便扔块石头，那群鸽子就会呼啦啦从水塔顶上炸起来，仓皇地四散而去，到黄昏时分，又会在血红的残阳里飞回来栖于塔顶。

我站在水塔下仰着头看了会儿鸽子，又继续往前巡视。山里的寂静所产生的压强挤压着我，有时候竟会把我一路挤压向童年，我养了一黑一灰两只兔子做伴。我记得我小时候就养过这么两只兔子，每天放学后头一件事就是兴冲冲地跑过去喂它们。这中间的四十多年忽然被挤成了薄薄的一扇门，我推开一看，那一黑一灰两只兔子居然还在门后，好像从来没有长大过，也从未离开过。

我独自走过矿区的幼儿园、医疗室、图书馆，这些阒寂无人的废墟散发着类似坟墓的气息。但我走在这废墟里还是不由得觉得亲切，像走在曾经的自己里面，从前的那个少年包裹着如今已到中年的我，像小时候玩过的俄罗斯套娃。

我八岁那年随父母从山东的一个海岛来到这深山里的铅矿，父亲从海岛上的一名军人转业成铅矿上的小干部，母亲则在矿上的图书馆做了管理员。我二十九岁那年离开了倒闭的铅矿，四十岁那年又一个人回来了，回来时铅矿已经是一座无人的废墟。

我重返铅矿的那个晚上，整个矿区没有电，我也没有准备蜡烛，到处是最原始的黑暗。荒草早已过人头，矿区的骨骼和周围毛茸茸的密林如血肉长在了一起。荒山密林之上是一轮巨大的明月，我感觉自己像忽然退回到了最远古的洪荒时代，满目只剩了山林和月光。月光像大雪一样隆重地覆盖着这片废墟，我乘着月光重新游荡在阔别已久的故地。

我推开少年时代最熟悉的图书馆的门进去，所谓图书馆，其实就是两间简陋的平房，门口那把管理员的椅子是空的，布满灰尘和蛛网，母亲曾经就坐在那里。几排书架空旷荒芜，我曾借过的那些书都已经不见了，只地上还零散地扔着一些书，月光从门里涌进来，那些书被淹没了，闪着银色的磷光。

被月光淹没的一瞬间，我又有了那种置身于水底的感觉，好像是在童年那个海岛的海水里，我一直向海底游去，直到水压即将把我挤爆。周围海水的颜色在慢慢变深，有大鱼和灯笼般的彩色水母从我身边游过，那时，我看到那些大鱼往往会觉得敬畏和尊重，我会给它们让路，因为它们看上去古老而庄严，像人类的祖先。

我又好像正潜在那个藏在这深山里的无名湖的湖底，湖的周围全是密不透风的参天古木，树林阴森森的，看不到头，林间飘荡着鸟儿们各种古怪的叫声。有风吹过时，成片的树林在嘶吼，湖面却静极了，像面大镜子，在阳光下有一种璀璨的感觉。而那湖底是幽深恐怖的，水极清澈，能看到大片大片墨绿色的水草，像女人的长发一样在水中鬼魅地招摇着。鱼儿们在其中嬉戏，柔软的蛇鱼和水草交缠在一起，湖底到处是长满水藻的毛茸茸的石头、贝壳。

在这湖底还有一具人的尸体。那具尸体这么多年里一直就沉在这水底，是因为，他身上压着一块巨大的石头，是石头把它锁在了这湖底。

我第一次见到他的时候，他还是完整的、新鲜的，还是一个人的形状，呈现出石灰一样僵硬的滞白。等我第二次再潜入湖底找到他的时候，他已经变得残缺不全，鱼儿们把他身上、脸上咬得坑坑洼洼的。他的一只眼睛被鱼吃掉了，变成了一个模糊的大洞。右手上的肉已经被鱼啃噬干净了，露出了雪白的骨头，那只露出白骨的手就那么在水中安静地张开着，还有几只一寸长的小鱼正叮在那手骨的缝隙里觅食。

我仔细辨认，不是水，只有满地的月光。我从地上捡起一本满是灰尘的书，就着月光看到是一本破旧的《矿产资源勘察学》。我又捡起几本书走出了图书馆，我像小时候来借书那样抱紧它们，仿佛它们可以给我御寒。那个夜晚，我坐在外面的石级上一根接一根地抽烟，我的背后是黑暗如古堡的图书馆。

半夜了，我听到周围丛林里有沙沙的声音，那可能是一只野兽。

巨大的月亮就悬在我的头顶，在这无人的深山里，月亮看上去极大极亮，如同上帝坐在那里。因为有月亮在，我心里静了些，到了后半夜，居然就靠在墙上睡着了。

第二天我把我少年时代和父母一起住过的那间宿舍收拾了一下住了进去，屋里的家具都还是我当年离开时的样子，只是落满了厚厚的灰尘。

安顿下来之后，又经过一番踌躇，我决定去看看它。

于是我朝着那个藏在这深山里的无名湖走去。我一直相信，除了我，世上没有谁还会知晓这个湖的存在。我还是个少年时就找到了这个秘密存在的湖，那时候因为刚从海岛迁移到这山林里，我浑身干燥难忍，于是漫山遍野地找水想游泳。山里只有齐腿肚那么深的小河流，没法游泳。铅矿的工人们告诉我，这山上是不可能有湖水的。但我相信我在山间已经嗅到了湖的气息。

就这样，我顺着弯曲的山间河流一路寻找，河流忽隐忽现，多数时候河流都是藏在柳树林里的，因为柳树逐水而生，有水的地方就有柳树。遇到石头多的地方，河流就会变急促、变大声，喧哗着从柳树林里钻出来。在阳光下明亮地流一会儿，忽然又不见了，再见到它时，却是清泉石上，有一尾野生的金鳟鱼在水中倏忽掠过。

我就这样顺着河走进了一片阴森的原始密林，在那不见阳光的密林里穿行了很久。周围的树木越来越高大古老，越来越繁密葱郁，但那条河从不曾断开，一直向前流动着、行走着。我相信，只要河流没有断开，我就不会迷路，所以，我一边恐惧着，一边却还是紧紧跟着河流前行。忽然，树木一下消失了，前方静静地、耀眼地跳出了一片湖。

湖就在这密林的中央。

后来的很多年里我都不舍得告诉任何人关于这个湖的存在，仿佛这是一个只属于我和这个湖之间的秘密。我一直记得我第一次跳进这湖水里游来游去的感觉，像从干燥陌生的生活里挤进了一道潮湿的裂缝。

后来我一直相信这片湖就是世间留给我的一道缝隙。

我走出铅矿的大门，再次跟着河流往深山里走去，走进那片阴森的密林，走着走着，忽然有一片湖水像梦幻一般出现在了我眼前。无名湖看起来和五年前一模一样，碧绿的湖面静得可怕，一丝皱纹都没有，似乎在这几年时间里它不曾被任何东西打扰过。我先是在湖边静坐了一会儿，然后站起身来佯装着散步，仔细观察了一番周围，不见人影，只有无边的密林和倏忽掠过的鸟影。我脱了衣服慢慢潜入水中，以免惊起太大的波纹。

平静的湖面下存在着另外一片丛林，有植物，有动物，也许在这样的湖底还有一位维护秩序的统治者，类似龙王或者水妖。我在鬼魅般的水草间游来游去，寻找着记忆中的那块大石头。终于，我在幽暗的湖底看到了那块大石头，它依然在那里，轮廓没变，只是身上已长满青苔，这使它看起来变臃肿、变柔软了。

然后，我看到了压在石头下面的那具尸体。墨绿色的湖底上一点刺目的白。他还在原地，只是已经变成了一副干净的白骨，上面居然连一点皮肉都没有了，那白骨像瓷器一样洁净，安宁肃穆，竟让人不再觉得恐惧。有一条小蛇鱼从他头骨的左眼眶钻进去，又从右眼眶里钻了出来，摆摆尾巴游走了，看上去天真无邪。

　　在我身边游来游去的鱼儿们看起来似乎都格外肥大，这使得它们身上有一种妖气。我开始使劲划动双手双脚，向泛着微光的湖面升去。

　　转眼间我已经独自在这深山里住了四年。四年里我开垦了十几亩山地，种上土豆和莜麦，因为这山上早晚温差很大，特别适合土豆和莜麦的生长。秋天收获了以后拿到山下去卖，平时在山上采的木耳、蘑菇晒干了也拿到山下去卖。我太了解这片山林了，每个季节有每个季节的蘑菇，我还知道在这山林里只有橡树可以长出木耳，而且只有冬天砍倒的橡树长出的木耳最多，有时候一棵倒在地上的橡树密密麻麻地长满了木耳，像长出了无数只耳朵。所以在每年冬天的时候，我会砍倒十来棵橡树，好等到来年采木耳。

　　我还在下面半山腰三条路的岔口处开了家小饭店，挂了个木牌，白底上四个红字"岔口饭店"。那是公路还能通到的地方，路边有间废弃的护林人住过的小屋子，灶台是现成的，还有炕，屋里只够摆一张饭桌。

　　我的饭店里平时只做四个菜：过油肉、酱梅肉、野鸡炖山蘑、烩土豆。只在春天和夏天的时候偶尔用香椿、苜蓿和蒲公英拌点凉菜。我从不用鸟铳打野鸡，响声太大，我的办法是把粮食拌上酒，撒在山林的空地上，野鸡吃了粮食之后就会醉倒，躺在那里就睡着了，如果是冬天，睡着之后就被冻死了。第二天捡到的野鸡已经硬邦邦的，一碰还叮当作响，像用玻璃做的。而且醉倒的野鸡都是一对一对的，因为它们喜欢夫妻结伴而来。偶尔，如果捉到一条蛇，我也会把蛇炖了吃。当我一剪刀下去把还在扭动的蛇剪成两截时，我心里还是会暗暗一惊，为自己身上那些已经暗中发生的变化而吃惊。我曾经可是连只虫子都不忍心踩的人。

去我饭店吃饭的人不算多，多是些进山拉木料的大车司机和进山采木耳的人，偶尔还有些专门赶过来找我的故人。因为我没有电话，这里便成了我和昔日故人们唯一的隐秘的联络处。

在矿区里巡视完一圈之后，我从大门出去，沿着山路往林子里走了几步路，准备给兔子割些苜蓿。进铅矿的这条僻静的山路没有通公路，早已被世人遗忘在深山里，又经过山洪的冲刷和野草的侵略，已变得越来越窄，有些地方几近于消失。在这条山路上我从来没有碰到过任何人，如果真的碰到一个人，他看到一个穿着西装、打着领带、戴着眼镜的男人正在那里割兔草，估计也会吓一跳。

我回去把兔子喂了，又在水塔的周围撒了些玉米粒喂鸽子，然后便准备下山一趟。我半个月左右会下一次山，所谓下山就是到山下附近一些村庄的小卖部里买些日用品，那些村庄，即使最近的也要三十里路。我有时候用钱买，没钱时就用我在山上采的木耳来换。木耳的价格很高，山下的村民都认木耳，所以木耳在这一带就像货币一样好使。

我背上包，骑着一辆旧摩托车往山下驶去。刚开始的时候我下山都是靠走路，一走就是半天时间，往回赶的时候还得走夜路。据说在山上走夜路的时候，会碰到有人在背后拍肩膀，这时候千万不要回头，因为那多半是狼在用它的爪子敲你的肩膀。狼在当地被叫作麻虎。我倒不怕遇到狼，因为我知道所有的动物其实都是怕人的，它们不会主动攻击人。而且动物能看出人身上的火焰，遇到火焰高的人，它们就会远远避开。所以我走夜路的时候从没碰到过任何野兽。

走完那段崎岖的山路就上公路了，在这山路与公路连接的地方，常年有一处浅浅的水洼，这水洼附近便成了蝴蝶的家园。夏天每次走到这里都有成千上万只蝴蝶在我身边飞来飞去，有的还会落在我头上、身上。回来的时候又是一身蝴蝶。

这次下山我要去的村庄离铅矿有三十多里路。这个村庄有一个雅致到奇怪的名字——落雪堂。不知道是不是和村口的那棵大杏树有关。这村口有一棵巨大的千年杏树，因为年老，树根盘结突出，竟可以供十几个人同时坐在树根上乘凉。树冠则庞大得有些遮天蔽日，好像整个村庄都不过是这老树孕育出来的子嗣。每年到了清明前后，一树杏花如雪，有风吹过的时候，落花几乎要把整个村庄都埋起来，一直要到五月，这个村庄才能渐渐从花醉中苏醒过来。

　　我先是骑着摩托车去了一趟村里的小卖部，买了一支牙膏、一块肥皂、两包蜡烛，然后再骑到村西的范听寒家门口。

二

⚓

　　村西有处十间瓦房的大院子就是范听寒家的。这座院子在整个村子里显得鹤立鸡群。范听寒在院子的周围种了很多垂柳。

　　正是四月，门口的一排垂柳绿得如烟似雾，在层层鹅黄烟障的最后面，是一扇带着小飞檐的街门，门口左右各一个鼓形石墩，门的后面是一个几米深的狭长门洞，一个瘦小的老人正独自坐在门洞里饮酒。这个老人就是范听寒。我放下摩托车，站在门口恭敬地打了个招呼："范老师，这是吃午饭呢？"

　　范听寒闻声连忙站了起来，走到门口迎接我。他有七十五六岁，但看起来比实际年龄更老些，奇瘦，而且在我看来，他似乎一年比一年瘦，好像正试图慢慢地从这个世界上隐遁而去。驼背，背上扣着一只巨大的"驼峰"，走路的时候整个人简直就是一把折尺，从腰那里向前弯成了九十度，所以总是身体还没走过来的时候，头已经自己先到了。

又因为驼背，他走路的时候总是把两只手高高搭在背后，不然一垂下来，两只手都快碰到地面了，估计他是怕给人一种感觉，好像他是在用四肢走路。他背着双手，驮着一座大"驼峰"，像只年迈的骆驼一般慢慢踱到我跟前，努力朝上翻起两只眼睛看着我，用大同口音说："你过来啦？来，进来喝两杯吧。"

我也不推辞，跟着他走进门洞，在小木桌旁的竹椅上坐下。木桌上有一碗手擀面，还有半玻璃杯白酒。认识也有四年了，我大概知道他的一些生活习惯。他一日三餐只吃手擀面，绝不吃一口稀的，一大把年纪了还是顿顿自己擀面。

他每天早晨天不亮就早早起来，光是穿衣服对他来说就是一项难度不小的工程，得穿很久。因为驼背，他穿上衣的时候必须拼命把衣服向空中甩起来，就像中世纪的骑士甩斗篷一样，甩得越高越好，这样衣服才能比较准确地降落在驼背上。他穿好衣服后背着手出门散步，趁着天还没亮，在田间地头溜达一圈，采两把野菜或几朵蘑菇，走出汗了就回家开始洗漱。他很爱干净，每日洗漱的程序非常隆重，要把好不容易才穿上的衣服全部脱掉，脱光之后把自己浑身上下擦洗一遍，然后再把衣服甩一次，披挂上去。每天如此。

洗漱完之后，他开始动手给自己做早饭，他孙女范云冈在镇上的小学教书，周末才回来一次。五年前他的老伴去世了，据他说，他老伴活着的时候，两个人经常吵架，但从不会为吃饭吵架，因为他们吃饭的口味出奇地一致，那就是，手擀面。他说他儿子和孙女也是只认手擀面，好像在他们一家人眼里，世上只有手擀面才算得上饭，别的都是假的，都是唬人的。

早饭就是一碗手擀面，一定要和成那种硬得像铁一样的面团，然后用九牛二虎之力把面团擀开。因为面团实在太硬了，擀的时候一定要整个人不时跳起来，把全身的重量都压到擀面杖上才能擀动。擀好后再切成钢丝一样硬的面条，下锅煮熟，拌点茄子、白菜、豆腐之类的，然后就着一二两酒把面条吃下去。他是一日三顿都要喝点酒的，顿顿不落，且每天都要准时到村里的豆腐摊上割一块豆腐吃，风雨无阻。每天上午割了豆腐往回走的时候，村里人照例要问一句："范老师又出来割豆腐？"他一边点头一边微笑道："豆腐好，既能当粮，也能当菜。"

他和我说过，他那老伴过世前终日病病歪歪却酒瘾极大，烟瘾也不小。她每天早晨起来二话不说，先抱住酒瓶灌自己两大口，再歪到炕上抽根烟，一根烟抽完才算正式起床了。一天当中，趁老头不注意就抱起酒瓶子咕咚咕咚偷喝两口，而且不管把酒瓶藏到哪里，她都能闻着酒味找出来。吃饭的时候还要和老头对饮几杯，两个人有时候就着面条下酒，有时候一根黄瓜、一根葱、一只梨、一把花生，统统可以下酒。

有时候她呻吟自己腰疼、腿疼、肚子疼，老头把酒瓶递过去，她只要喝上两口就停止呻吟了，老头得到了暂时的安宁，却又得防备她一会儿之后重新开始呻吟："哎哟，哎哟，就不如早点死了好。"

有时候喝多了，她会哭着上街，见个人就拽住问："你看见我家范柳亭去哪里了？他怎么走了就不回来了？"有时候喝得更多，她干脆就歪在自家门口的石墩上睡着了，夕阳打在她脸上，透亮的涎水从嘴角流下去，一直挂到胸脯上，蛛丝一般。

后来她病重，临死之前已经昏迷了好几天，昏迷中一直在说胡话，一会儿说"我在几千人的大会上都讲过话，我不怕你们斗我"，一会儿又是"同学们，马上就是期末考试了，要抓紧时间学习，把时间都用在刀刃上"，再过一会儿是"范秋纹、范柳亭，站住，你们要往哪里去？"。

昏迷了几天，她忽然醒过来了，眼睛一睁开倒像是开过刃的钢刀，亮得吓人。她向唯一守在她身边的老头招招手："老头子你过来。"范听寒便驼着背，两只手背在身后，赶紧走到床前。老伴说："给我口酒喝。"老头犹豫了一下，把酒瓶子抱过来递给她，她两只手抓过酒瓶子咕咚咕咚就咽下去两大口，这才说："老头子，我要先走了，以后就不能陪你喝酒了，你自己喝吧。老头子，我年轻的时候宁可和父母断绝关系也要嫁给你，又跟着你被发配到这穷乡僻壤，多少年里连碗小米稀饭都喝不上，儿女都没了，你说我恨不恨你……我又丢东西了，肯定是来串门的老太太们偷走的，农村老太太都不识字，人没文化就是不行哪……你这么多年都哪儿去了？你怎么瘦成这样？快坐下，我给你擀面去。擀完面我还要去开会，又快期末考试了……要恢复高考了。"说完抱着酒瓶子又闭上眼睛睡了过去，此后再没有醒来。

范听寒不是本地人，是大同人，那是晋蒙交界之处，北魏遗留下来的痕迹浓重，他孙女的名字大约就是出自大同的云冈石窟。

大约是第三次来他家借书的时候，我就问过他："范老师，你是怎么来的这落雪堂？"他说，他祖上世代都是读书人，他原来是大同师专中文系的老师。一九五八年的时候学校在轰轰烈烈地打右派抓典型，有一个做临时工的老师向教育局检举揭发范听寒用的是一支进口的派克水笔，还成天向别人夸赞外国造的水笔就是好用。那临时工看来也不是观察他一天两天了，谋划已久的样子，把他说过的话都记在笔记本上，还注明年、月、日，大约是想顶替了他的工作岗位。教育局很重视，专门成立了调查小组去学校查这件事情，结果一调查证实不少老师确实都听到他说过这样的话。

于是，他的右派身份很快就被确定了，站在全校师生面前被批斗了几次，之后又被发配到地处晋西的偏远的落雪堂进行改造。他老伴当时是个中学的校长，辞职跟着他一起流落到落雪堂。后来虽然平反了，但年龄已经大了，城里的房子早被没收充公了，除了落雪堂竟也没有别的地方可去，便留下来在此终老。

我又问他："范老师，你这么大年纪了，怎么顿顿都吃手擀面，还擀这么硬，不怕消化不了？"他不好意思地说："早些年饿着了，几年吃不上一口干的，顿顿喝汤。后来我们全家都是一看见稀饭就害怕，每顿饭都要看见面心里才觉得这是吃过饭了，如果是吃了菜啊、粥啊之类的，总疑心自己刚才其实并没有吃过饭。"末了他又补充道："我儿子范柳亭小时候老是吃不饱，只能喝米汤，所以个头才长了这么点。"

他用手比画到我胸前，范柳亭才长这么高。手比画完放下去了，脸上却抱歉地笑着。

这是第一次听他说起他的儿子，我脑子里轰隆一声巨响，久久没有说出话来。呆了片刻，我又有些疑心自己是不是听错了，便用一种惊讶得有些过头的语气说："你还有个儿子？怎么从来没有见过他？他叫范什么？"

他又说了一遍，范柳亭。

我的心脏几乎要蹦出胸腔了，我怀疑自己此刻看起来是不是脸色煞白，因为他忽然就问了一句："你怎么了？"

我勉强按捺住自己擂鼓般的心跳声，想抽支烟，摸了半天却连烟盒都没有摸到。我一只手揣在口袋里，虚弱地笑着说："哪两个字？是柳树的柳，亭子的亭？"

"是的。"

"哦，柳树的柳，亭子的亭，范柳亭，好听，读书人家起的名字就是好听。"

也是因为我一向喜欢柳树。

"好听，这名字真是好听。范老师，你儿子他……是做什么的，能盖起这么大的院子？"

"他呀，成天就折腾着办厂子，什么铁厂、油厂、铸造厂都办过，就是瞎折腾。"

我终于费力地把烟盒掏出来了，准备点烟的时候看到自己的那只手正在发抖，便又把烟放下了，只是很惊讶地反复说："是吗？你儿子原来还是企业家啊？还办过厂子哪？"

我忽然发现他好像正看着我那只拿烟的手，那只手还在轻微地发抖，我一紧张就这样。我把那只手重新塞进口袋里，一边假装掏东西，一边找话说："那范老师你就这么一个儿子吗？怎么不见他在家里啊？"

说到这里，他说话的语气反而平静下去，像在说别人家的事情。他说他本来还有一个女儿的，叫范秋纹，比儿子大好几岁，当初因为要求进步，没跟着他们来落雪堂，后来才二十多岁就自杀了。范柳亭是他唯一的儿子，几年前外出做生意就再没回来。又过了几年，他老婆都去世了，儿子还是没有回来，至今生死不明。

我听了又做出非常惊讶和惋惜的表情，嘴里连连说："啧啧，这样啊，唉，真是的。"

后来我断定范听寒顿顿都要吃手擀面的另外一个原因就是，吃得下手擀面证明他身体还硬朗，还可以坚持到他儿子范柳亭回来的那天。

那天我敬了他好几杯酒，自己也喝了一杯又一杯，他说："你这么远跑过来借书，不赖，爱看书，真不赖。"我说不出别的话来，只是一遍一遍地重复道："有缘分，范老师，我和你有缘分，这就是缘分。"

喝完酒之后，他背着驼峰走到院子里一辆改装过的三轮小推车旁边，推车里是一只垃圾桶。他抱歉地对我说："你先坐着，等我把垃圾倒出去，放久了招苍蝇。"说着便弓着腰低着头使劲推那辆三轮车，我先是呆呆看着他，然后像忽然清醒过来一样，猛地起身，几步走到三轮车前，拎起那只垃圾桶就往出走。

我把垃圾倒到垃圾池里，又在垃圾池旁边蹲下来，抖着手抽了一支烟才走回去。他弓腰站在门口，像是一直在等我，见了我却只说了一句："谢谢你了。"我拎着空桶茫然地立在院子里，不知道接下来该做什么，手里明明还拎着那只空垃圾桶，却忽然扭头对他说："范老师，我这就帮你把垃圾桶倒掉。"

他没有接话，只是驼着背站在门洞的阴影里静静地看着我。

此刻，又是在他家的院子里，我坐在小木桌的一旁，看着驼背的老人又拿出一只杯子，杯子里有半杯白酒。他把酒递给我，说："锅里还有手擀面，你自己吃多少就盛多少吧。"我说："我是吃过饭才来的。"他说："你老是这样。"

然后他坐下来继续喝酒吃面，背着大驼峰，上身折叠在膝盖上，下巴几乎要搁在桌子上了。从某一个角度看过去，我忽然惊悚地发现，他已经老得不大像人类了。尽管没有下酒的东西，我还是默默陪着他喝完半杯酒，是当地打的五十三度的散酒，叫梨花春。这酒入口烈，但余味爽净，喉间有清香。

杯里的酒都喝完了，他才问我："书又看完了？"我恭敬地说："都看完了。"说完就从身上背的包里取出几本书和杂志，双手还给他。他接过书，连连摇头："像你这么爱看书的人却开个小饭店，也真是可惜了，你就没想过再做些别的？"我忙说："人各有命，看书也不能当饭吃。"他又摇头："可惜，真是可惜了。"

他背着手踱回屋又取出两本书和杂志给我，他有每年订阅新杂志的习惯。两本书是《古诗十九首集释》和《雪堂集》。我每次来他家的时候都要先把上次借的书还掉，然后再借几本新的带回铅矿去看。我把新借到的书装进包里，顺便掏出一包晒干的木耳放在了桌上，说："范老师，你要多吃点木耳，对身体好，吃完了我再给你带过来。"

他点头，又递给我一张叠好的冷金宣纸，说："我又给你抄了首诗，读唐诗就是要多体会那种水中之月的意境。唐诗看起来写的都是些山水，其实那是自然之道，就是天地间本来的样子，所以唐诗里写的其实是一些最恒久、最牢固的东西。相比之下，你看我们人的一生反而短暂多变，是最不牢靠的。所以读诗能让人心安。"

我打开那张纸，是一首用毛笔小楷抄写的《春江花月夜》。我重新叠好，很小心地装进包里，然后开始满院子找活干。这几年里我已经习惯了，每次来了都要帮他把院子收拾一遍，把垃圾桶倒掉，把厨房的水瓮蓄满水，把菜园子里的杂草除净，给蔬菜和花卉浇浇水。干完活我又低头巡视一遍院子，发现甬道上的一块红砖翘起来了，容易绊倒人，便把这块砖挖出来又仔细铺平了。

好像已经差不多该走了，但我还是想和他多待一会儿。见桌子有点不稳，我就地做了个楔子插进榫卯里就稳当了。有穿堂风从门洞里经过，风里带着杏花的香味。我看到他在院子里种的两棵海棠树也开花了，海棠花香很淡，不到跟前是闻不到的，走近了却能感觉到一缕阴柔的冷香。

树下有一口大水缸，缸里养着两条鲤鱼。我朝那水缸里微微瞟了一眼，两条鲤鱼正在缸里游来游去。我只看了一眼便像是感到很嫌恶一样，目光飞快地移向别处。窗台上卧着几只去年收的大南瓜，还有一只洁白如玉的西葫芦。估计都是村民们送给他的，村民们都恭敬地叫他范老师。

这时候我像想起了什么，猛一回头，发现他还坐在门洞里，似在静静地观察我。他脸上半明半暗，看不出是什么表情。我不由得愣了一下，暗暗悔恨自己在这里又待久了。

每次都这样，总是怕自己在这里待得太久。

三

⚓

　　我记得四年前我第一次出现在他的院门口也是在这样一个春天的午后。

　　柳枝新染，杏花满天，我也是穿着这身西装，打着领带，他当时也是这样坐在门洞里驼着背正喝着小酒。恍惚间我真的有了一种错觉，觉得中间这厚厚的几年时间原来不过是薄薄几页，风一吹就轻轻翻过去了。

　　当时我站在门口，有些紧张。为了能在与世隔绝的铅矿里待下去，我能想出的最好的办法就是看书。我想问他借书，又怕被拒绝。在门口踟蹰半天，终于还是主动上前跟他招呼道："你就是范老师吧？我听说你家的书特别多，就找了过来，不知道我能不能借几本看看，我保证一看完就给你还回来。"

　　他用略有些混浊的眼睛打量了我一会儿，慢慢说："以前从没有见过你，听你的口音不是这村里人吧？"

我避开他的眼睛说："我小时候是在山东长大的，后来父母调动工作，我跟着来到这里，我就是在这附近长大的，也算当地人，只不过不会说当地话。"

我说的是实话，这些经历没必要说假话，况且，我确实是异乡口音。

他一直没有放下手里的空酒杯，把目光从我身上移开，似在对着酒杯说话："你父母是从外地调过来的？那是不是县里的晋华纺织厂？那里的外地人多。"

我第一次听说县城里还有个晋华纺织厂，我甚至不知道这个厂是不是真实存在的，但我还是回答了一句"是"，我不想让人打听太多关于我的事情。

这时又听他说："你是山东长大的，山东什么地方？"

我稍微犹豫了一下，说："日照。"

他说："哦，海边长大的。"

我心里乱跳，不知道他为什么要强调海边。我只好不语，表示默认。

他又问："那你现在做什么工作？我记得晋华厂在一九九八年就倒闭了吧。"

我说："没工作了，我就自己开了个小饭店。"

他问："在哪儿？"

我又犹豫了一下，说："在凤城镇。"

他说："镇上啊，我孙女就在镇上的小学教书。那学校你知道吧？离你的饭店远吗？"

我有些口干舌燥，但还是听见自己尽量平静地说："不算远，不过我没进去过那学校。"

他又说："在镇上开饭店，那你也住在镇上吧，十几里地，你怎么会找到我这里？"

我说："听有个去我饭店里吃饭的人说起过，说你书特别多，大概是你们村的人去镇上赶集吧。"

我确实是在镇上听别人说起范听寒家里有很多书的，但不是在我的饭店里，而是在我摆摊卖木耳的时候。

他还是没有放下那只杯子："哦，这么说，你喜欢看书？"

我忙说："从小就喜欢，我十几岁的时候，只要能逮住一本书，连夜就看完了。"

他说："你上过几年级？"

我说："我当年高考落榜了，没上过大学。"

他说："你来我这里是专门为了借书？"

我说："是的。"

他翻起眼睛看了我一眼，我忍不住又一阵紧张，只听他说："你今天是为了借书专门打的领带吗？"

我忙说："不是，我平时就这样，习惯了。"

他说："讲究点是好习惯。你想看什么书？"

我说："什么书都可以。"

他说："什么书都可以？喜欢看书的人可不是这样的。"

我说："我是来借书的，哪还能挑三拣四。"

他说："诗词能看懂吗？"

我说："懂得不多，但心里喜欢。"

他说："那你等一下，我进屋给你找几本。"

他终于放下那只杯子，起身回屋。我坐在那里悄悄看着他那只杯子，却仍然发现它真的只是一只再普通不过的杯子。他拿着几本书出来，驼着背慢慢走到我面前，又把我上下打量一番这才把书递给我，说："你看看能不能看进去。"我连忙把书接住，有些惶恐地说："范老师，我保证一看完就还回来。"他缓缓掉转了伸在最前面的脑袋，跟在后面的是大驼背，只给我留下了半截背影。他边往里走边说："你这么喜欢看书，要是不想还回来就当送给你了。"

我出了门，走过那排柳树，向自己的摩托车走去。他的最后一句话让我眼睛一阵湿润。

四

这时候又是一阵微风吹过，海棠花如胭脂粉团一般簌簌落了一地，有几片花瓣飘进水缸里，那两尾鲤鱼便游上来争相啜食花瓣。

我曾在他借给我的一本书的扉页上看到他用钢笔写下的几行字："遵四时以叹逝，瞻万物而思纷，悲落叶于劲秋，喜柔条于芳春。心懔懔以怀霜，志眇眇而临云。"

那一刻我忽然有些明白我为什么后来还要一次次地去找范听寒了。这几年里，其实我已经不止一次下过决心不再去那院子里，可事实上，只要过一段时间，我还是会再一次出现在他家门口。

告别范听寒之后，我骑着摩托车出了村，一直向西，一路爬山路来到那个三条路的岔口。这个地方在半山腰，经常有一些拉木料的运输车会经过这里，我的小饭店就开在这岔口处。因为顾客来得不固定，我开张的时间便也不固定，另外就是，这样别人也不容易找到我。

停好摩托车开饭店门锁的时候，我一低头忽然发现一只西服袖口已经磨破了。这才想起这件西服已经穿了好多年，我已经多年没有为自己添置过一件新衣了，这让我有一种突如其来的悲凉和恐慌，但我还是脱下西服小心翼翼地挂在门后，正了正领带，挽起袖子开始准备做晚饭的材料。

　　两天前，我在饭店的门缝里收到杨晓武塞进来的一封短信，说他来过一次，我不在，两天后的晚上他还会来岔口饭店找我。我一边做饭一边等着他来。

　　我把昨天捉到的一只野鸡砍掉头，无头鸡又蹒跚着走了几步才倒下，没有了头的脖子像龙头一样喷着血。我等着它彻底不动了才开始拔毛，收拾干净，剁成块，和发好的山蘑一起在锅里炖，放的野茴香和月桂叶都是我在山里采的，快熟的时候再撒上一种叫纸末花（学名檵花）的香草，香味奇异。虽然它容易招徕回头客，但我又暗自担心这奇异的香味会吸引来更多人。炖上鸡肉之后，我在灶洞的炉灰里埋了几个土豆。土豆是去年秋天收的，我专门挖了个土豆窖存放土豆，这样就可以一直吃到来年秋收。

　　暮色在一层层加重，渐渐地，外面的山林又一次堕入了巨大的黑暗之中，从这小屋的窗户望出去，幽暗的山林正张着血盆大口欲吞噬一切。远处的山路上亮起两束灯光，灯光蹒跚着渐渐逼近，是进山拉木料的大卡车。大卡车没停，从饭店门口呼啸着过去了，刚才从窗户里打进来的灯光支离破碎地涂在墙上，飞快地繁殖出各种形状，在一个瞬间里长满了这间小屋，转瞬之间又凋落下去。

野鸡的香味近于蛮横，溢满整个房间，我没有点蜡烛，只身坐在黑暗中抽烟。

杨晓武是我当年在监狱里认识的。那是一九八三年，那年我十九岁。前一年刚刚高考落榜，又没有合适的单位可去，便整天窝在家里写小说，为了熬夜写小说还学会了抽烟，烟瘾竟越来越大。写好的小说再工整地抄一遍，然后去邮局投给杂志社，那时候我成天梦想着能成为一个作家。

我记得那是一个黄昏，矿上已经下班了，人声寂静，我写了一天小说也累了，便走到矿区的院子里散步。这时候迎面走来一个姑娘，我不认识，估计是矿上的新职工。那姑娘可能刚去澡堂洗完澡，头发湿漉漉的，穿着一条碎花长裙，抱着脸盆正往过走。平时在矿上看到的基本是清一色的工作服，在那个黄昏忽然看到一条这样的碎花裙，我忍不住盯着那裙子多看了几眼，等姑娘走过去了，我又回过头看着她穿长裙的背影。第二天我正趴在窗前写小说的时候，矿上保卫科的人忽然来我家找我。原来是昨天穿碎花裙子的姑娘告到保卫科了，说我耍流氓。

我并不知道当时正在"严打"，矿上的保卫科正愁名额不满的问题，就这样我被关进了监狱。鉴于我确实没有具体的肢体触摸，但毕竟已经用目光对女性进行了一番猥亵，流氓罪已经坐实，只是刑期不算太长，判了我三年有期徒刑。能和杨晓武在狱中成为朋友，是因为他和我一样，也是高考落榜生，比我还早了一年。一九八三年那年他正在第二次复读，准备再考一年。那天他正在家里复习功课，他表哥忽然在窗外大声喊他出来帮忙，表哥在和人打架又打不过，叫他出来帮忙，他拎着擀面杖出来打算帮表哥，结果只是站在边上观望了一会儿，还没来得及上手就被赶来的警察逮捕了。

我坐在黑暗中又点上一支烟，炉灰里的土豆已经烤熟了，散发出一种植物肉身的芳香。我想起那几年狱中的生活，干活、打架、刷尿桶都不算什么，我最怕的就是看不到字。监狱里只允许看《人民日报》和《山西日报》，就这两份报纸，被我反反复复看了一遍又一遍，我看的时候不是一句一句地看，而是一个字一个字地看，很小心地把每一个字含在嘴里，不舍得咽下去，生怕看完就没有了，像在冰天雪地里赶路，必须储备好足够的粮食。

几支烟抽完，估计时间差不多了，我点上一支蜡烛，把炖好的野鸡扣在一只粗瓷大碗里，把烤熟的土豆从灶洞里掏出来，拍了拍上面的灰，堆在盘子里。它们看上去像一堆丑陋的卵石，但是恬静简朴，让人觉得心安。这种心安，我在问范听寒借的一本书中也曾读到过："村舍外，古城旁，杖藜徐步转斜阳。殷勤昨夜三更雨，又得浮生一日凉。"

我拿出一壶散装高粱白倒进一只白瓷酒壶里，摆在桌上，又洗了两只酒盅。这套酒具是我父亲当年在矿上评上先进工作者时发的奖品，他到死都没舍得用过一次，多年以后被我从床底下翻了出来，居然还完好无损。

就在这时，门外传来了一阵很轻的敲门声，敲得小心翼翼的，不仔细听还以为是风声吹过。我问："谁？"门外的声音说："海涛，是我。"他不知道我现在的名字已经改成了郭世杰。

我拉开门，裹着一团黑暗钻进来的果然是杨晓武。他来回搓着手，埋怨自己道："都怪我，其实我已经到了好一会儿了，远远看着你这饭店里一直黑着灯，以为你不在，就在附近的林子里等你来。这林子在晚上还真是瘆人，看到屋里忽然有亮光了，我这才敢过来敲门。"我有些不客气地说："你一个大活人长着两只囫囵手就不知道先过来敲敲门？你说好要来，我能不等你吗？"

我们在桌子两边坐下，我给他倒了一盅酒，又扔给他一个烤土豆，说："饿了吧，先垫垫。"他把土豆掰成两半，轻轻吹着热气，也不蘸盐，很小心、很斯文地咬了一小口，慢慢咽了，然后才说还行。我不想再多看他，我看着他，他就不敢放开吃。我说："来，先喝上一盅，又有一年没见了吧。"他连忙举起酒盅，我们连着干了三盅酒，他还是不敢放开吃，一个土豆吃了有一个世纪那么长。他开始是慢慢把土豆瓢掏出来吃，吃到最后就剩下了两半薄薄的土豆皮，贝壳似的。他犹豫了一下，把土豆皮也撕开放进了嘴里。大碗里的菜他只敢挑着吃蘑菇，鸡肉却半天没动一筷子。我说："吃肉啊，别光吃蘑菇。"他嘴里嗯嗯着，筷子还是绕过鸡肉挑着蘑菇。

一支蜡烛快要燃尽的时候，他才勉强说了一句："海涛，你这饭店现在生意怎么样？"我使劲抽了一口烟，就着猛然跳动起来的烛光打量着他，他穿着一件灰扑扑的旧夹克，里面是一件看不出颜色的圆领秋衣，眼睛下面挂着两个大黑眼圈，嘴角还沾着些土豆泥。

在跳动的烛光里，他看上去好像浑身只剩下这一张脸，这张巨大的脸发着光，而其他的部位都已经被黑暗消化掉了。我不忍心告诉他去擦一下嘴角，只说："吃饱了吗？土豆还有。"他低着声音，不太确定地说饱了。我说："再吃一个。"他犹豫了一下才说："算了，饱了。"我又抽了口烟，说："这么小的饭店你说能怎么样？有口饭吃就算不错了，我们这样的人还想怎么样。"

他坐在那里半天没言语，我也不说话，等着他开口。其实我知道他此行来的目的，无非就是借钱。他比我在监狱里多待了一年，自打出来之后，每次找我基本上就一件事——借钱。说是借钱，其实根本不会有还的那天，所以和乞讨也没多少区别。正是因为和乞讨差不多，我才没法拒绝他。出狱之后不知道他靠什么为生，他也不说，多半是些非法的事情，却又常常连饭都吃不起，四处借钱，然后被要债的人追得东躲西藏。但我知道，他变成如今这个样子并不是什么奇怪的事情。我当年在监狱里的时候，正是因为嗅到了一种危险，才拼命想找到一切有文字的东西来保护自己，拼命写稿子给狱里办的报纸投稿。

猛烈地跳动之后，蜡烛彻底燃尽了，蜡尸里冒出的呛人青烟弥漫在重新黑暗下来的屋子里。我没有再起身点蜡，还坐在原处不动，桌子另一边的人也坐着没动。突然而至的黑暗紧紧包裹着我们，让我们都感到了某种奇妙的轻松和熟悉，好像我们昨天还一起在狱中的大通铺上挨着睡过。

那时他一次次对着我的耳朵讲，他第一次高考就差了1.5分，后来又变成只差了1分。"就1分啊，"他反复说，"就1分啊。"似乎只要说得足够多，那1分就会像壁虎的断尾一样再自行长出来，长成完整的肢体。现在，他和我之间就隔着一张木桌，隔着这木桌，我都能感觉到他紧张的心跳声，好像他的神经已经像榕树的气根一样长满了这张桌子。

外面又过去一辆大卡车，车灯的余光扫进屋子里，飞快地掠过他的脸，他的那张脸便在黑暗中短暂地浮现了一下，很快又沉下去了。光紧接着照到了我的脸上，我被晃得闭上了眼睛。就在这时候他忽然开口了，语速很快地说："海涛，有点急用，能不能再借给我一千块钱？"

我终于还是等到了他这句话，果然没有任何意外。我反倒放心了些，明明已经放心了，却扭过脸对着他那团黑乎乎的影子说："你不能一直就靠着借钱活吧，你也得自个儿想办法挣钱啊。"

他坐在黑暗中忽然低低地短暂地笑了一声，这笑声让我打了个寒战，只听见他说："说是容易说，你说像我这样的人去哪里挣钱呢？"

我的声音忽然高了几度："那你也得自己想办法啊。"

说完这句话之后，两个人都静了下去，半天没一点声音。我有些后悔刚才自己虚张声势地拔高嗓门，其实，在他来之前我已经把要借给他的钱准备好了。我曾听说当年我们的一个狱友在出狱后四处流浪，不知怎么跟着人吸上了毒，后来为了问人讨要五十块钱，随时可以跪下来喊人家一声爸爸。

杨晓武坐在桌子那头像块生铁似的，冰凉，一动不动，我忽然很害怕他会跪在我面前，我连忙从口袋里取出准备好的一千块钱递给他。我说："这是一千块，拿去用吧。"他不作声，默默地把钱接住，装进了自己的口袋里。然后我又说："你赶紧下山吧，你看我这里根本住不下两个人，我就不留你住了。哪天再来，提前告诉我。"

我不想让任何人知道我住在哪里。

他仍是沉默着，站了起来。我不打算再点蜡，免得看到彼此的表情。他在黑暗中朝我坐着的方向看了几秒，又对着窗外黢黑的山林愣怔了几秒，却没有再说话，然后嘎吱一声打开屋门，很快便消失在了阴森森的山路上。

我独自骑着摩托车回到深山里的铅矿，整个铅矿没有一点亮光，万顷碧空中斜挂着半轮焦黄的月亮。我回到宿舍点起一截蜡烛，倒了一碗酒喝了两口，身上有了暖意，才慢慢在桌子前坐下，抖着手打开今天白天范听寒送我的那首诗："春江潮水连海平，海上明月共潮生。滟滟随波千万里，何处春江无月明。"

那一晚，我一直不敢脱掉身上的西服、摘掉领带，就这身衣服似乎还能给我一点点做人的体面。我就那么穿得端端正正地坐在烛光里，高声把这首诗读了一遍又一遍。"不知江月待何人，但见长江送流水。白云一片去悠悠，青枫浦上不胜愁。"我不敢停下，似乎只要一停下，就会发生化学变化，我就会在瞬间变成杨晓武，或者变成那个给人跪下四处讨钱的狱友。一直读到半夜，终是累了，夜空澄澈，烛光阑珊，最后竟趴在桌子上睡着了。

五

⚓

几年前，那是我第四次出现在范听寒家门口。

我停好摩托车，从那排柳树下走过。微风过处，无骨的柳梢从我脸上拂过，柔软得不像是这人世间的东西。我闭上眼睛，仰着脸任由它抚摸。从上次知道他是范柳亭的父亲之后，我就知道我不该再来这里了。可是，一个月后，我还是又一次来到了他的家门口。

他正戴着一副老花镜坐在门洞里看书，看书的时候，他的上半身往前趴着，整张脸几乎要埋进书里去了。我站在门口无声地看着他，我想，就么站一会儿也是好的。可他像是已经嗅到了我的到来，把脸抬起来向门口看过来。

我走进来把上次借的书还给他，又给他带了一包干木耳和一包羊肚菌。我说："范老师，看书呢？我还书来了。"

他摘下老花镜，说："是你啊，可有段时间没来了。"

我忙说："最近事情多，老抽不开身。这是上次问你借的书，都看完了，还想问你再借几本，不知道行不行。"

他说："你都什么时间看书呢？"

我说："晚上。"

他说："晚上就不看电视？"

我说："我不爱看电视。"

他说："也不用给孩子做饭什么的？"

我略略迟疑了一下，说："有我父母和老婆给孩子做，用不上我。"

他说："怪不得有时间看书，家里都不用你管。这些天你也读过一些诗了，和我说说有什么感受。"

我听到自己的声音里忽然跳动着一种喜悦，我知道这样也许并不好，却也不想太掩饰。我说："在晚上读诗，读完后心里觉得既安静又亮堂，连心里的害怕都少了。"

对面的老人手里拿着老花镜，忽然抬起头盯着我仔细端详了几分钟。我背上一下绷了起来，意识到刚才还是有些忘形了。我一阵后悔，不知道该坐该站。这时只听他慢慢说："也不知怎么，我总觉得你不大像是开饭店的，但我也说不好你到底像干什么的。"

好像被什么笨重而巨大的东西狠狠地往前推了一把，我猛地站了起来，像是急于要离开，却终究没有迈出步子，只是口干舌燥地辩解道："我真是开饭店的，别的我都干不了，又没文凭，正经单位进不去，我也想去坐办公室，人家哪会要我。我就做饭还可以，所以只能干这个。我看书真的是为了打发时间，真的，没事干的时候，看看书就是个消遣，和别人打牌、看电视是一样的，就是个消遣。”

他盯着我看了半天，忽然就笑了那么一下，只是极短促。他说："看来你那饭店也忙不到哪里去啊。"

我有些疲惫地坐下，说："小饭店。"

他扛着自己的大驼背慢慢站起来，顺势把两只手背在身后，说："你倒真是个喜欢看书的人。不少喜欢看书的人都想过要自己也写一本书出来，你想过没？"

我飞快地摇摇头："没，我不是那块料。"

我感觉他的眼睛还一直盯在我身上，只听他说："确实，大部分人都写不好的，我那儿子年轻时也想过写书当作家呢，后来发现自己不是那块料。其实看书不光是为打发时间，养心最重要。你等一下，我进屋给你找书去。"

听到他再次提起他儿子，我打了个激灵，像是忽然感到了一股寒意，整个人却又变得异常兴奋，没话找话道："那他后来怎么就不写了呢？要是一直写着，说不来也成作家了。"

他没搭话，慢慢走过去掀开竹帘进了屋。我也跟着起身，独自站在寂寂的阳光里，阳光煦暖，却感觉自己仿佛又沉入一片湖水中，而范柳亭坐在一只小船上正漂过湖面，他恰好就位于我的头顶，我能窥视到他的身影，他却看不到湖中的我。我没想到，他年轻时居然也想过写书当作家。我独自冷笑了一声，抬起脸来看太阳，阳光蠕动在我脸上，忽然就一阵难以抑制的心酸，不知究竟是为他还是为我，又差点掉下泪来。

这时范听寒抱着两本书出来了，把书递给我，书里夹了一张冷金宣纸，他说："看你还挺喜欢诗词，读多了你就知道了，好诗都是有蕴光的，有一种山水之外的东西，读完以后会觉得心性宁静疏朗。"

两本书是《纳兰词》和《二十四诗品》。我放好，道谢。他忽然指着放在桌上的木耳和蘑菇说："每次都带木耳来，你都从哪里弄来的？"

我镇静地说："山上采的。"

他费力地抬起头看了我一眼，说："这么说你经常上西山？"

我没有看他，其实我很讨厌自己不看着对方的眼睛说话，但我更讨厌自己盯着对方。我听见自己说："只是偶尔去一趟，采点木耳、蘑菇什么的回来，我饭店里做菜也要用嘛。"

他的声音忽然有些异样，我怀疑只是我听错了，只听他紧接着问道："那山上都有什么？"

我感觉自己插在口袋里的手又在发抖，我悄悄吞吐了一口气才故作轻松地说："山上嘛，都一样，到处都是树，有的树下有蘑菇，有的树上长着木耳，对了，山上还有野鸡。"

他说："到处是树，那你进山里采木耳不会迷路吗？"

我说："我会看树叶，树叶长得密的是东面，稀的是西面。这也是我听别人说的。"

他说："听人说那山上还有狼？你也不怕？"

他说的是狼，不是麻虎，这让我再次感觉到我们两个其实都不过是异乡人，是某种同类，让我有一种虚弱的安全。我攥紧的拳头在口袋里略略放松了些，说："好像确实有吧，不过我没见到过，狼也得晚上才出来吧。"

我没有说野兽其实都是怕人的。在他面前，我生怕哪一句话忽然就说错了。

他说："唉，这么多年里我一直想着要上那山上看看究竟有什么，因为腰不好，一直没去成，现在老了，就更去不了了。"

我从自己的声音里听出一种虚假的客套，我说："不怕，哪天你想上去了，我带你去。"

他笑笑，只说："这两本书你先拿去看吧，看完再来。"

我装好书并不急着走，先帮他把垃圾桶倒掉，又在院子里转了一圈。我发现菜园子里的两架豆角已经枯死了，便和他商量，拔掉豆角种些别的菜吧。他拿出一把芹菜籽。我拔掉豆角，在菜园子里种了两排芹菜，又进厨房把水瓮接满水。这时看见他驼着背要往出走，说要出去打点散酒回来，我忙说我帮你去买。我去小卖部买了一桶五斤装的梨花春，又买了一斤五香豆腐皮和一包卤花生米拎了回来。我说："范老师，你晚上自己慢慢喝点，这是些下酒的，今晚就不要擀面了，省点事。要不要我留下来陪你喝点？"

嘴里这么说着，我却不肯再坐下。他转身去看海棠树，驼背上落了两片叶子，因为驼背几乎是水平的，如果不帮他摘掉，估计这叶子就会被他这么驮一整天。再加上他走路的姿势，倒像是刚刚加入人类的一只天真的老龟。

他没有回头看我，只说："天黑了路上就不好走了，你先回吧。"

我对着他的背影说："范老师，那我走了。"

他像是没有听见，还是不回头，只是翘首默默看着海棠树。

他的背影看起来分外瘦小，"驼峰"却奇大。

我注意到他坐的那把椅子已经很老了，一坐上去就嘎吱作响。

六

晚上我给自己倒了碗酒，先喝了一口，然后在烛光里展开范听寒夹在书里的那首词。"十年生死两茫茫，不思量，自难忘。"一句读罢，脑子里轰的一声，他难道是故意让我读这首词？难道他已经觉察到了什么？我没有心思再读下去了，披上衣服，走到外面去抽烟。

山里的温度要比山下低出好几度，入夜之后凉意更重。我一边抽烟一边在草丛里徘徊，荒草上的露珠打湿了我的鞋袜也不觉得。大约已到半夜，山中虫鸣越发幽咽，风入废墟，草木萧瑟，我甚至能在夜风中闻到藏在深山里的无名湖上传来的潮湿气息，这缕潮湿的气息像只从黑暗中伸出来的柔软的手，只那细细的指尖从我脸上轻轻划过。我出了一身冷汗。抬头一看，一轮金色的大月亮正压在头顶，月光澄净，好像要逼着这山间所有的鬼魅都现出原形。

我回到宿舍，又喝了两大口酒，然后就着烛光，壮着胆子把那首《江城子》读了一遍："十年生死两茫茫。不思量，自难忘。千里孤坟，无处话凄凉。纵使相逢应不识，尘满面，鬓如霜。夜来幽梦忽还乡，小轩窗，正梳妆。相顾无言，惟有泪千行。料得年年肠断处：明月夜，短松冈。"

一遍读罢，算是读懂了，我的眼泪忽地就下来了。我少年时，母亲总对我说，一个男孩子家不能老是哭，没出息。没想到这么多年过去了，我依旧禀性难改。我披衣出门，在青铜器一般古老的月光下又高声吟诵了一遍，这次仿佛是专门为了那早已葬身湖底的人读的。如果可能，我倒真的希望他能听到这首词。

在这个深夜里，我觉得自己像个神秘的信使，正往返于明冥两界传递着什么。

七

又到了凤城镇赶集的日子，我一大早起来把兔子喂了，把鸽子也喂了，自己吃了一口昨晚的剩饭，然后把这几个月攒下的干山蘑、干木耳装了半口袋，准备拿到集上去卖。

临出门的时候我站在半面镜子前犹豫了一下，我知道这样穿着西装打着领带蹲在集市上卖木耳会让我显得过于扎眼，而且看起来多少会有些怪异。但也就犹豫了那么一下，我终究还是不能允许自己脱下这身西服。我打了那条暗红碎格的领带，头发上喷上摩丝，梳成一丝不乱的三七分，戴上眼镜，这样的装束虽散发着危险的气息，却也给了我某种与世绝缘的安全感，好像在这样的外表下我就可以自行繁殖，在最内里处生生不息下去。穿戴好之后，我把蘑菇、木耳和折叠马扎绑在摩托车上便出发了。

凤城镇离铅矿大概要四十里路，逢每月的农历十五都是赶集日。我赶到集市上的时候，大大小小的摊位都已经摆出来了，把街道的两边塞得密不透风。摊主大多是附近的村民，也有远道而来的游贩，他们以赶场子为生，像猎狗一样，只要嗅到哪个村子里有集就会赶过来，开着改装过的三轮车或"四不像"（一种又像摩托又像拖拉机又像汽车的乡间交通工具），晚上就猫在车厢里睡觉。

集市上有卖袜子、内裤、秋衣秋裤、纱巾、小孩衣服的，还有卖老人们死前要穿戴装裹的。这些衣物都用竹竿子高高挑起来好引人注意，因为要竞争，竟是一家挑得比一家高，使整个集市看起来像座摇摇欲坠的巴别塔。一有风吹过的时候，挂着的衣物便你追我赶，迎风招展成一大片，有种富丽堂皇的感觉，硬是把下面赶集的人都淹没了。

也有卖蔬菜的、卖水果的、卖干货和零食的，就不像卖衣服的那么招摇凶悍，很自觉地聚集在另一片，画地为牢一般在各自面前摆个小摊，人就在后面招揽生意。我放好摩托车便也问人们挤了一小块地盘加入进去。

果然，我在一群小贩中间很是扎眼，来来往往赶集的女人们都会朝我多看两眼。有的走过去了还要回头看一眼，有的边看我边窃窃私语，有的在捂嘴偷笑。还有的本来正聚精会神地挑干货，一不小心眼睛在我身上瞟了一下，就像看空气一样，继续低头挑木耳，低下头去却像忽然感觉到哪里不对，连忙又抬起头补看了我一眼。这一眼，才真正看到了我。对方直直地盯住我看了有一分钟，然后先感到不好意思，慌忙低下头去，买了木耳后匆匆离去，又忙把走在前面的一个女人叫住，回头把我指给她看。

我一点都不觉得奇怪。前些年里，我即使在公园里看湖水，也会有年轻的女孩子故意把我拍进照片里做背景。早年在广州还遇到过两个有钱的中年女人提出要包养我，因为我不仅对着装有要求，对自己的体重和身材也一直控制得比较严格。我知道这么多年里一直保持这个样子其实对我并不利，最好的办法是我能让自己在十年八年之内变得面目全非，完全变成另外一副模样，直到没有人能认出我。可是我终究不忍心那样去放逐自己，那是一种被赶入时间黑洞的感觉，我将彻底失去最后一点尊严。

我一低头又瞥见了那已经磨破的西装袖口，它像一道盔甲上的破绽，又像一种从我身体内部蔓延出的疾病。我居然迟迟不肯再为自己添置一件新西服。这不是什么好兆头。我心里一颤。

正午时分，赶集的人们纷纷回家做饭，集市上冷清了不少。小贩们也开始吃午饭，大都是随身带的干粮，馒头、火烧之类，就着凉水吞咽下去。我也不例外，随身带了两个馒头、一瓶蘑菇酱。只是，蒸馒头的时候我在面里掺了些山上摘来的槐花，所以馒头里有一种槐花的清香。蘑菇酱也是我用山上采来的蘑菇自己做的。

在山上隐居的几年时光里，我悟到一点，人只要随四季而动，便能获得一点心安。我会在春天的时候去采摘山中的榆钱、槐花、野韭，夏天的时候采摘山蘑、木耳、各种野菜。秋天的时候，漫山遍野的野果，我会把沙棘熬成果汁，把山桃做成罐头，把松子剥下来在炉子上炒熟了。冬天的时候，我会在雪地里捉野鸡，捕獾炼油，还会把藏了一年的好酒拿出来，在冬夜围着炉子喝掉。

在我慢慢嚼馒头的时候，周围的几个小贩都好奇地瞅着我。可能一个穿西装、打领带、戴眼镜的人蹲在这里嚼着凉馒头确实滑稽了点。这时我旁边一个摆摊卖粉条的老头凑过来搭讪："伙计，你不是这里人吧？看着你是个高级人，怎么也来赶集挣这两个小钱？"

我眯起眼睛看了看正午的阳光，金色的会繁衍和滋生一切的阳光，和二十二年前的阳光并没有任何不同。

一九八六年，我从狱中被无罪释放，陆陆续续还有些当初被错抓进去的人也被放了出来。出狱后的第一件事自然是找工作，没有工作就意味着没有收入，但工作还是很难找，又是从监狱里出来的，虽说是无罪释放，但各种单位还是避之唯恐不及。当时社会上正流行下海从商，很多有公职的人都辞职下海做生意。经过再三考虑，我决定也下海经商，便和一个也是刚刚放出来的狱友赵胜利结伴南下广州贩卖小商品。

第一次去广州的时候，我俩坐了三十二小时的绿皮火车一路蜿蜒到岭南，下了火车，手脚都是肿的。广州的植物叶子阔大，藤萝交缠，看起来都杀气腾腾，到处是榕树、木棉、棕榈这些宽嘴大眼、长相奇怪的植物。我们靠路边小摊上的肠粉和鱼蛋充饥，用麻袋把当时北方还没有的那些小商品贩回去。两块钱一个的电子表，回去后卖四十块，零售则八十块。十五块钱一副的麻将回去后卖一百五，零售价三百。《金瓶梅》一套三十块，回去后卖一百五，零售价三百。一块五一身的童装，回去后卖十五。三十块钱一盘的录像带回去后可以卖到一百五。回去之后，一下火车就已经有小贩们在车站秘密等着接货，我们偷偷把带回来的货物批发给他们，他们贩到手后再到解放大楼前、五一大楼前、海子边这几个据点高价零售掉。

此后一年多的时间里，我和赵胜利就这样坐着水泄不通的绿皮火车一趟一趟往返于山西和广州之间做着二道贩子，在当时也被称为倒爷。

有一次，我和赵胜利正走在广州的街头，有一个乞丐过来向我们讨钱，让我们吃惊的是，他讨钱时说的竟是山西方言。一问才知道，他也是早几年南下广州做生意，结果钱被骗光，自己身无分文，又没有亲戚朋友在广州，无处投靠，想回家连张车票都买不起，最后只好流落街头靠乞讨为生。乞丐在听到赵胜利发出乡音的那一瞬间，泪哗哗地流了一脸，把一张脏脸冲得沟壑纵横。

那次我们回山西的时候就把那乞丐也一起带了回去。后来偶尔也会联系一下，前几年他告诉我他当上会里乡的乡长了，让我尽管过去玩，他包吃包住包玩，还说要让我甩开腮帮子好好吃几顿会里乡的柏籽羊肉。

这样来回跑了一年多之后，我们手里渐渐有了些钱。那次在广州过夜的时候，赵胜利说要带我去找小姐。那时正赶上岭南的回南天，广州的雨下得无日无夜，到处都是雨滴的滴答声，滴答滴答，滴答滴答，水珠像泪痕一样顺着潮湿的墙壁缓缓往下爬。

那是一栋破败的广式小楼，小姐住在楼上，斑驳的墙壁长出了滑腻的青苔，腐朽的木楼梯上生出了蕈子，阳台上养的一棵三角梅像蛇一样爬满了整个阳台，有一根水红色的花枝还爬进了房间，像蛇芯子一样。窗外是一株巨大的木瓜树，挂满了大大小小乳房一般的木瓜，熟透的木瓜在雨中跌落到红土里，发出沉闷笨拙的回响。

那个小姐是个广东土著，矮个子，高颧骨，大嘴巴，嘴唇血红，褐色皮肤，戴假睫毛。我不问她的年龄，因为她不会说自己的真实年龄。也许在半夜，我会看到她忽然现出原形，银灰的头发、嘴角的皱纹，竟然像我慈祥的母亲，盘腿坐在这雨中的阁楼里。

我说："就和我聊聊天吧，这样下雨的夜晚最适合聊天。"她说："大佬，倾计都要畀钱慨（哥哥，聊天是要给钱的）。"我说："我会付你钱的，你要多少？"她说："二百蚊（两百元）。"我说："我给你，你陪我聊天就行，你要不愿说话就听我说。"她说："好慨，多谢喇（好的，多谢了）。"

窗外的雨一晚上都在滴答、滴答，滴在塑料棚盖上，滴在木瓜上，滴在三角梅上，榕树的气根在雨中吐出舌头，欲缠住一切。我整个晚上都坐在那阁楼的木床上不停地说话，我的声音像雨滴一样滴在腐朽的木地板上。

"我讨厌这样的雨，都快发霉了。"

"哦。"

"我喜欢小时候待过的海岛，不过后来我更喜欢大山，你不知道，在山林里有多好，就是挣不到钱也不会饿死。我可以一个人在山林里一躺一天，什么都不想。"

"哦。"

"我讨厌广州，讨厌粤语，像到了外国。"

"哦。"

"我要说我坐过监狱，你会不会怕我？"

"系咩（是吗）？"

"干这个真的不适合我。"

"哦。"

"我觉得世上最好的工作是当个图书管理员，像我妈那样，清静自在，还有书看。你觉得做什么最好？"

"哦。"

"我也讨厌我自己。"

她忽然就说了一句："边个唔憎自己（哪个不讨厌自己）？"

"……"

这是我最后一次跟着赵胜利到广州，此后就再没去过。在家赋闲半年之后，我顶替父亲成了铅矿上的一名正式工。二〇〇四年我独自隐居到废墟般的铅矿上时，赵胜利已经摇身变成了资产数亿的开发商。

二十二年后的阳光不多不少地落在这个小镇的这条街道上，落在我和一群小贩的身上、脸上。身边卖粉条的老头见我不想说话，便转头与别人聊去，一边聊一边喝着装在大罐头瓶里的凉开水。

我挺直腰板坐在一堆蘑菇和木耳的后面，努力遮掩着那只磨破的西装袖口，怕被人看到。

我忽然想起很久以前在哪本书上看到的一句话："一旦我想要向另一个人诉说它，它就立刻变成乌有。"

八

⚓

我再次来到范听寒家门口。那晚读完那首《江城子》的时候，我又一次以为我再不会来了。

天气已经热起来了，我还是穿着那件卡其色的衬衣，打了那条蓝底白点的领带。我把前几天刚做好的一把核桃木椅子从摩托上卸下来，走过柳树下，柳叶已经长如小鱼。我正了正领带，门大开着，门洞里没有人，我提着椅子穿过阴凉的门洞走到了院子里。

菜园子里，黄瓜已经蹿了很高，其中一棵已经挂了一只顶着黄花的小黄瓜。他穿着一件改过的斗篷一样的白汗衫罩住驼背，一条铁灰色大短裤里，露着两条爬满青筋的秸秆腿，脚上却规规矩矩地穿着袜子和皮凉鞋，正站在院子里的水缸边低头看鱼。

我恭敬地立在那里，说："范老师，我来还书了。"

他艰难地把头发白花花的头颅连带着整个上身都向我转了过来，像在掉转一辆重型卡车的车头。他说："过来啦？又有阵子没来啦，快坐。"

我把新做的椅子摆在地上，说："我看你的椅子太老了，就抽空给你做了一把新椅子，核桃木的，用得住。"

他弯腰盯着新椅子看了好几分钟，说："原来你还会木工？手真是巧。这木料是从哪儿来的？"

我被夸了一句，略有些忘形，张口说："木头是从山里找的。"说完这句话我一阵后悔，慌忙打岔："范老师你坐下试试，本来早该过来还书了，就是最近又比较忙，老是抽不出空来。"

他摘下那只顶花的小黄瓜递给我，说："忙着打理你的饭店？说明生意还不赖。"

我惶恐地连连摆手道："黄瓜还这么小，你留着下酒吧。生意就那样，我也就是混口饭吃，现在干什么都不好干了，不比八十年代，钱越来越难挣了。"

他那只干枯的手还在空中伸着，我只得把那黄瓜接住了，咬了一小口，忽然感觉到他坐在对面的椅子上正看着我的一举一动，我额头上出了一层细细的汗，便索性几口下去把那黄瓜吃掉了。只听他坐在椅子上说："八十年代你也就二十多岁吧，那时候你在做什么呢？"

我把那根黄瓜嚼完，缓了口气才说："当年我不是没考上大学嘛，就在家里闲了两年，每天在家里跟着我妈学做饭，后来就顶替了我父亲的班去厂里当工人了。一九九八年的时候工厂不是都倒闭了嘛，我下岗之后就出来自谋职业开了家小饭店。"

他点点头："那时候能顶班算是好出路了。"

额头上的汗珠悄悄凉了下去，我唯恐他话里再有埋伏，便主动问道："范老师，你最近身体还好吧？"

他的目光不再看我，只看着院子的某个角落说："身体还行，就是怕躺着，晚上睡下之后要想翻个身，那实在太困难了。这驼背太大，像个龟壳一样都翻不过去，必须坐起来，再换个方向躺下去。我看见你们这些能躺着翻来翻去的人就羡慕。现在年纪越来越大，腰越来越弯，连坐起来都开始费事了，得用两只手慢慢拄着自己，半天才能起来。"

我说："范老师，你这背怎么驼成这样？"

他说："当右派被批斗的时候脊梁骨被打伤了，后来又得了骨质增生，也没治，脊柱都变形了，就彻底直不起来了。"

我说："可不是，那时候还有人都被打死了的。"

他说："其实我也差点要被打死了，不过当时我钻了个空子。我刚被下放到落雪堂的时候，村里人知道我原来是个读书人，到了晚上没事做就凑过来让我给他们讲《红楼梦》、讲《三国演义》。那时候又没电视，村里人识字的也少，晚上没什么娱乐，我就讲书给他们听，从《红楼梦》讲到《水浒传》，他们把我当成了说书人，把我家原来住的那间破房子围了一圈又一圈。后来我挨批斗越来越厉害，晚上关在牛棚，每天挨打呀，就快要撑不住了。一天晚上，忽然有个村民进来悄悄把我带了出去，但他不让我回家，而是把我带到他家藏了起来。他家是老房子，有个以前挖的地道，他就把我藏在里面，每天白天的时候给我送两顿饭，到了晚上他就去地道里找我。你猜他要干什么？他让我讲书给他听，他不识字。我就凭着记忆，把看过的书一本一本地讲给他听。在他家地道里藏了几个月，出来后才知道，当时和我一起挨批斗的那几个右派，已经有好几个都死了。我能活到今天，你说这不是钻了个空子是什么？"

手指间已经只剩下一个烟屁股，就快烧到指头了，我还是就着烟屁股狠狠又抽了两口才踩灭。然后我说："真不容易啊！"

他忽然紧盯着我那两根熏黄的手指说："你抽烟一直这么省？"

我略微点了一下头，淡淡地说："就是个习惯，要不一年下来烟钱也要花不少。"

这个习惯是我在监狱里养成的，在监狱里没有烟抽，等母亲从外面送进烟来又迟迟等不到，烟瘾犯了就在地上捡别人扔掉的烟头抽，有的烟头已经小得可怜，可我还是有办法让自己从最小的烟屁股上再抽上一口。

他还是盯着我的指头说："我以前也抽烟，后来我老伴抽得比我还厉害，我就戒了，省下给她抽。她抽烟喝酒都比我厉害，我都由着她，人家年轻时候跟着我私奔出来，没享过什么福，还落了一身病，成天七病八痛的，要不抽点烟喝点酒，活着还有什么乐趣。"

我说："你们老两口每天在一起抽烟喝酒，也挺有意思的，像哥们儿一样。"

这时候毫无预兆地忽然就听见他问了我一句："你觉得我儿子还会不会回来了？"

我并没有看他，只是很专心地又点上了一支烟，想了想才说出一句："这个不好说吧，主要是谁都不知道他到底去哪儿了。"

他好像正盯着我的脸说话："有时候我觉得他肯定还会回来的。你看我不就活下来了吗？你知道为什么我能活下来？有时候，只要能找到一道缝隙，人就活下来了。"

我只是专心抽烟，并不言语。

他又说："可有时候我又觉得他可能再也回不来了，他不回来也有他的道理。其实他并不是块做生意的料，却总以为自己什么都比别人强，大概是因为活在一个小村庄里，没见过世面却偏偏比别人多看了几本书，也是被我害的，还不如踏实地做个农民。"

我抬起头眯着眼睛装作在看天上的云。我漫不经心地说："都是为挣钱养家嘛，做生意也没有错的，只要不坑蒙拐骗就好。"

他一动不动地看着我："你说谁？"

我从天空里收回目光，笑着说："这年头骗子还少吗？有些人为了赚钱什么事都能做出来。我看现在有些骗子还专门跑到村里来骗老人，范老师你可要当心啊。"

他还是坐着一动不动，嘴里说："我都这把年纪了，没钱没家产，还怕被骗？倒是我那儿子，我就怕他是在外面被人骗了。"

我忽然就无法克制地冷笑了一声，说："怎么会呢？他那么聪明的人怎么会被人骗，估计只有他骗别人的份。"

他的头猛地从驼背上昂了起来，他急切地问了一句："怎么，你认识我儿子？"

我意识到自己刚才太愚蠢了，便抽了两大口烟来平复表情，我听见自己终于平静地说："不认识。但像你读过这么多书的人，以前又是大学老师，你的儿子怎么能不聪明。"

他复又叹气道："他呀，初中上完就没再上过学，成分不好，老被人欺负。闲在家里倒是看了不少的书，后来我平反后托关系给他安排了个中学英语老师的工作，可他根本教不了。在学校混了两年，实在混不下去了，后来就辞掉工作跟着别人下海去了。"

我嘴角还挂着一丝冷冷的笑容，说："还有人离家十几年了又回来的，说不来哪天他忽然就站在家门口了。"

想到范柳亭可能已经在我之前把范听寒的这些书都看过了，我不禁生出了几分奇怪的恍惚和悲伤，还有一种愤怒，好像我身上的某些部分和他已经交缠到了一起，我连甩都甩不掉。正胡乱想着，忽见正屋的竹帘一挑，从里面走出一个人来。

我吓了一跳，因为每次来都是范听寒一个人守着个空荡荡的大院子，没有想到屋里竟还藏着个人。这人站在屋檐下，肩膀倚着墙，手搭凉棚，朝我们坐的方向张望了一会儿才走过来。走近了才看清楚，是个二十多岁的女孩，薄嘴唇抿着，眼睛看人直愣愣的，长着和范听寒还有范柳亭如出一辙的瘦长脸，上身一件半袖T恤衫，下身一条低腰牛仔裤，中间露着一截白晃晃的腰，光脚穿着拖鞋，露出的脚指头用指甲花染成了红色。

只见她一走过来就冲范听寒说："爷爷，我和你说过多少次了，不要见人就说我爸的事，你又不知道他到底在哪儿，谁也不知道他是不是还活着。我又不是没出过门，出门在外的人怎么可能几年不想和家里联系？"

她讲的既不是落雪堂的方言，也不是范听寒的大同口音，她讲的居然是一口异常标准的普通话，字正腔圆，显得略有些滑稽。在这样一个小村庄里，忽然听到有人用这么字正腔圆的普通话说话，倒好像这普通话是偷来的，听的人只觉得比说的人更不好意思。

听她说完这几句话，我心里明白了，大约这就是范听寒说起过的他那个叫范云冈的孙女，她平时在镇上小学教书，只有周末才回来。原来今天是个周末，在山中待久了，早没有了周末的概念。以前虽没见过，但老听范听寒说起，我倒也大致了解了一些她的情况。范云冈八九岁的时候，范柳亭做生意赔了，还欠了不少债，范云冈的母亲便和他离了婚，远嫁他乡。范柳亭又经常在外做生意，所以范云冈基本就是由爷爷奶奶带大的。一九九五年的时候，范云冈十六岁，因为范柳亭的生意再次亏本，家里用钱紧张，范云冈为给家里减轻负担，便考取了一所中等师范学校。

事实上，她是这个国家最后一批中师生中的一个。因为在她刚刚读完三年中师的时候，该类师范学校就或被取缔或经过合并被改成了大专。她毕业那年，政策刚刚由国家包分配改成双向选择，她说"凭什么只能你选我不能我选你"，便一个人跑到省城去找工作。在省城跑了两个月之后，又灰头土脸地回到了落雪堂，只要有人问她工作找得怎么样，她便暴躁地吼道："当初是谁让我去上中师的？是我自己愿意去的吗？"后来村里人明知道她会怎么回答，还是故意要一遍一遍地问她，像免费看马戏一样。

吼多了以后她渐渐疲软下来，不再像个母金刚，索性连门也不怎么出，成天赋闲在家，不是陪着爷爷奶奶喝酒，就是翻范听寒的书解闷，倒也练出了一身酒量。有一年过年前她和奶奶一起出门买年货，在村里碰到了几个放寒假回家的大学生正聚在雪地里一起聊天。她连奶奶都不要了，不顾奶奶在雪地里走不动，自己像个石头雕成的英雄一样，大义凛然、面无表情地从他们身边经过，又面无表情地走到了自己家的院子里，直着腿进了屋，关好门窗，方才扑到床上号啕大哭起来。她上中学时有个要好的女同学，后来因为这女同学考上了大学，她便自此和那女生绝交了，连面都不再见，只要远远看见疑似对方的影子就赶紧撒腿往回跑，一进院子就关门关窗。

除夕夜，爸爸仍是没有回来，她和爷爷奶奶三个人包好饺子，煮熟了，端上炕桌，然后三个人便盘腿坐在炕桌边上吃着饺子喝着酒。窗外有鞭炮声稀稀拉拉地响着，海棠的枯枝上挂了一盏红灯笼，映着漫天的大雪。三个人喝了一番，渐渐都有些醉了，她奶奶不吃饺子，喝几杯酒，抽一根烟，然后再喝几杯酒，再抽根烟，烟就是下酒的。

她抢了奶奶的一根烟，点着，叼在嘴角，吐了个烟圈，对爷爷奶奶说："看我像不像个女流氓？"爷爷奶奶都看着她笑，奶奶说："你还真是横了心地要做个女流氓。"她又道："爷爷，你好歹也是读书人家出来的，以前还是个大学老师，半辈子就窝在这落雪堂，甘心不甘心？"

她爷爷抿了一口酒，咂咂嘴道："前半辈子是不甘心，后半辈子倒觉得在落雪堂也挺好，每天种花、读书、喝酒，哪有比这更好的日子。"她又问奶奶："奶奶，你从前也是有脸面的人家的小姐，你甘心吗？"她奶奶扑哧扑哧吸了两口烟，眯着眼睛看着她，笑而不语。她抽完一支烟，拿起酒杯，里面有半指深的白酒，她一口都喝下去了，大概喝多了，倒在炕上又是流泪又是撒娇："你们俩也有一天会像我爹妈一样丢下我不管的，肯定会的！等你们都不在了，我就一个人天南海北地去流浪，死在哪里算哪里，好不好？"

她奶奶叼着烟拍着她的脑袋说："我陪你一起去，我们去那遥远的地方，半个月亮爬上来。"一根烟还没抽完就醉倒在范听寒的驼背上。范云冈在炕上打着滚叫道："爷爷快给我读《红楼梦》，就读黛玉和湘云在凹晶馆赏月那段，我最喜欢那段。""'二人遂在两个湘妃竹墩上坐下。只见天上一轮皓月，池中一个月影，上下交辉，如置身于晶宫鲛室之内。'"

范听寒弓腰坐着，只是慈祥地看着炕上老少两个醉鬼笑。过了午夜十二点，窗外鞭炮骤响，大雪初歇，灯笼如血，形状各异的烟花争相蹿到夜空中把午夜照得亮如白昼。炕上一老一少已经睡得东倒西歪，范听寒披上衣服，驼着背，踏雪走到院子里放了一串鞭炮。然后又走到门口，借着飞起来的烟花看着院门口的那条路，路上盖着一层厚厚的原封不动的大雪，上面没有一个曾走到家门口的脚印。

范云冈在家赋闲了近一年之后，还是范听寒舍下脸皮去求了些熟人，最终把她安排到凤城镇小学当了个语文老师。

上班以后有人劝她参加个成人高考，好歹混个文凭，毕竟中师文凭是个正在被淘汰的文凭，估计很快就要沦为古董。她嗤之以鼻，好像对自己即将沦为古董这件事毫不惊怵。她上课并不认真，总是有些失魂落魄，有一次一只脚上穿着一只黑色皮鞋，另一只脚上穿一只白色坡跟鞋就去教室上课了。上课中间觉得有些纳闷，怎么有几个小孩不看黑板只顾偷偷地往她脚上看，她自己低头一看，看到一黑一白两只鞋正像兔子一样伏在她脚上咧嘴笑着。然而，她假装什么都没看到，硬是淡定地把一堂课讲完了，又等学生走光了，她才踢着黑白两只"兔子"走出教室溜回了宿舍。

还有一次是上课中间，老觉得最后排的几个高个子男生盯着她的胸在看，她心里嘀咕，莫不是这些高个子的男生发育得快，已经萌生春情了？她反倒不好意思起来，想把胸尽量藏起来，不料偷偷往自己胸前一看，才发现是早晨出门时没照镜子，胸前的纽扣都扣错了。

范云冈在镇上小学教了一年多的时候，范听寒在落雪堂听到了关于孙女的谣言，说她和镇上的一个黑社会老大好上并同居了。范听寒一大早给自己擦了澡，穿戴整齐，拎着一只二十多年前的人造革黑皮包，坐着一路上哇哇唱儿歌的公交车去镇上找孙女。他像只老龟一样，背着大龟壳，慢慢地从公交车站挪到了镇上小学，又和门卫解释了半天他是来看孙女的。门卫一听找的是范云冈，嘴角轻轻一抿，似笑非笑，让他进去了。

他找到单身宿舍的时候，范云冈正拿着手机在屋里和人骂架，大约电话里的也是个女人，因为他听到范云冈骂了几句忽然就把怒气刹住了，换了一种娇媚的湿答答的腔调，像蛇一样软软地、瘆人地对着电话里说："不用急，你还没见过我和他在床上的样子呢。"

范听寒扭头就走，又像只老龟一样慢慢挪回到公交车站，一口饭没吃，一滴水没喝，坐着唱儿歌的公交车颠颠地回到了落雪堂。连着好几个星期范云冈都没有回家，而他直到死前也再没有去过一趟镇上。大约又过了半年时间，范云冈忽然回家来了，脸色灰黄，头发都不梳，只随便在脑后绾了一只"大丸子"。她变得越发不喜欢说话，只喜欢在那些人少的角落里随便把自己发酵成一团，没有形状，可是旁人还是远远就能嗅到她身上散发出来的牙齿般的气息，酸凉坚硬，让人不得安宁。

又过了几天，范听寒才听村里有人告诉他，那镇上的黑社会老大前几天忽然暴尸街头，是在驱赶几个外地来的毒贩时被对方拿刀砍死的。对方拿着劈柴的砍刀，一刀砍在他胸前，划了个大口子，血喷出几尺远；又一刀砍在他脸上，脑袋顿时飞出去半个，连着头发落在路边一个老头的南瓜摊上。

我正想着她说话的口气听起来既骄傲又天真，一副见过世面又未老先衰的样子，却接着又听见她说："我看我爸只有两种可能，要么他自己犯了什么罪，怕被抓起来，不敢回家，只能隐姓埋名躲起来，不让人知道他在哪里。要么就是他已经死了，被别人害死的可能性更大。"

听见她最后那句话，我的手一抖，一截烟灰齐齐掉到了裤子上。这时只听范听寒说："小孩子家不要乱说话。"我掸掉烟灰忙接话道："这就是范云冈吧，听范老师说起过。"只听范听寒叹气道："不是她是谁。"

这时范云冈抬起眼睛直直看了我一眼。一双眼睛黑白分明，目光倨傲冰凉，里面还漂荡着一缕水草般模糊的东西。我忽然觉得一阵熟悉，再一想，当年在范柳亭脸上也见过这种眼神。我不知道她为什么会喜欢上那个比她大十几岁的黑社会老大，只是隐约觉得应该与她无父无母有关。我心里一阵感慨，一时竟说不出一句话来。这时只听见她对我说道："你就是那个老来我家借书的人吧，老听我爷爷说起你。我爷爷说你每次来借书都打着领带，还真是。"

我心里对她有些怜悯，却也只是对她点点头，说："习惯了，对别人也是一种尊重。"

她像凶猛的鸟类一样一眼又一眼地上下打量着我，忽然问："你真喜欢看书？"

我说："打发时间而已，我不喜欢看电视，电视剧我都看不进去，看半天也不知道什么意思。"

她慢慢晃到了我面前，目光有些挑衅。我不再看她，低下头去点烟，只听她又问："喜欢看书，你为什么不去书店里买书，倒总喜欢跑到我家来借书看呢？"

我吐了个烟圈笑道："为省钱呗，借书看一年也能省下不少钱。书店里的书卖得死贵，我哪有那么多闲钱买书。"

她并没有撤退的意思，还在我眼角的余光里顽固地晃动着："听我爷爷说你开了家饭店，生意好吗？"

我淡淡地说："小本生意，勉强糊口，挣不了几个钱的。当老师多好，旱涝保收，还有寒暑两个假期，我羡慕你都来不及。"

她的目光还像刺一样钉在我脸上，她又问了一句："你是不是还经常上西山？我吃过你带来的木耳，都是山里的吧。"

我说："偶尔上山采点蘑菇、木耳，饭店里做菜要用嘛，顺便捎给范老师一点，总不能白看人的书。"

说完我看了看天色，做出想走的样子。她却像只小狗一样，紧咬着裤腿追着跑："西山上好玩吗？我从来没去过，哪天你能不能带我上去看看？"

我笑着说："好啊，随时都可以。"

说罢我再次看看天色，然后站起来说："范老师，我还有点事情要办，得先走了。我能再问你借几本书吗？下次来了还你。"

那次从范家出来之后，我没有直接回铅矿，而是顺着河水穿过山林又到了那片无名湖边。我在湖边呆坐了好一会儿之后，起身脱掉了衣服。西边开始下沉的夕阳在湖面上铺下了一层碎金，扔进去一块小石子都能看到金色的湖面被犁开了一圈又一圈。仔细看看周围，确实不见别的人影，我便缓缓潜入湖中。

我像上次一样游到湖底，找到那块大石头，因为黄昏的缘故，湖底看起来更加昏暗阴森，长长的水草几乎要缠住我的手脚，把我永远留在湖底，那些游在湖底的鱼看起来似乎更加肥大狰狞了。我还是就着夕阳最后的光线看到了压在石头下面的那具白骨。它还在那里，还是那个姿势，好像已经在这里一千年了，看起来一点都没被动过。看起来这世界上根本没有第二个人会找到它。

我游上岸时，铁青的暮色已经笼罩四野，周围的密林黑压压地朝着这湖围拢过来。我感觉自己正在一口井的井底，抬头看到遥远的夜空里亮着那么几点稀薄的星光，没有月亮。

我回到铅矿的宿舍，点起一支蜡烛，喝了两口酒，一边随手翻着一本刚问范听寒借的《南北朝诗文》，一边在脑子里反复想着今天范云冈说的那些话。难道她已经觉察到了什么？她为什么提出要跟着我上山？也或许，她真的只是觉得山上好玩？

为保险起见，以后真的不能再去范家了。

我合上书本，盯着跳动的烛光发呆。烛光昏暗，把我和几件家具的影子都拉长、拉虚，看上去满屋子都是影影绰绰的人，都在暗处悄无声息地看着我。夜已深，窗外山风呼啸，我走过去把窗户关上，把灯花挑了挑，使烛光更明亮了些。我又想起了今天范听寒说过的那句话，有时候只要有道缝隙，人就活下来了。不错，总有些人是在这样的缝隙里求生的，范听寒能活下来，或许我也能。他希望范柳亭也如此吧。

我呆坐了一会儿，又喝了几口酒，身上热起来，心里却仍不宁静。忽然，那本《南北朝诗文》里掉出一张纸来，我捡起来一看，上面用钢笔抄了一首诗，诗的开头写着"父亲"二字。"明月何皎皎，照我罗床帏。忧愁不能寐，揽衣起徘徊。客行虽云乐，不如早旋归。出户独彷徨，愁思当告谁。引领还入房，泪下沾裳衣。"然后在诗的结尾处，我看到："以诗一慰思念之情，先此驰禀，敬叩福安。儿范柳亭叩禀，二〇〇二年八月十五夜。"

我悚然一惊，差点把手中的书扔掉。因为，早在一九九九年，范柳亭就已经离开人世了。

烛光再次昏暗下去，屋子里明明灭灭地多出了很多影子，都在墙上、在角落里无声地站着，看着我。

九

我拎着一瓶酒、一碗饺子和一篮果子独自在寂静的山林里穿行，我要去看我的父亲。

大约在山路上走了半小时，我停下了，前方林间稍微稀疏的地方出现了两座坟墓，一座是我父亲的，旁边那座是我母亲的。今天是我父亲的忌日。当年他在得病之后为了能让我尽快顶班，连病都不肯治，也不肯去医院，只求速死。只是，他已经无法知道，现在的铅矿已经是一片废墟，这废墟里如今只住着我一个人。我把饺子和四色果子摆在他坟前，又在坟前倒了三盅酒，点了一支烟给他插在坟头。

我在坟前的草丛中躺了下来，阳光从树枝的缝隙里筛落下来，雨点一般洒在草丛上和我身上、脸上。在这山里，我知道在每一棵香椿树的旁边都陪伴着一棵臭椿树，知道有一种叫沙和尚的鸟会吐人言，知道各种草药的名字，知道榛蘑和猴头菇长在哪里。我想起父亲去世前的那个白天，他忽然有了些精神，把我叫到床前对我说："人在这山里就算没有一分钱也饿不死的，你哪天要是走投无路了，就回到这山里来。"

当天夜里他就在昏睡中走了，再没有和我说过一句话。

现在想想，难道他当时就有某种预感？或者，他只是明白了这山林的牢靠与人世的无常？我静静地躺在他身边，还有一旁的母亲。我们一家三口相对无言，像极了多年前那个夏日的午后，在铅矿的宿舍里，父亲躺在凉席上闭着眼睛摇着蒲扇，母亲在缝纫机前为我赶制一件衬衫，我坐在桌前正翻着一本从图书馆借来的《包法利夫人》。宿舍前紫藤的花香从青色的竹帘里钻进来，飘得满屋里都是，如苔侵石井。那个寂寥的午后，我们彼此之间没有说一句话，现在我却忽然明白，那其实便是世上最坚固恒久的时光了。

此刻的父亲再不会和我说一句话，而我果真如他多年前的预言，终是有一天回到了这寂静的山林。

那是一九八七年，父亲去世后，我顶替他成了铅矿上的一名正式工。我第一次穿上铅矿的工作服站在镜子前看自己的时候，觉得镜子里的人完全是从父亲身上复制下来的，甚至因为父亲尸骨未寒，我从这镜子里的人身上似乎还能闻到血腥味。而除了复制，我别无他路。在铅矿，我一开始做的是采矿工，每天下井采矿石，要在井下齐膝深的水里推矿车，每天十六七趟。

干了半年之后，因为受寒腿疼，改做了风钻工，做了风钻工之后才知道为什么没有人愿意做风钻工。因为每天拿着大功率电钻钻矿石的时候，整个人都会跟着电钻一起震动，然后在工作的时候不知不觉就会射精出来，一天好几次，自己根本无法控制。反复如此，没过一段时间人的身体就垮了，浑身无力，状如肺痨。我只好又改做了炉前工，终日在高炉前守着高温炼硅。

当时铅矿的领导可能已经开始意识到矿产资源会枯竭的问题，所以也做了一些防备工作，但到了一九九二年的时候，终于还是因为矿产资源彻底枯竭，铅矿宣布倒闭。这铅矿上的一切——车间、学校、医疗室、图书馆等，都跟着结束了自己的使命。我的母亲就是在这一年去世的。

我把她葬在了父亲身边。

母亲下葬那一日，山林极其静美肃穆，滤掉了人世间所有的悲喜，恍如另一个遥远星球的表面，在那里，一个脚印可以保留上百万年，而每粒微尘皆可尽享永年。那一日我坐在父母坟前久久看着他们，就像看着两个婴儿，我想着他们在地下如植物种子般幽暗生长，或许他们会长出这地面，长成两棵树，也或许会永远如种子尘封在地下的世界里。我忽然觉得这一切都不重要，因为我们的团聚是必然的。到时候我的新坟就陪伴在他们身边，看上去就像是一个大人领着两个满脸皱纹的老小孩在山林里玩耍。

铅矿倒闭后领导要卖机器设备，便把我留下做一些善后工作。那个白天，因为机器价格，我和那群来买机器的人争执了一番，晚上，我正一个人在宿舍里睡觉，门忽然被踢开，拥进一群黑影，拿着铁棒就使劲敲我的腿，把我右腿敲骨折了方才离去。在医院接右腿的时候，医生说这右腿肯定是要残疾的，就算恢复得好，也会比左腿稍短一截，变成个跛子。

石膏拆掉后，右腿果然比左腿短了两厘米。在练习走路的那段时间，每天起床后我都要有一个漫长的梳洗穿衣的仪式，穿上衬衣打上领带，再套上西服，头发三七分开，打上摩丝，穿上黑色的三接头皮鞋。越是困顿，我便越是隆重。我扶着墙练习走路，昂首挺胸地迈出一步，再迈出一步，白天晚上我都一遍一遍地告诉自己，我不会就这样垮掉的，我绝不可能成为一个跛子。

半年之后，我走路时已经没有人能看出我一条腿长一条腿短，连我自己也不再相信我的右腿比左腿短了两厘米。这使我在以后的很长一段时间里都相信，也许就连人的相貌也是跟着人的心在生长的。

十

⚓

　　范听寒家门口的柳树已是浓荫匝地，被包裹在一片柳荫里的院子看起来也不再那么真实，像是用水墨幻化出来的一幅卷轴。

　　我忽然有些明白他为什么要种这片柳树了。

　　门是半掩着的，推门进去，门洞里空荡荡的，我亲手做的那把椅子也是伶仃的，好像久久没有人坐过的样子。穿过门洞，一院寂寂的花树，却并不见人影。我正站在那里疑惑，忽听见屋里有人在咳嗽，便走到竹帘下，隔着竹帘问了一句："范老师在家吗？"里面有人回应道："在，进来吧。"我挑起竹帘进了屋，这是我第一次走进他的屋里。

　　屋里有一种墨汁的寒香和老年人身上的荤腥混合在一起后的奇怪味道，滞重、遥远，像黄昏里开始生锈的金属，又像月光下缓缓朽坏的竹帘。屋里有几件简单的木制家具，书架上密密麻麻的全是书，墙上挂着几幅他写的书法，白纸黑字，有一种镌刻在古老石碑上的肃穆。然后我看到了范听寒，他披着件夹衣歪在炕上，看起来出奇地枯瘦，显得那个驼背越发巨大而坚不可摧，好像他整个人都不过是寄生在这驼背上的一株植物。我走过去，弯下腰说："范老师，你这是怎么了，怎么大夏天就穿上夹衣了？"

他指指地上的椅子让我坐，嘴里说："病了有段时间了，还没全好，身上老是觉得冷。你可有阵子没来啦，我以为你不会再来了。"

我坐下，从包里掏出那几本上次借的书放在桌上，又掏出一包党参。我说："怎么会呢，我还借着你的书，怎么能不还回来？最近的事情多，有点忙。这包党参你留着泡酒喝吧，人参吃了会上火，但党参不会。"

他盯着那包党参微微动了一下，看得出他整个人都被背上那只龟壳扣押着，动弹不得。他说："这党参也是你从山里挖的吧？"

我只点点头，不想多说什么。看来这座山在我身上留的痕迹太重了，躲都躲不及。

他说："你给我倒杯水吧，范云冈今天早晨回去上课了，明天才能回来。"

我连忙起身找到暖壶，里面是空的，于是我又捅开炉子烧了一壶水，倒了一杯递到他手中。我看到他的手指甲已经很长了，开始向里卷曲，像是某一种兽类的指甲。我忽然明白，他其实正与人的世界渐行渐远。我心里一阵难受，呆坐了一会儿，终于开口道："范老师，我给你剪一下手指甲吧，指甲长了不方便。"他沉默了一会儿，终于还是点点头，说："剪刀在中间那个抽屉里，我用不惯指甲刀，就用剪刀吧。"

我用了很大的力气才捞起那只苍老的手，上面布满褐色的老年斑，青色的血管散发着植物根茎腐败的气息，老化的指甲则变成了一种坚固的贝类。我剪下去，手却一滑，差点剪到他的指头。一定是因为我们其中的一个人太紧张了，我以为那个人是我，后来才发现那个人其实是他。因为在后来剪指甲的过程中，他的那只手一直在微微发抖，而我的手也越发笨拙，只勉强剪了两片指甲便停了下来。

我装作不在意地放回剪刀，心里却沉沉的，我一时不明白他为什么会忽然如此紧张，而这种紧张显然压迫着我。上次来过之后我已经决定不再来看他，可后来我发现不行，我还是必须再来看看他。

这时候我才发现身上已出了一层汗，和衬衣粘在了一起。我松了松领口，并没有试图要解开领带。他在炕上看着我说："你一年四季都穿衬衣打领带啊？"

我说："习惯了。"

他说："在这乡下，别人看你这么穿都觉得有点别扭吧？"

我又说了一句："习惯了就好。"

从竹帘里透进来的阳光已经开始西斜，桌上的一只老式"三五"座钟的秒针咔嗒咔嗒地贴着我们走过去，脚步幽深古老，自有一种庄严感。我坐在那里听着这时间的脚步，忽然就有了一种很深的没有指向的无力感，在这些年里，这种无力感时不时就会发作出来。我下意识地摸出一支烟来，想了想又放回去了。

这时只听歪在炕上的范听寒咳嗽了几声，又说："其实我早想对你说，要是就为了来借书，你不用穿得这么隆重的。"

我也有些急了，忙说："不是为借书，平时我一个人的时候也是这么穿的，就连在山上给兔子割草我都这样穿。"

炕上的人忽然就不说话了，屋里的空气骤然黏稠紧张起来，连呼吸都有些不畅。我说："范老师，我先出去抽根烟，没办法，烟瘾犯了。"

说罢我走到院子里点了一支烟，狠狠抽了两口。落日熔金，西边的群山上烈烈燃烧着一大片金红色的晚霞，浸泡在晚霞里的村庄祥和而诡异。院子里的门大开着，我盯着那扇门出神地看了几分钟，坐下来继续抽烟。

我悄悄打量自己身上的衬衣和领带，其实我早有预感，我身上的这些衣服迟早会出卖我的。可是就算如此，就算到了现在，我仍然不愿脱下它们，脱下它们我怕自己只会加速质变、消失，到最后连自己都不再能辨认出自己。

院子里添了些野气的波斯菊，菜园子里的黄瓜像青蛇一样吊了很多，茄子闪着紫色的光，南瓜藤上盘了一只金黄的大南瓜。俯仰四季而动，也许还能获得一点心安。我的眼睛湿润了一下，我明白，他想要的，其实不过就是这一点心安。

我走到那口水缸边，往里看了一眼，里面的两尾鲤鱼又大了一圈，正笨拙地在缸底嬉戏玩耍。我看着那两尾鱼，身体里面一阵不舒服，想要呕吐，连忙往后退了几步。这时候屋子里又传出几声咳嗽。

我回到屋里对炕上的范听寒说："范老师，范云冈不在，今天我给你做晚饭吧，你想吃什么？"

他缩在自己的龟壳里说："不用，不用，你忙你的去吧。"

我说："今天我不忙，你想吃稀的吗？要不我给你煮点小米粥，烧个茄子？"

半晌他才说："你要是真不忙，就给我做点手擀面吧。"

我来到厨房烧水擀面，故意把面擀得很硬，因为听他说过，必须吃到这钢丝一样的面条才算是吃过饭了。擀面的时候，我想到他顿顿必吃手擀面，连生病时都不例外，恐怕是不敢例外，不由得一阵心酸。我盯着那烧红的炉子出了会儿神，水烧开了，把面下锅，出锅，浇上茄子西红柿卤，拌上黄瓜丝，给他端进屋里。

果然，他只吃了两口就实在难以下咽了，却还是挣扎着又添了一口下去。我给他舀了一碗面汤，说："不想吃就不要吃了，吃了反倒难受。"他捧着汤碗对我说："谢谢你。"我坐在对面看着他像个婴孩一样小口小口地喝汤，心里忽然有什么东西汹涌而过，脱口就说出一句："范老师，范柳亭要是一直不回来，我会一直照顾你。"

他突然就沉默下去，连汤也不喝了。我自知又失言，暗暗悔恨。相对沉默半天，他终于说了一句："老是麻烦你，你也快去吃一碗面吧。"我说："我中午吃多了，还不饿。"他的声音似有些不满：

"你从来不在我家吃饭，是怕什么？"

我看不清他的脸，只能感觉到他的目光正游动在我的脸上。我坐在一团透明的黑暗中，想起了当年范柳亭的目光落在我脸上的感觉，却反而心平气和地说："我不太喜欢给别人添麻烦。"

过了好一会儿，他才慢慢说："如果你只是来借书，是不需要为我做这么多的，我喜欢爱看书的人。"

我努力驱赶那些翻涌上来的陈年的委屈，笑道："不能白看人家的书。"

他若有所思，说："你和当地人确实不太一样。"

我说："我记得以前就和你说过的，我小时候是在海边长大的，大概八岁吧，我父母调动工作，我就跟着过来了。"

他的声音忽隐忽现："我没见过海……给我讲讲海边吧。"

我看着窗外的夜色说："小时候我常在海边捡贝壳、捡螃蟹什么的，海边每天有渔船出海打鱼，你在海边的小饭店里能吃到很新鲜的牡蛎、蛏子、海瓜子。吃鱼的话就架一口大铁锅，把刚捞上来的鱼虾剁成块，鱼嘴还在动呢就扔进锅里焯一下，鲜得很。如果炖鱼的话，把玉米面饼子贴在铁锅上，焖一会儿，鱼好了，饼也熟了。"

他的声音更加隐幽："海边长大的，那你游泳一定好吧？"

我盯着窗外的夜色微微一愣，说："马马虎虎吧。"

他的声音好像一只手一样在黑暗中神秘地寻找着什么。他说："不知怎么，我最近老在想那西山，那山上到底有什么？我们这一带雨水稀缺，但那山上能有那么密的原始森林，真是有点奇怪，会不会是因为山上根本不缺水呢？你说，那深山里会不会藏着一条大河或大湖什么的，只是没上去过的人根本不知道那山上到底有什么。"

我在黑暗中听到自己的心脏嗵嗵一阵剧烈地狂跳，疑心是不是连范听寒也听到了这可怕的心跳声，然而我的嘴角只是微微笑了一下，用过于轻松的声音说："那谁知道呢，反正我上去采木耳是从来没见过，要是有人看见了大河大湖，那还不都上山捞鱼去了？只听过有人上山打猎，没听过有人上山捞鱼的，是不是？"

我干笑了一声，笑完觉得不妥，于是又补充道："山里怎么可能有大河大湖呢？山里是长树的地方，只有森林，对了，还有野兽。"

他的声音还倔强顽固地立在我面前："你上山采木耳的时候，除了野鸡，就真的没有见过别的，比如会吃人的野兽？"

我说："还见过钻山鼠，山里的老鼠个头真大，比猫还大，我觉得它们能把猫都吃下去。可能野兽们都是晚上才出来吧，晚上谁还敢上山？那不是把自己往麻虎嘴里送吗？"

最末一句话，我故意把狼叫成了麻虎，似乎这样多少能证明我并不是一个完完全全的外地人。

他的声音终于肯委顿下去一点了，他说："是从没听人说起过。"

这时候我故意开了一个玩笑，我说："范老师，你到处找湖做什么？是不是想吃鱼了？改天我给你带一条大鱼过来。"说完眼前又出现了无名湖底的那些大鱼，不禁胃里一阵翻滚。

他像是立刻嗅到了什么，问了一句："你怎么了？"

我说："胃疼，可能是饿的。"

他嗔怪道："让你吃饭你死活就不吃，现成的饭吃一碗怕什么呢？"

我想了想，说："锅里还剩点面条，那我就吃了，要不放到明天也不好吃了。天黑了，屋里的灯要给你打开吗？"

他说："不用开灯，招蚊子，你快去吃吧。"

我起身立在黑暗中忽然说了一句："范老师，我觉得你住在落雪堂也挺好，没有什么甘心不甘心的。"

他没有吭声。

我挑起竹帘出了屋子，来到厨房端了一碗面，就蹲在厨房前面的台阶上哧溜哧溜几口倒进了肚子里。我蹲的这个位置正好就在正屋对面，中间隔了几道影影绰绰的花影，我知道躺在炕上的范听寒隔着竹帘便能看清我的一举一动。我大口吃完面，喝了面汤，又进厨房刷碗，动作幅度都略有些夸张，似乎我正站在旷野中灯火昏暗的古戏台上演一出不为人知的戏，而下面坐在阴影中的范听寒是我唯一的观众。

我刷了锅擦干了灶台，走出厨房，在院子里点了一支烟，边抽烟边在花影中徘徊，做出赏花状。我发现，只要是离开铅矿的夜晚，我就会变得紧张烦躁，甚至连灯光都无法适应。

我开始想念深山里的烛光，烛光之外是废墟，废墟之外是群山，群山之外是人世间，那烛光似乎就是这个世界的心脏。

院门仍然洞开着，我随时可以离开。可是一支烟抽完之后，我做出了决定，我在范听寒的目光注视下挑起竹帘进了屋，说："范老师，你一个人连口水都喝不上，范云冈不是明天回来吗，今晚我留下来陪你吧。"

炕上的那团影子一动不动，我都疑心他是不是已经睡着了，忽又听他在黑暗中低声说："你还是回家吧，省得你老婆不放心。"

我走到他平时看书的一把竹躺椅旁躺了上去，说："没事，我出来前就和他们说过，要是天太晚了，我就不回去了。"

他却说："里屋就有电话，还是给你家里打一个吧。"

我后悔刚才做出要留下的决定，有时候我像个透明的魂魄一样，明明看到了自己正在做什么、正要做什么，却无力阻止。有时候我又觉得我身上所有的苦行都不过是为了让那个魂魄安宁。

如果此时站起来要走又实在唐突，我只好说："没事的，你放心吧，我又不是头一次晚上不回家。"

他不再坚持。

我们两个在夜色中平行躺着，如风平浪静的海面上远远漂来两只小船，月亮从云层后面爬出来，海面上铺满碎金碎银，海天一色。我在半睡半醒之间又想起范听寒抄给我的那首诗："不知江月待何人，但见长江送流水。"这诗竟像是从波光粼粼的海面上一路漂过来才漂到了我面前。我闭上了眼睛。

我以为这个夜晚就要这样过去了，却忽听见炕上的人又开口道："我总感觉你不像是有家人的人。"

我一惊，睡意全无。半晌，我听见自己干巴巴地笑了一声："范老师，你这话就奇怪了，我有老婆有孩子还有爹妈，一家人都生活在一起，我老婆和我妈还成天闹矛盾，这婆媳关系啊，怕是在哪家都是个难题，可是你说还能怎样？难不成一辈子不娶老婆就打光棍？无儿无女的，成天独来独往的，又有什么意思？"

他没有言语，咳嗽了几声，我连忙起来给他倒水。他喝了两口，隐入了黑暗中。沉默了片刻，他又道："我早就想问你一句话了，你是不是和范柳亭认识，起码见过他？"

我越发认识到这个晚上留下来的错误，与此同时，却又有一种被惩罚之后的奇异快感。这惩罚迟早都是要来的。窗外一阵晚风拂过，树影和花影匍匐在窗户上，窥视着屋里的两个人。我没有再犹豫，很干脆地回答了一句："不认识。"两个人又沉默了一会儿，我主动打破沉默："范老师，给我讲讲你儿子吧，老听你说起，但从来没有见过他这个人。"

他叹息道："唉，他这个人啊，没什么好说的。我原来就和你说过的，他因为教不了书就去做生意了，我也拦不住，就随他折腾去。开始的时候还赚了些钱，这院子就是他当年刚有钱的时候盖的，一定要盖个村里最大的院子，说这是对我和他妈早年在村里窘房檐的补偿。后来生意大约就越来越不好做了，时好时坏，他也从不和我说真话，我都不知道他每天在外面到底忙些什么，赔了钱也不会告诉我，从哪里弄钱我也不知道。后来那次，他只说要出去谈生意，可出去了就再没有回来，活不见人，死不见尸。要是能找到他的尸体，我倒也死心了。我已经老了，可是你看他那闺女，谁也管不了。别看她咋咋呼呼，从小就没了妈的孩子，根本没有安全感。"

我也叹了一口气："他要是真在外面被人害了，估计那凶手也逃不了。可是你说好端端的，人家为什么要害他呢？"

他没有言语，半天才说："谁知道他在外面干了什么事。"

我听到自己的声音里忽然略带嘲讽，我说："范柳亭不是很爱看书的吗？我记得你说过他是很爱看书的。"

他回道："年轻时候是爱看书，可是看那么多书有什么用呢？"

我忽然就失态起来，噌地从躺椅上坐起，声音陡然变高变粗："怎么没用呢？爱看书的人起码变不成坏人，起码不会为了钱去坑蒙拐骗。"

我们之间哗的一下就安静了。

大概已是半夜时分了，沁凉的夜色像水一样淹没了整间屋子，我恍惚又来到了幽暗的湖底，到处是女人头发一般的水草和毛茸茸的青苔，我和范听寒在这幽暗的湖底对视着。终于，我小心翼翼却又万分疲惫地问了一句："范老师，如果范柳亭真的不会回来了，你会怎么样？"

他沉默了很久很久，我才听到他用一个真正的老人的声音对我，或者是对黑暗中的另一个影子说了一句："那也是他的命。"

　　我几乎泪下。我在黑暗中闭上眼睛，假装睡着了。

十一

⚓

几天来，我每天都在山里转悠，终于捕到了两只野鸡，还用夹子夹到一只獾，顺便采到了些榛蘑。我把去年收的莜麦磨成莜面，做成莜面鱼，准备和土豆片放在一起蒸一大锅。又把那只獾剥了毛皮，把肉切成块，先用獾油炸一遍，再放上茴香、大料、肉桂、草果、芫荽籽，最后倒进去一瓶红腐乳，在泥炉上用小火炖了整整半天，做成酱梅肉。次日又把两只野鸡杀了，和榛蘑炖了一大锅。

准备就绪之后已经是农历七月十四这天。林中短暂的黄昏之后，天色渐渐暗了下来，岔口饭店很快被黑黢黢的密林吞没。我坐在小饭店里，一边抽烟一边等着客人们到来。

今晚要来三个客人，孙口心、文刚、刘国栋。平日里我们彼此之间没有任何联系，互相杳无音信，但几年前我们就曾约好，每年的农历七月十四见一面。近三年来我们四个人的见面地点就定在了入夜之后的岔口饭店。

这三个人是我当年在太钢工作时关系最好的几个工友，一九九八年我们四人是同一拨下岗的。

　　一九九二年年底，我的腿伤痊愈之后不久，铅矿就把我们这些失业的矿工统一调到了太钢，当时还没有出现下岗这个说法。我从八岁来到铅矿，到二十九岁离开，在这深山里已经待了二十一年，我的父亲母亲都葬在了这大山里。太钢则地处平原，周边是一片荒芜的旷野，只在厂区院子里种了几排大白杨。厂里到处是巨大的机器，轰鸣的钢炉，摇摆的天车，喷着白气出出进进的小火车。

　　冬天，一场大雪之后，那些黑色的车间在白雪中愈加刺目苍凉。大白杨的顶端基本都筑着一个或两个鸟窝，树叶早已落尽，在冬日阴郁的天幕下，铁画银钩的枯枝小心翼翼地托着白雪覆盖的鸟窝，好像是大树把自己的心脏掏出来了。偶见一只大喜鹊离开树枝，张着黑色的翅膀，露出白色的肚腹，一个俯冲飞到雪地里觅食。

　　在太钢时，我一直想念着那座大山，想念那无边无际的森林，想念铅矿里的工友们。因为在深山里外出不便，他们倒比外面世界的人安静很多，闲暇时间不是在看书就是在下棋，心烦了就去山林里游走一遭，采蘑菇、采野花，听一会儿虫鸣鸟叫。

　　一九九三年，能在太钢做工人还是件被很多人羡慕的事。刚进厂的时候，我做的工作是铸板工，半年之后我做了班长，然后是副锻长、锻长。我为太钢拟出了一套新的交接班制度，一直到一九九八年破产之前，全厂用的都是我这套制度。

进太钢的第二年，就是我三十岁那年，我和本厂的一个女工认识三个月便匆匆结了婚，两年之后我们离了婚，没有生育子女。后来又短暂地谈过两个，都吹了，此后就一直独身一人。

一九九八年五月二日，太钢宣布了第一批下岗名单。那时候我还叫梁海涛，我、孙口心、文刚、刘国栋都在名单里。太钢让我们买断工龄，一人两万块钱便卷铺盖回家，从此和太钢再无关系。

下岗之后我折腾过很多事情，在太钢门口开过录像厅，不料后来下岗的工人越来越多，来看录像的人越来越少。后来我又开了家刀削面面馆，却因为利润太薄，也没挣到几个钱。冬天的时候我雇大卡车贩卖白菜，一斤白菜五分钱，晚上还得睡在冰窖一样的车厢里，第二天继续卖。后来身边的下岗工人越来越多，随便什么小生意，都有人一拥而上抢着去做，彼此之间还恶性竞争。为了抢生意，昔日的工友们彼此在背后谩骂使绊子，看对方的摊子上多了一个顾客，便恨得咬牙切齿，一定要卖得比对方更便宜来拉客。对方见他卖便宜了，只好又卖得比他更便宜，以至于卖一样东西只有几分钱的利润。

和我一起下岗的孙口心、文刚、刘国栋三人隔阵子便过来找我喝顿酒，互诉衷肠。我们四人经常坐在麻叶寺巷口狭窄的五元火锅店里，一位五元，酒钱另算。正值三九天，大雪已经下了几天几夜，把门都封了，早晨开门的时候还得用力往外推。窗外飘着漫天大雪，火锅店里我们四人围着一张油腻的桌子，桌上的火锅沸腾着，雪白的蒸气吞掉了我们四人的面孔，撞到玻璃上之后，顷刻便化作水珠一道一道流下去。

我们吃着火锅里的白菜和豆腐，几乎看不到肉，喝着廉价的散装白酒，红着眼睛一遍一遍商量着该去哪里挣钱。那段时间，我们唯一的话题就是怎么挣钱。几乎每次吃完都会有人喝醉，醉了便滑到椅子底下，抱着椅子腿哭。有一次我也喝醉了，吐得衣服上到处都是，我倒不记得自己哭过，但是他们后来告诉我，我那天哭得站都站不起来。我打破头都想不起来，看来是根本不想让自己想起来。

就这样折腾了一年，到一九九九年夏天的时候，忽然有一个一起下岗的太钢工友要拉我们几个入伙做生意，说他认识一个企业家，从八十年代就开始做生意，先后开过油厂、铁厂、铸造厂，赚了不少钱，而且人家父母都是知识分子，人肯定可靠。现在这人要扩大铸造厂的规模，需要融资，找人入股，入股后一年分一次红。又说他这铸造厂已经开了好几年了，销售渠道多得是，绝对是稳赚不赔的生意，急等着扩大规模呢。我们几个又跟着那工友去他说的那个铸造厂考察了一番，果然是个中等规模的厂子，有几十个工人正在车间里忙乎着。我们又和这个企业家见了一面，瘦长脸，个头不高，但很会说话，确实像个文化人，印象很好。这次见面之后我们四个人就约好一起入股，同进同出，随后便各自把从太钢出来时买断工龄的两万块钱都投了进去。

两个月之后，这个企业家忽然就联系不上了，他的铸造厂也忽然像《聊斋》里现出原形的鬼宅，厂房还在，里面却空无一人。

这个企业家叫范柳亭。

窗外夜色已至。

正当七月，玉衡指孟冬，正是促织和鸣蝉聒噪的时节。我静坐在小饭店里聆听着入夜之后大山里的各种虫鸣。虫鸣里还掺杂着几声鸟叫，我能从中分辨出猫头鹰、乌鸦、布谷和喜鹊的叫声。我还曾在最幽深的山路上赶过夜路，夜空中没有月亮也没有星星，路两边的森林已经变成了没有任何缝隙与光亮的黑森林。

可是我连害怕都感觉不到了。自从在湖底见过那具尸体之后，就算在世上最幽暗的地方走路，我都感觉不到害怕了。

我记得，即使在那最幽深、最黑暗的山路上赶路，我也还是看到了几点微弱的光亮，很细、很小，在我周围飞来飞去。那是几只萤火虫。

有人在敲门，我点起一支蜡烛，开了门，是文刚先到了。他进来坐下，我们先抽了一会儿烟，一支烟快抽完了，我才开口问他："这次是从哪儿过来的？"他说："二连浩特。"

我想了想，那边地广人稀，倒也是一个好去处。我说："那你老婆孩子怎么办？"他说："都接过去了，小孩就在那边上学。"

正说话的当儿，孙口心和刘国栋也陆续赶到了。我趴在窗前仔细看着饭店外面还有没有别人跟过来，观察了一会儿不见别的人影，便放下窗帘，把门从里面闩住了。

我把煨在泥炉上的酱梅肉盛在大盆里上了桌，把炖好的野鸡榛蘑也上了桌。然后摆上一大笼屉热气腾腾的莜面鱼蒸土豆，配上一碗炖好的西红柿酱，好蘸着酱吃莜面。最后把焖在炉灰里的几个烤土豆掏出来，像敲蛋壳一样敲出裂纹，也上了桌。我拿出两坛三十年的青花瓷汾酒，也是早早为今天的聚会准备下的。

桌子的中间立了一支蜡烛，烛光忽明忽暗，四个人的脸都若隐若现。我们围桌坐定，一时都不知道该说什么。饭店之外的世界像一场大寐，我们几人遗世独立在这里。不知为何，坐在这世外的烛光里，我忽然想到的并不是别的，而是晏几道的那首《临江仙》里的最末两句："当时明月在，曾照彩云归。"

如今我们四个人都分散在不同的地方，也都不再是原来在太钢上班时的名字。一九九九年电脑还没有普及，不像现在什么都上了网，那时候改个名字还是比较容易的，在派出所找个人，偷偷塞两百块钱就把名字改了。每年到了农历七月十四这天，不管各自正在哪里谋生，我们四个人都会赶到这深山老林里来喝上一顿酒。

文刚去了二连浩特，孙口心后来去了榆林，在小煤矿里做矿工，刘国栋则躲到方山和临县的交界处种红枣去了。

我挑了一下灯花，烛光照亮了我们四个人的脸，每张脸上都看不出太多表情。灰白的墙壁上坐着我们几个人巨大的影子，像神庙里画像上的祖先一样，正从另一个世界里神秘地看着我们。烛光常年到不了的那些小角落则住满黑暗，不知道那些角落里究竟住着多少秘密。

我们闲扯了一番红枣和土豆的收成，又聊到现在的小煤矿都要不行了，估计很快就会被吞并到那些大煤矿里，煤老板们一铲煤出来就收入百十块钱的日子估计也不多了。几圈酒喝完，红枣、土豆、煤矿这些话题也被说了一圈，四个人围着烛光再次安静下来。这时候，在这安静中，文刚忽然怪异地笑了一声，说："现在我很快活。"

刘国栋接了一句："你快活个屁。"

文刚笑嘻嘻地举起酒杯看着周围说："我们几个还能在一起吃肉喝酒，这不是快活是什么？"

刘国栋说："你老娘的三七过了吧。"

文刚拿手里那杯酒敬了一下屋里某个黑暗的角落，好像那里还静静坐着一个人。他仍是笑嘻嘻地举着杯子说："我老娘死在我前面是好事呢，我高兴，我最怕的就是我死在她前头了。"说完仍是笑，只是越笑眼睛越亮。我把一个烤土豆扔给他，说："趁热吃。"

这时忽听见孙口心压低声音说："海涛，你这做派怎么多少年都改不了呢，非得穿西装、打领带、抹头油不可？你说你这身打扮，走在人堆里还怕没人注意你？"

我低头不语。

刘国栋接话说："海涛，你这年龄了还没个一儿半女，这事也过去七八年了，我看不是很要紧了，要是有合适的人，你还是找个女人生个一儿半女吧。女人不可靠，但儿女总是自己的，不然你以后老了连个依靠都没有。"

我冷笑一声道："我们这样的人还要什么依靠。"

四个人一时又没了言语，像是集体沉到水底下去了。蜡烛已经燃成了一个矮矮的烛头，垂死的火苗却忽然肥大起来，扑啦啦地上下跳动着，感觉空气里有很多隐形的飞蛾正在横冲直撞。这时候我忽然听到一个声音，小心翼翼地，陌生地，像蛇一样正探头探脑。

　　"海涛，你可……把他藏好了……你也不告诉我们到底藏到了哪里。"

　　我独自饮下一杯酒，说了一句："你们放心就是。"

　　但那个声音还继续在我们四个人中间缓缓爬行着："可千万不能被人找到了，一旦找到了，我们就都完了，你也知道的。"

　　我手里仍捏着那只酒杯，朝那三个人的脸上轮流扫了一圈，才慢慢说："他藏在哪里，还是我一个人知道的好，这样，我死了就能直接带进棺材里。"

　　这时候忽然有另一个声音不知从哪里斜着刺了进来："听人说你去过他家？"

　　"我去他家借过书。"

　　"借书比命还重要？"

　　这时候最后一点烛光倏地熄灭下去了，整个屋子咣当一声掉入了黑暗中。我的眼睛在适应了最初那种轰隆隆的黑暗之后，开始能分辨出在我面前立着的三尊黑影了，他们一动不动。我忽然打了个寒战，想起自己宰野鸡、宰蛇的手也是不曾哆嗦过的。毕竟我是坐过三年牢的人，那点血无论对他们还是对我，都真的不算什么了。

一种奇异而巨大的悲伤忽然袭击着我，我却在黑暗中连着笑了几声，然后说："我有点喝多了，我想给你们读首诗，你们不要笑我。"

我当真在黑暗中昂首读道："梦后楼台高锁，酒醒帘幕低垂。去年春恨却来时。落花人独立，微雨燕双飞。记得小蘋初见，两重心字罗衣。琵琶弦上说相思。当时明月在，曾照彩云归。"

窗外一辆大卡车的车灯像闪电一样劈过去了。

吱嘎一声推开饭店的门走出去，我们都被头顶的大月亮骇了一跳。马上就十五了，大雪一样的月光落满了无边无际的山林，脚下银色的山路看起来纤尘不染，没有一片树叶，也没有一只飞鸟。整个世界洁净得像是回到了远古，在那里，大地正静静等待着必将到来的一切。

十二

⚓

　　这天我刚刚骑着摩托车来到岔口饭店前，就见门上贴着一张白纸，纸上还有字。我心里一怔，从未有人以这种方式联系过我。我连忙放好摩托车，一把扯下这张纸，四顾无人，便迅速开门进去又关上门，这才站到窗前看了起来。纸上只有十几个字，每个字有两厘米大："我爷爷病危，想见你最后一面。范云冈。"

　　看到上面的话，我简直大吃一惊，她居然能找到这里？她怎么会知道我在这里？她居然敢一个人进这样的深山老林？

　　我立在窗前一根接一根地抽烟，把那张纸上的每个字都翻过来倒过去地看了几十遍，竟好像一个字都不认识。抽完的烟头就往砖墙的缝隙里一插，过了一会儿一抬头竟吓了一跳，前面的墙上长出一大片烟头，毒蘑菇似的。我又使劲盯着那片烟头发了一会儿呆。纸上说的话可能是真的，但也可能是她在骗我。他们也许已经报了警，很多人正埋伏在那院子的各个角落里等着我。我可以假装没看到这张纸，甚至，我可以以为自己连日来都没有来过岔口饭店，我本来就不是固定营业的。

我透过窗户看着外面苍莽的山林。

没有人比我更熟悉这片山林。不可能有人找到我。

我把饭店又关了，骑着摩托车在山路上盘旋着往上爬。车速开到了最高挡，山路两边的树贴着我的耳朵嗖嗖往后疾飞，它们一边后撤一边死命把我往前推，我觉得我的加速度越来越快、越来越快，好像马上就要弹起来飞到另一个阒寂无人的星球上去了。飞出公路，飞进蝴蝶谷，然后是那条崎岖的土路，就这样一路狂奔到铅矿门口方才停住。

我扔下滚烫的摩托车，回到宿舍坐在床上喘气。外面的世界终于又被我甩在了身后。这时候一低头忽然又看到了西装的袖口，那只已经磨破的袖口。前日立秋了，山中早晚凉意顿生，我又穿上了这件西装。遥遥想起似乎早在春天的时候就盘算过，应该换掉这件衣服了。没想到，等到秋后还是把这件衣服穿上了。这个秋天和那个春天没有任何缝隙地对接上了，也就是说，对我而言，时间正在失效。我低头愣愣地看着那只袖口，像看着一道可怕的伤口，我能从里面闻出一种腐败的气味。我打了个寒战。

然后我一抬头，正好看到几本书摆在桌上，是我上次去范听寒家时问他借的。我随手打开一本，假装专心致志地看了半天，却是一页没翻。我眼前出现的一直是他那弯到九十度的驼背，看上去非人非兽。到了下午，我不再挣扎，终于把书合上了，又坐在那里抽了支烟，最后把几本书都装进了包里。

我骑着摩托车往落雪堂赶去。他家门口那排柳树依旧，我却有一种久别经年之感，恍惚觉得已物是人非。穿过阴凉的门洞，又是那熟悉的院子，只见几个陌生人在院子里忙乎着什么。一见有陌生人，我本能地想退避出去，却忽见海棠树下横着一个庞然大物，色彩艳丽又鬼气森森，再仔细一看，居然是一口棺材。黑漆上描画着亭台楼阁，桃红柳绿，仕女稚童。我一惊，心想，莫不是人已经入棺了？

正在这时，我又看见范云冈站在屋檐下使劲向我招手，便急急走过去。虽然已立秋了，竹帘还没有来得及卸下，我挑起竹帘进去，范云冈并没有跟进来。屋里光线幽暗，弥漫着一种秋后才有的萧索和灰败。炕上静静躺着一个人，一动不动。我心里一阵害怕，朝外面张望一番，见并没有人注意我进来，便慢慢走过去，走到炕头。我看到他侧身躺在那里闭着眼睛。

他越发奇瘦，四肢缩小如婴孩，只有背上的那驼峰如龟壳一般更大、更坚固了，看起来他整个人很快就要缩进那只龟壳里去了。

我轻轻唤了一声："范老师。"

他慢慢睁开了眼睛，全身上下就只有这双眼睛还能动，他身上的这唯一的活物看上去多少有些瘆人。我不由得后退一步，说："范老师，我来还书了。"

他目光模糊呆滞，像是眼睛里有一层障子挡住了他。他忽然声音发抖："是范柳亭回来了吗？"

我呆呆站着，半天才说了一句："范老师，是我，我来还书了。"

他的眼睛慢慢眨了几下，好像终于看清我是谁了，这才说了一句："你来了？不用还了，留个纪念吧。"

这句话忽然让我很伤感，我把几本书整整齐齐摆在他面前，说："借了就得还，要不你下次就不借给我了，等你身体好了，我再来借书。"

他躺在那里，用混浊的眼睛又看了我好一会儿才慢慢说："你来了就好，我是想告诉你，其实人这一辈子都说过假话，都骗过人。我本不叫范听寒，我本名叫范福星，我上面有四个姐姐，我父母老来得子，所以叫我福星。范听寒是我上师专之后自己改的名字。我也没有家学，我的父母都是不识字的农民。就是当年在师专当老师的时候，我也只是一个最普通的老师。"

我只觉得被他两束微弱的目光箍着，动弹不得，又是烦躁又是紧张。我口干舌燥地说："范老师，不要乱想。"

他忽然笑了一下，眼睛还想紧紧盯着我，目光却已经聚不到一个点上了，这使他看起来就像正拼命看着我身后的一个遥远的地方。只听他又说："我说过假话，范柳亭说过假话，你也说过假话。万物刍狗，所以，谁也不要怪谁。"

我脑子里轰的一声，张开嘴又闭上，又张开又闭上，只觉得有千言万语要说，却是一个字都没有说出口。

这时只见他又闭上了眼睛，嘴里开始发出一些奇怪的破碎的谵语，我轻轻抓着他的手，不停地叫他范老师、范老师。我忽然想把很多话都告诉他，这些话已经藏了太久。然而连他的谵语也渐渐熄灭下去了，我更用力地握着他的手，那只手正在我手心里迅速变凉、变硬。

我连忙挑起竹帘叫人，院子里帮忙的村民们一拥而入，却见床上的老人已经过去了，便七手八脚地开始给他换老衣。有人和范云冈商量，说："范老师这驼背太大，老衣穿不上去，过会儿进了棺材也躺不平，要不要把弯曲的脊椎骨压断了？"

我躲出去了。艳丽的棺材躺在海棠树下，一阵秋风吹过，几只血滴一样的海棠果叮叮当当落在了棺材上。西山上的天空被夕阳染得鲜红。

旁边的花圃里不知什么时候已经换成了一片翠菊。

十三

⚓

一九九九年九月，梁海涛从这个世界上消失了，取而代之的是郭世杰。

变成郭世杰之后，我先是坐火车躲到福建，在永定开了家刀削面面馆。一年之后面馆生意渐渐冷清，我又从福建辗转来到广州做小生意，那时候的小生意已经远没有八十年代好做，做了两次小生意就把身上仅有的一点钱全部赔光了，只好应聘到一家歌厅做服务生。当时是歌厅生意最红火的时候，在我做服务生期间，有两个中年富婆每次去歌厅都提出要包养我。为了躲开这两个女人，在广州只待了半年我便又辞职去了珠海，在那里找了个偏僻的小渔村做了一年渔民。之后又向西辗转到了贵州、云南。我在每一个地方都不会待太久，所以我的行李总是少得可怜，不管走到哪里，行李箱里只有固定的三套西装、三件衬衣、两条领带，还有几本书。

一直到二〇〇四年，我终于做出决定，一个人回到铅矿。

十四

⚓

　　我一个人在大山里走着。

　　秋天的山林斑斓而安静，似乎全世界的寂静都聚集在这山林里了。我走到一棵榆树下的时候，一阵风吹过，满树金黄的叶子像场雨一样落了我一身。我抬头看着这棵树的时候，便也看到高天上的云正变幻着无数种面孔。

　　我向那山顶爬去。黑龙峰，是方圆几百里之内的最高峰，我从未上去过，也不知道在那上面究竟能看到什么。从早晨一直爬到黄昏时分才终于上到山顶，一上山顶我就先被那轮巨大的夕阳击晕了，它看起来那么大、那么近，血淋淋的，似乎只要我一伸手就能够着它。从这山顶上看下去，整片山林都被染得血红，有风吹过时便状如波涛。就在这一片汹涌的波涛中，我却看到了一块凹进去的癫疤，我很快明白了，那是铅矿的位置，也就是我的藏身之处。然后，换了一个角度，我看到血红的波涛里居然亮着一面闪光的镜子。我盯着那镜子看了很久，终于明白，那镜子其实就是密林中的无名湖。原来，只要有人能登上这山顶，无名湖便不再是这世上的一个秘密。

我本能地抬头看了看天空，玫瑰色的晚霞正在迅速消散，取而代之的是正在我头顶聚集的一大团雄壮的云堡。云堡中间开了一处小洞，夕阳最后的光线从里面射下来，照着我和这片森林，宛如一只巨大的无所不知的眼睛。

顷刻间，又狂风骤起，云堡坍塌，一场大雨将至，森林里有怒涛滚滚而来，那林间的癞疤和镜子似乎转瞬间便会被吹得支离破碎，无迹可寻。

这一日，我骑着摩托车下山，又来到落雪堂，来到范家门口。穿过那排柳树，见门正开着。幽深的门洞里空无一人，那张小木桌和我做的那把椅子却还在原处，好像上面还坐着一个隐形的老人。我对着那桌子和椅子默默站了一会儿，然后走进院子里。

我吓了一大跳，院子里一片狼藉。一只箱子在阳光下敞着盖子，里面是一堆五颜六色的衣服。房檐下的台阶上横七竖八地铺了一地书，都晒着太阳。有几张写着毛笔字的条幅也被扔到院子里，好像正在闲庭信步。各类生活用具零散地扔了一地，仿佛这院子刚刚被洗劫过。我站在院子里问："有人吗？"

竹帘晃了一下，闪出一个人影来。我一看，不是别人，正是范云冈。如今这整个院子里就剩她一个人了，她远远站在那里，看起来分外瘦小，竟把这院子衬得空旷了好几倍。我心里一阵难过，口气倒更蛮横了："你家这是怎么了？被强盗打劫了？"

她向我走过来，脑后还是梳着一只蓬乱的"大丸子"，眯着眼打量了我好几眼，好像这才勉强想起我是谁，说："是你啊，打领带的那个。你又是来借书的吗？你还真敢来。"

这最末一句话让我对她又有了几分警惕，但我还是不动声色地问了一遍："你家到底怎么了？"

"这些书都是我爷爷的，你喜欢哪些随便拿去，反正我都是要送人的。"

我惊诧道："你爷爷的书你怎么能送人？他自己保存了那么多年，还给好多书包上了书皮。"

她耸了耸肩，两手一摊，说："我算看透了，他再爱书，死了还不是一本都带不走。留这么多东西做什么？都是累赘，不如早些送了人，还算做了好事。"

我的口气忽然有点气急败坏起来，像个长辈一样大声训斥她："你爷爷允许你把他的书都送人吗？"

她挑起一边嘴角嘲笑我："你是我家什么人？"

我自觉失言，便坐下点了支烟猛抽起来。她立在我旁边说："喂，给我一根。"我瞪她道："小姑娘家抽什么烟，抽烟抽多了连肺都能被熏黑。"她叫道："那你怎么还抽啊。"我又抽了两口才说："我烟瘾大，年龄也大了，戒了就没什么乐趣了。"说着递过去一支烟。她点着了，装腔作势地抽了一大口。我估计她的很多动作都是从电视上学的。

她一边抽烟一边说："我要出门了，说不来一走就是几年，我把工作都辞掉了。一个人守着个十间房的大院子，晚上都觉得瘆人。"

我猛抽了几口烟，把自己呛得直咳嗽。我痛心疾首地说："你爷爷费多大的劲才给你找的这份工作！"

只见她叼着烟在满地狼藉里游弋着，说："我八岁就没有妈了，跑了，以后再没看过我。我二十岁的时候我爸失踪了，生死不明。我二十四岁的时候我奶奶病死了，然后，就剩了我和我爷爷，我知道他也会走的。我在心里早就做好准备了，我知道他们一个一个都会离开我的，最后只剩下我一个人。所以我早就想好了，只剩下我一个人的时候，我该怎么办。我总不能一辈子就在一个馒头大的小镇上待着吧。大城市我也不去，累得慌，我可能去西藏、新疆，还可能去内蒙古。你看人家那些少数民族，成天骑着马在草原上跑来跑去地放羊，喝着酒唱着歌，不用找工作，不用巴结人。死了就拉倒，活人也不用为死人哭，因为人人都要死。每当我想为我爷爷大哭一场的时候，我就想，我也会死的，反正大家都一样。"

她说得并不伤感，我的眼泪却差点下来了。默默抽完一支烟，我把眼泪硬憋回去之后才说："人家是游牧民族，和我们不一样，那种生活在电视上看看就行了。人最后都是需要安稳的，我年龄比你大好多，你听我一句，其实在一个小镇上当个小学老师真的就挺好的。"

她叼着烟看天，不吭声。

我以为刚才的话起了作用，忙又继续道："不要以为自己比别人多看了几本书就和别人不一样了。你爷爷还是希望你有份稳定工作，找个好人结婚，再过几年你就知道了，其实安心比什么都好。"

　　她忽然冷笑一声道："既然结婚这么好，你怎么不去结？"

　　我心里一惊，嘴上却硬撑："谁说我没有结婚，我儿子都十几岁了，个头比你还高。"

　　她并不说话，只是嘎嘎大笑。我这才想到，虽然我还是愿意把她当成一个孩子，但事实上，她已经二十九岁了。我忽然想到，范听寒在去世前会不会已经把他所知晓的秘密告诉了他的孙女。

　　我心里一动，却不再有以前那种动辄一身冷汗的激灵。我想到了那天站在黑龙峰上看到的无名湖，它像面小小的镜子一样裸露在大地上，反射着血红色的夕阳。也许，这世界上根本不止我一个人知道它的存在。想到这里，我反而有了一种莫名的轻松。

　　秋天的阳光烤着我，我微微闭了会儿眼睛，阳光里飘着翠菊最后的花香。再睁开眼睛时，忽见她抱着两只酒瓶子站在我面前，她把酒瓶朝我晃晃，说："你看我爷爷存下的老白汾也带不走，我不是说嘛，人活一世就是个过客。怎么样，中午一起喝点吧？"

　　她把菜园子里最后一个茄子和最后两根黄瓜摘了，把茄子蒸了，拌上蒜泥，又把黄瓜拍了，淋上香油。她说她爷爷在缸里还养着两条鲤鱼，要不要也炖了下酒，我连忙说我从不吃鱼，她便只把茄子和黄瓜端上来，两只酒杯里都倒满酒，然后我们就在门洞里的小木桌前坐下来对饮。

秋风带着剑气从门洞里钻过，已经明显有了凉意。她举起杯子，我也举起，我们碰了一下。她说："以后要是去了新疆、西藏，怕是就喝不到这么好的酒了。"我说："去了哪里都有好酒喝的，就是过了阳关玉门关，照样有好酒。不管去哪里，我还是希望你能找个好人，一个人真的太孤单了。"

她挑起一边嘴角，看着我说："一个人太孤单了？"

我不再接话。

我们默默地喝了三个来回，我放下杯子，忽然正色问道："你爷爷去世前，你是怎么找到岔口饭店的？"

她用一根修长的手指轻轻敲打着桌面，意味深长地看着我说："因为镇上去山里采木耳的人曾经在你那饭店里吃过饭，你那饭店根本不在镇上。而且你那饭店里只做四样菜，过油肉、酱梅肉、野鸡炖山蘑、烩土豆。我没说错吧？"

我不语，咬了一大口黄瓜，满嘴咔嚓咔嚓脆响。她补充了一句："我早和你说过，一个馒头大的小镇能瞒住什么，镇东吃肉，镇西就能闻到。"

我仍不说话，又咬了一口黄瓜，正使劲地嚼着，忽听她淡淡地说了一句："我男人也去你饭店里吃过饭。"

我的咀嚼猝然止住，我抬头看她，我们正好四目相对。我脑子里努力拼凑着那个男人的样子，却怎么也聚拢不成一个人形。她说的应该就是那个凤城镇上暴尸街头的黑社会老大，他居然去过岔口饭店？而我根本不知道坐在那里吃饭的人可能是谁。

我不寒而栗，却忽然咧嘴笑了一下，牙缝里露出绿色的黄瓜。

她给我倒上酒，我又和她喝了一杯，才假装漫不经心地问道："他去我那里吃饭也是要进山采木耳吗？"

她那根指头似乎闲得发慌，还在不停地敲打桌面。她说："他倒不采什么木耳，他只是对你好奇，觉得你是有些来路的人。一个人为什么要把饭店开到山里去呢？"

我听到自己的心脏在胸腔里很响地跳了几下，但我的声音反倒越发轻快，我说："进山里拉木料的大车司机也要吃饭吧，总不能所有的人都把饭店开到城里去。"

那根指头还在敲，发出单调可怕的声音。她并不接我的话，只说："你不是经常去镇上卖木耳吗？他早就注意到你了，因为你的穿着就和别人不一样。"

我想到直到那个男人被砍死在街头，我都没有见过他一次，甚至至今都不知道他长什么样。而当我在镇上卖木耳的时候，他可能就坐在我对面仔细打量着我。

看来今天我根本不该来，范听寒已经不在了，我却又放心不下他这个孙女，毕竟，她没有了父亲，又没有了爷爷。听她的口气，她像是已经知道什么了。

我下意识地朝着门的方向看了一眼，离我并不远，我断定随时可以从这扇门里离开，她毕竟只是一个年轻姑娘。做好打算后，我不动声色地给她倒了一杯酒，又给自己倒了一杯，然后笑着问她："注意到我？就因为我喜欢穿西装打领带？"

她也笑了一下说："他说他还没有想明白你到底是什么来路，如果是一个犯过事的人，大概也不敢穿成这样。他觉得你很奇怪。"

看来她并不确定。我又想到那个男人既然能找到岔口饭店，会不会也已经知道了我住在哪里，便试探道："他在我饭店里吃完饭都不和我打个招呼？既然都认识，怎么能不去我家里坐会儿呢？"

她微微一笑，把杯里的酒一饮而尽，说："你家？你家在哪里？"

我不说话，看着她的眼睛。

她回看着我的眼睛，说："我男人那次下山后曾对我说，他猜你很可能就住在山里。"

我纹丝不动，说："他还说了什么？"

"他还说他觉得你没老婆没孩子，应该是一个人过。"

我竭力用平静掩饰着内心的狂风巨浪，我看到自己端起酒杯的手又在发抖，但我还是勉强和她手里的酒杯碰了一下，一口喝干，这才说："其实他要是早说的话，我一定请他去我家里坐坐，让我老婆给他炒两个菜，我和他好好喝顿酒。"

说完这话，我又点了一支烟，又递给她一支。

她把烟点着了，叼在嘴角，锋利的眼神忽然就钝下去了。她极安静地说："没机会了，后来他死了。"

我没有说话，只是埋头抽烟。

她抽了几口，不再看我，只看着门外说："他这个人吧，你可能没见过，长得特别像个坏人，打架斗殴，还蹲过监狱……他只是长得像个坏人。你不知道，他其实还像个小孩，喜欢捡树根做根雕，会用麦秸编篮子，会把南瓜刻成灯笼。"

她没有声音地流着泪，嘴角还叼着那支烟。

我感觉自己身体里滚烫，手脚却冰凉，便走到水龙头前把头伸下去灌了几口凉水，一抬头，正看到那只大水缸里盘着的那两条大鲤鱼，它们不知吃了些什么，越发肥硕。我胃里一阵抽搐，又伸头灌了两口凉水。

我又回到桌前坐下，她脸上的泪迹已经收起，那根手指重新在桌上可恶地敲了起来，她边敲边忽然想起了什么，说："对了，你还有个奇怪的地方，你和我爷爷说过，你小时候是在海边长大的，对吧？但是你并不吃鱼。"

我盯着她那根手指看了一会儿才说："这世上不是所有的事都能解释清楚的，有人讨厌吃鸡肉，就会有人讨厌吃鱼肉。"

她诡异地笑了一下，说："是吗？那你觉得我爸爸还可能回来吗？他已经消失八年了。"

我说："我记得以前你自己不是说过吗，觉得他只有两种可能，要么是他犯了什么罪躲起来了，要么就是已经被人害了。"

她目不转睛地盯着我，说："那是我说的，不是你说的，你觉得哪个可能性大？"

　　我摊开自己的手心比画着，说："我不会算命，这个我不知道，真不知道。"

　　她又独自饮下一杯酒，然后，那根可恶的指头继续在桌上有节奏地敲着，咚咚，咚咚，咚咚咚。她慢慢说："你想知道我男人是怎么看待这件事的吗？他跟我讲过，一个人几年不回家的可能性有很多，比如他以前的一个狱友，判刑之后被发配到新疆戈壁滩改造，刑满之后也不能回来，就只能在那戈壁滩里待着，和家里人也多年没有联系，家里人都当他已经死在新疆了。又说他知道有一个年轻女的离开家里去呼和浩特的一家饭店打工，她在工作的第二天就被奸杀了，公安通知了她父亲，她父亲不敢把真相告诉她母亲，就骗老伴说女儿跟着一个有钱男人跑了，过上了好日子，吃穿不愁，就是不记得往家里打个电话。这一骗就骗了三十年，一直到他老伴去世前还在等着他们的女儿回家，而杀人犯在那女的死了十多年后才被抓住。他还跟我讲过有个生意人被人抢钱害命，几年里就是找不到尸首，家里人和公安局方圆十里地找，怎么都找不到，就成了无头案。结果你猜后来是怎么找到的？邻村有个人喜欢钓鱼，有段时间老去一个很远的废水塘钓鱼。他发现钓起来的鱼都比别的地方的鱼肥大，就感觉有点不对劲。那人胆子大，决定到水下看看究竟有什么，结果看到水底有一具被大石头绑着的尸体，尸体上的肉已经被鱼吃光了。"

我刚端到嘴边的酒杯忽然停住了，她也忽然住了口，整个世界像被一把利刃齐齐剁了开来，没有一点多余的声息。我端着那杯酒，再次迅速朝那扇门的方向看了一眼。

片刻的死寂之后，我说："你那男人，死了真是可惜了。"

在幽暗的门洞里，她目光灼灼地看着我，忽然骄傲地微笑起来，说："我一直都这么觉得。"

我还是举着那杯酒，说："我想敬他一杯。"然后，我一饮而尽。

夕阳西下，我们两个人都喝得有些醉了。我心中想着还是快些离开吧，便摇摇晃晃地站起来，说："天快黑了，我该走了，把你爷爷的书送我一本吧，用他的话说，留个纪念。"

她重复了一遍："我爷爷说过，是要让你留个纪念。"

我拿起一本《花间集》，打开，里面居然也夹着一张写字的纸，看起来又是一首范柳亭致父亲的家书："谁道闲情抛弃久？每到春来，惆怅还依旧。日日花前常病酒，不辞镜里朱颜瘦。河畔青芜堤上柳，为问新愁，何事年年有？独立小桥风满袖，平林新月人归后。"落款时间是二〇〇六年三月十八日。我想我真的是喝多了，我竟对范云冈晃着这张纸说："看，你爸爸的信，你看他一直在给你爷爷写信呢。"

她神秘地笑了，说："我爷爷经常给自己写信。"

我把那本书小心翼翼地揣在怀里，然后终于向那扇门走去。她跟在后面，一直把我送到门口，门口不见人影，只有我的摩托车停在那排柳树下。我又是怕她，又是感激她。我知道这一定是我最后一次来这里了，我觉得我应该说点什么，把那些本想和范听寒说的话都说给她听，我甚至想和她聊聊她的父亲，我毕竟认识他。最后我却只客套地说了一句："你走的时候，我来送行。"

她又习惯性地挑起一边嘴角，看着我的眼睛说："不用卖我人情，你走了就走了，反正我也是要走了。"

我一只脚已经跨在了摩托车上，另一只脚踮着。这时候我发现她是真的在让我走，是真的。我反倒犹豫了片刻，最后还是使劲一踩油门，摩托车突突突地发动了起来，就在那一瞬间，我心里仿佛有山洪涌过。我忽然扭头对她喊道："你上不上车，我现在带你去一个地方，就在这山里，我带你去看一个你从来没有见过的湖。"

她愣了一下，眼睛里忽然波光闪闪，却依然站在柔媚的柳枝下，没有动。然后，她假装什么都没有听到，只用更大的声音喊："回来，你说什么，我听不见，我一点都听不见。"在摩托车飞出去的同时，我看到她转过身去，消失在了幽深的门洞里。

十五

⚓

我潜入水中，再次向着无名湖幽暗的湖底游去。

天体之诗

一

$$\text{⚓}$$

我试图真实地还原多年前这个北方县城里的一起杀人案，但我不是警察，不是医生，不是法官。

我只是一个自由拍纪录片的人，自己摄影，自己剪辑，大部分时候我的电影是没有多少观众的。我走过很多地方，有时候徒步，有时候搭汽车，有时候乘火车，几年前我在甘南草原拍片的时候还养了一匹马在草原上骑着。我在一个牧民家里借宿了一段时间，老牧民热情地问我结婚了没有，我说没有。他连忙说："那我把拉卜楞寺住持的侄女介绍给你吧，和你一样，也三十好几了，人家开了一家吉祥用品店呢，那可都是开过光的。"我只好又改口："老伯，其实我已经结婚了。"老牧民很不高兴地说："连自己结婚没结婚你都记不清楚啊。"

骑着马离开甘南草原，我又朝着河西走廊的那些雪山走去。那些雄壮的雪山在阳光下闪着银色的光芒，如同神殿，让人不能不远远生出敬畏来。听说通往这每一座雪山的半路上都埋有几具冻骨，有几年前的，还有十几年前或几十年前的，都是些来朝拜雪山的人。每到春天，这些冻骨就会随着雪山的融化暴露出来，居然衣衫完整，然后又随着一两场大雪的到来继续封存在雪山深处。

雪山使他们的死亡看起来不像死亡，而更像一种千年不朽的沉睡。还有更多的死亡就地成谜、成冢、成化石、成清风、成流云、成永生、成时间。

直到过了几年又返回北京之后，我仍然时常怀念在雪山上看星星的感觉。那种感觉来自即使知道自己会朝生暮死，但因为离诸神般的天体如此之近，竟会觉得再短暂的一生也自有着一种庄严感。

出来拍电影之前，我是北京一所大学里教影视课的老师。我终日在课堂上给学生们讲艺术电影，讲雅克·贝奈克斯影片中如古典油画般端庄而不羁的美感，阿伦·雷乃在电影中关于时间与记忆的暧昧与不确定性，路易斯·布努埃尔电影中的超现实主义与精神分析痕迹，卢奇诺·维斯康蒂深埋在骨血里的贵族气和那些傲慢优雅的镜头，阿巴斯电影中的极简主义，法斯宾德的邪性狂热，赫尔佐格的幻想偏执，安哲（安哲罗普洛斯）电影中诸如慢慢拉动的小提琴的长镜头，塔可夫斯基电影中藏在诗后面的对信仰和救赎的极度渴望。

然而有一天我终于厌倦了这一切。当我努力把自己穿得像模像样，以期更有尊严一点，站在讲台上热泪盈眶地讲塔可夫斯基的时候，坐在下面的学生却露出嘲讽的微笑。显然，他们觉得我讲的这些对他们来说是无用的。我孤独地站在讲台上，硬着头皮继续道："塔氏电影反复在说的是一个主题——当宗教信仰不再，人类心灵麻木不仁，如何才能弥补这世界的裂痕。"多数学生只顾低头划手机屏。这些表演系的学生为了在话剧里抢得一个配角而使出浑身解数，以至于在谢幕之后的深夜里还久久不愿卸妆。一个真正有想法的学生写出了自己的剧本四处找不到投资方，最后找到的投资方却以霸王条款要求他签卖身契。

我感觉自己拖着庞大而不合时宜的身躯置身于人群中间，就像一只正在表演马戏的笨拙大象。同样是表演，登台却迥异。院里管教学的女领导找我谈话："学生们反映了你的问题，你讲课不要总这么严肃，现在的人都想要点轻松的东西。"

女领导说，其实对知识分子们来说，学学人家某某的幽默风趣会开玩笑肯定不会有坏处，想迎合这个时代也简单。我忽然发现女领导的双眼皮是刚割出来的，忽闪忽闪，火眼金睛似的，看上去就像一个老女人的头上骤然冒出了一双十六岁少女的崭新眼睛。

那个黄昏，我久久站在学校十七层的窗口边望着窗外，远处是鳞次栉比的高楼，在北京阴郁的天幕下绘出一条灰暗无光的轮廓线，它看起来就像科幻小说里建在月球上的一座城市，散发着谜一样的气质。夕阳西沉，天边的光线渐渐消失了，取而代之的是灿烂星河，我似乎看到遥远的天体闪着寒光，绚烂的彗星正从夜空中疾驰而过。它们本是些呆板的丑石，失衡之后恰好经过太阳，便摇身变成壮美的彗星，与人世间倒也相映成趣。

我主动辞去了大学里的教职，脱离体制，背着一只大背包，扛着一台半旧的EOS C500摄像机，开始了我的自由生涯。我已经交往了五年的女友自然没有跟着我一起辞职去流浪，但也没有立刻提出分手。我知道她还需要些时间去想清楚这一切。

就这样，我独自远离了北京，全身被晒得黢黑，经常不刮胡子，头发很多天没机会洗，以至于后来都生出了虱子，身上的衣服也渐渐褴褛起来。我甚至有时候会被人当作流浪汉，而同时我被另一部分人叫作独立导演，据说现在独立的意思就是真实。

既然不再需要依附于什么，我便决定要说出一些自己真正想说的话。我要拍出一部能被人记住的电影。

为了寻找，我走过很多地方：大雪纷飞、寒鸦数点的北方，妖娆气根缠绕着榕树的濡湿的岭南，草甸上牛羊如珍珠撒落的巍峨雪山，千里湖光、渔舟晚唱的江南……一年又一年过去了，我仍然没有找到足以让我心仪的题材。眼看积蓄在渐渐花光，我心里越来越恐慌，而曾经的生活不管到底怎样，都已经是回不去了。为了维持生计，我不得不每到一个县城和乡村，就做点倒卖盗版碟的小生意或者走街串巷地去做摄影师。我在乡村的流水席上给新娘新郎做过婚礼摄影，还在小镇的十字街头给那些为自己准备后事的老人拍过遗像。洗出的照片里的老人们都是阴森森的，好像正从另一个世界里看着我。可是在做这些事的时候，我又时时刻刻想撇清眼下这游贩走卒的身份，想提着对面的人的耳朵告诉他们，我原来是个大学教师，我原来是在大学里教艺术的，我并不是应该专门做这个的。

不过他们正沉浸在喜悦或悲伤里，根本没有人想听我在说什么。这种感觉与在大学课堂上面对学生讲课的感觉竟出奇地相似。

我只好继续寻找下去。

二

有一天我来到了这个灰暗的北方县城，它叫交城。这个县城的边缘有一大片破败的工厂，工厂的后面是一大片阴森的树林。

工厂一进门的空地上摆着一圈花花绿绿的旋转木马，木马身上的颜色已经斑驳脱落得厉害，但仍能看到它的主体部分曾经是金色的。我能想象到这样的金色木马在灯光下旋转起来的时候必定接近于流光溢彩，富丽堂皇。木马顶棚上绘上去的一个个简陋的图案在旋转的时候会莫名地有点像绘在教堂顶上的《圣经》故事，肃穆的、光明的、半人半神的。所有旋转起来的木马一直给我一种神秘的感觉，似乎都带着一种喑哑的神光。

现在，这破旧的金色木马静静地被废弃在这里，好像一个被埋葬起来的过时秘密，轴心里长着半人高的荒草，一看就是很久没有人来玩过。估计是当初哪个无业游民看中了这块空地，把木马装在这里，想收点小孩子的门票钱，不料却人迹罕至，最后只得废弃。

金色的木马背后是月球一般荒凉的工厂废墟，废墟的背后是一轮血红色的大夕阳。就在那一瞬间，我站在那里忽然就被什么击中了。

　　我打开摄像机往工厂深处走去，通过镜头看到一根根墓碑似的电线杆、一座座冰冷的钢炉，想来当年这些钢炉应该都是钢水奔流、火花四溅的。一排排早已废弃的厂房，没有了玻璃的窗口黑洞洞的，像一张张无声的嘴巴，窗下的荒草有一人多高，弥漫着一种植物属性的杀气。这一排一排灰色的厂房和那曾经金碧辉煌的木马相偎依在一起，诡异地站在这早已被人们遗忘的时间荒冢里。

　　我试图向那厂房里张望，却只能看到锈迹斑斑的机器和蝙蝠的影子，还有大片大片铁一样的死寂，这里好像除了我再不会有第二个人。我又顺着楼梯上去，镜头慢慢摇动，我看到了休息室里墨绿色的木头长椅，油漆斑驳的铁皮柜，桌子上散落的铝饭盒、搪瓷茶缸、象棋里的车、扑克牌里的K，如同一场烟花之后留下的满地碎屑。镜头继续往深处移动，周围的一切越来越破败荒凉，我感到害怕却又欲罢不能，就像有一种神秘的音乐正不断把我引向深处，顺着这音乐的纹路，我怕忽然会走进某种梦境。

　　像一切废墟一样，时间在这里早已失去了意义，连瞬间都是凝固的。继续往里走，在一间昏暗潮湿的大屋子里，我看到了被废弃的澡堂，巨大的水池里长满暗绿的青苔和鬼魅的倒影，看起来神秘而恐怖，但这种神秘更深地吸附着我。

　　忽然听到楼道里传来一阵断断续续的脚步声，我一惊，连忙走出去一看，楼道里正迎面走来一个人。一个五十岁左右的瘦小男人，脸上沟壑纵横，一只很大的编织袋把他的一只肩膀压了下去。他站在那里也正吃惊地看着我。我连忙解释，我是来这里拍电影的。他盯着我手里的摄像机看了半天，又上下打量了我一番，忽然干笑了一下，有些紧张地说："你是电视台派来的吗？"我说："不是不是，我和电视台没什么关系，我是来拍电影的。我想把这工厂拍下来，没想到一个小县城里还有过这么大的工厂。"

他听我不是电视台的，便也懒得再搭理我，只是俯身把楼道里的一些破铜烂铁捡到了编织袋里。难得在这里见到一个活人，我想和他搭上话，就又补充了一句："你看这旧工厂还挺有意思啊。"听到我这句话之后，他却忽然翻起眼睛冷笑一声道："有意思？原来这县里十分之一的人口都在这厂里上班，后来这些人哗啦哗啦全部下岗了，一个没留，你说怎么能没意思呢？"我在他身后又追问了一句："那么多的人后来都做什么去了？"

他晃悠悠地回过头，看见我正站在澡堂门口，忽然无声地笑了一下，诡异地说："这里面你可别乱进去啊，我给你讲个故事，当年我们厂的工人下了班都要在这里泡澡，后来不是让我们都下岗嘛，不走也不行，都不给开支了。工人们就越来越少，在这儿泡澡的人也越来越少，最后就剩下几个人还来这儿泡澡，到最最后就只剩了一个工人每天来泡澡。后来你猜怎么，有一天这人泡完澡忽然就从澡堂里消失了，哪儿都找不到，至今也没找到这人。"

我浑身一哆嗦，仿佛还能看到当年满池的热水中挤着熙熙攘攘赤身裸体的工人们。男人们白花花地泡在一个池子里，很是壮观。后来工人们越来越少，慢慢剩下了几个，慢慢剩下了两三个，最后，只剩下了一个工人孤零零地泡在浩大的一池水中久久不肯离去。我想不出这工厂里的最后一个工人究竟在这池子里泡了多久，他又是何时离开的。或者，他其实根本就没有离开过这里。他的骸骨至今还埋藏在布满青苔、倒影斑驳的池底。

　　这种神秘的恐惧像水中的一个漩涡一样要把我吸进去，我拼命挣扎。在一阵轻微的眩晕之后我忽然明白过来，我终于找到了我想拍的东西。

　　血色的夕阳正在群山之上烈烈燃烧着，半个天空都被烧得像一座肃穆的希腊神庙。夕阳下的工厂看上去越发荒凉阒寂，像座远古时代留下的废墟。我和那拾荒的瘦小男人各自骑在一匹木马上，各自叼着一根烟，有一句没一句地闲聊着。一根烟抽完，他不愿说下去了，我又递过去一支烟，说："我再出一百，你再给我多讲点你们厂里的事。"他骑在木马上，垂着两只脚，腿短，脚尖都够不着地，整个人看上去有一种谦逊的凄凉。他跳下木马跺了几下脚。"不和你说过了吗，我没文化，嘴笨，不会说。当年我是顶替了我老子的班，十八岁就来这厂子里了，那时候进厂里那个吃香啊，谁不眼红。"他眯起眼睛看着远处的群山，怅惘地看了半天才又说，"不过有谁是长了前眼后眼的，真要是长了前眼后眼，人哪还用得着后悔，一眼就把一辈子看到底了。这样吧，你再给我加一百，我就告诉你去找谁。"

我只好又给了他一百块钱，他嘴角叼着烟，把钱拿住，装进了口袋，又抽了两口，才慢条斯理地说："有一个人肯定知道得多，这人叫伍学斌，是我们车间当年的车间主任。"

告别了矮个子男人之后，我又是兴奋又是紧张，兴奋的是，终于遇到了自己真正想拍的东西；紧张的是，资金是个问题。就是成本再低的纪录片也是需要花钱的，如果遇到矮个子男人这样的，他还会不停地要挟加价。思来想去，我不得不厚着脸皮给多年前的老友打电话，想问他借点钱。打电话之前把要说的每一个字都想好了，结果寒暄了半天却始终开不了这个口，于是没提一个钱字就慌忙挂掉电话。挂了电话又赶紧关了机，好像生怕人家会追着打过来一样。

半宿没睡着，吊着眼睛到天亮，然而到了第二天，我发现自己的银行账户里忽然多出来两万块钱。我吓了一跳，竟像做贼被抓了现行一样。独自呆呆地坐了半日，心里算想明白了，一定是老友在电话里听出了我的窘迫，便告诉了我在北京的前女友，一定是她打到我账户上的，因为只有她知道我这个账户。我们已经很久没有任何联系了，我也不敢和她有任何联系，因为我怕和她联系的时候，我会后悔，更怕她至今没有一点后悔。

看到账户上有了钱之后，我做的第一件事便是走上街头要了一大碗热气腾腾的羊肉面。一碗面居然几下就下去了，我在灯光下久久与那只空碗对视着，一种古怪的轻松感伴随着尊严的失去反而充斥在我身体的每道褶皱里。我索性又要了两瓶啤酒，走出小饭店，坐在路边，一边喝啤酒一边看着来来往往的行人。一个骑自行车的差点撞到我身上，我坐在夜色里挑衅地骂了一句："没长眼睛啊！"对方停下打量我一番，骂了一声醉鬼便走了。我只是想引来某个路人对我的攻击。在这个再平凡不过的夜晚，我如此强烈地想被当作泥土、当作灰尘、当作树叶，而千万不要被当作人类。我在这个夜晚单单不想被当作人类。

我并没有向她道一个谢字，因为眼下我只希望能被她遗忘甚至遗弃。我发现在这世界上被人遗弃居然也具有一种近似狂欢的气质，带着沉醉、喜悦、烂熟与辽阔的堕落。

我按矮个子男人说的地址一路找到位于县城西南的棺材街，老车间主任家门上却挂着锁。邻居的一个老太太正坐在门墩上晒太阳，她像只猴子一样用手搭了个凉棚看了我半天，才张开没牙的嘴，走风漏气地说："扛着这个，你是来拍电视的吧？你是电视台的？这么说是老伍要上电视了？"我说："啊，那个，那个……"老太太已经把话抢过去了："老伍出名了？那快不用等了，去北面找他，一直往北走，就能看到一棵老柏树，他肯定在那儿撞背呢，他又没地儿去，天天都长在那树上，天黑了他还要绕我们县好几圈，你还能等到？"

我顺着老太太的指点一直往北走，果然远远就看到了一棵巨大的柏树，看上去怎么也有一千多岁了，老态龙钟，几个人怕是都抱不拢，像是这个县城的老祖母，从树梢到树根的每一寸树皮下都散发着一种介于树和妖之间的气息。我走近了才发现，大树下确实有个老头正使劲地把自己往树上摔。树太大太老，衬得树下的老人如蹦蹦跳跳的顽童。只见他摔背、摔肩膀，拎起自己身上的任何一个部位都咣咣往大树上摔。我曾听说过是有这么一种流行一时的保健方法，但在这里猛然看到有个真人真这样把自己咣咣往树上摔，好像有仇一样，还是吓了一跳。老头起先并没有注意到我，他再一次摆好架势，很投入地把自己整个人摔出去。我忽然在他身上看到了一种绝望而炽烈的东西，就好像他整个人都被逼到一个最狭小的格子里去了，把自己摔到树上已经变成了一种宣泄、乐趣、热情、癖好，一种激烈的狂怒。然后，当他再次提气、转身，准备往树上撞去时，忽然看到了几米之外扛着摄像机的我。

他警惕而兴奋地盯着我，准确地说是盯着我的摄像机。他审问道："你扛着这个是要干吗？"

我舔了舔嘴唇，正准备耐心地解释我想拍一部关于工厂的电影。可是我刚开口就被他打断了，他说："我知道了，你是来拍电视的。"我忙说："是电影。"他说："哦，拍电影的？电视和电影也差不多。我看你年龄也没多大吧，一个人就能拍电影了？啧啧，拍电影不是要很多人吗？你们拍的电影是不是都要在城里的那种大电影院放啊？那种大电影院我就去过一次，好家伙，那个大呀，上下两层，那得坐多少人才能坐满啊！"

我思忖着他这架势是不是准备问我要很高的报酬，忙说："您说的那是大众电影，我这种纪录片上不了大影院的，不会有什么票房，我就是希望拿出去能在电影节上获个奖。"

谁料他更加兴奋起来，好像整个人都要扑到我脸上来说话。"获奖好啊，一获奖全中国就都知道你的电影了，你看什么金鸡奖啊百花奖啊，多风光。你想拍工厂里的工人？哈哈哈哈哈哈，太好了，你找对人了。你想拍什么都告诉我，你想怎么拍就怎么拍。这儿不行？那就不行，走走走走走，到我家去拍。"

说完便极热情地引路，还要帮我拿摄像机，搞得我不禁有些心虚，这样的热情里好像应该有诈一样。他一路上都在跟我絮絮叨叨，且每见一个人都一定要停下来打招呼。

"那都是十几年前的事了，忽然就让我们下岗，我开始还以为自己怎么也是个车间主任，还是个八级钳工，再难的活也拿得下，别人都下了也轮不到我呀，后来才知道一样，都一样，最后整个厂里就没留下一个人。都不发工资了还能怎样？有人说要去县长家门口上吊，还有人说要每天去堵县长的被窝，让他光着屁股跑来跑去，最后还不是都乖乖下岗。下岗后？我什么都干过，摆过袜子摊，卖过红枣，养过鸡，修过电器，开过三轮，还离了个婚，老婆不跟我了。人家要走我也留不住，我一个破工人。怎么养老？我早就是老头子了，不也活着？

"忙什么呢？哎，张三，和你说，这是个从北京来拍电影的导演，人家要拍我呢。

"后来我儿子长大也工作了，我的退休金也慢慢涨到一千多块钱了，饿不死就行，我不想再那么像只鸡一样不停地从地里刨食了，大不了就少花一点，少穿一点，少吃点好的。人心哪有尽头。

　　"不是拍电视的，是拍电影的，要在电影院放的那种电影，到时一定去看啊。人家是个导演，要去我家拍去。不是我请来的，是他自己找上门的。

　　"但不刨食了也得给自己找事做啊，你说我们这种半截子已经入土的人还能做什么？我以前就喜欢给人修理个东西，修个录音机修个手表都没问题，但现在都不时兴修东西了，坏了就扔了，再买新的。老工友们让我再找个老婆，找老婆又得花钱，怕我儿子不高兴，做饭洗衣我自己都会，想想还是算了。还是身体是本钱，身体都没了，别的都扯淡。为了有个好身体，我先是跟着寺庙里的老和尚练了几年武术，看人家老和尚都能活一百多岁，还顿顿一大碗饭。练着练着觉得山上清净，就干脆到玄中寺里做了两年的居士，后来觉得在山里待久了太孤寂，就下山了。山中一日，世上千年啊，下山了才发现原来一个厂的老工人们已经哗啦啦死了一半，活着的也都老得不成个人样了。听说还有一个得了抑郁症，一天到晚疑神疑鬼，还老想着怎么能跳楼，身边得寸步不离地守着人，结果你猜？就是家里人眨了个眼的工夫，他就真跳下去吧唧一声摔成了肉饼。你看看，要一个人死容易不容易，其实和拍死一只苍蝇差不多。

　　"已经吃过饭啦？人家可是个导演，拍电影的，现在去我家拍去。一会儿过去看哪。

"我以前厂子里的那些老工友，有的子女有出息，给他们钱，他们就有钱买保健品吃，据说吃了之后一年到头都没有个发烧感冒的。我没钱，买不起，保健品都死贵死贵，我怕自己也哪一天忽然死了怎么办，我的任务还没有完成啊，那就得想办法锻炼身体，所以我一天到晚就想着怎么把身体搞好。我每天早晨五点起来就绕县城跑一圈，晚上再绕县城走几个圈一直走到半夜，有人半夜撞见我还吓一跳，好像我是个夜游鬼一样啊。后来听人说这千年的古柏有灵气，已经差不多成精了，多撞树就能吸到它的精气，我反正也没事干，就一天到晚想法儿锻炼身体，要么练武术，要么跑步，要么散步，再要么就去撞树。一天到晚都不怎么在家里，要不你看见我锁着门呢。"

开了锁，进了屋子，摄像机开着，我环顾了一下四周，屋里很简陋，有几件八十年代自己打制的家具，一张暗红色的木床上摞着一床花棉被，墙上贴着一张花红柳绿的娃娃年画和一张世界地图。他进门之后又是给我倒水，又是拿塑料袋里储存的花生。我说："老主任，不忙不忙。""吃着喝着好说话。"见我不动，又抓过一把花生剥了壳送到我手里，说，"吃啊，多吃点。"我只好吃了几颗。倒好水之后，他端坐在我对面的一把椅子里，双手扣在腿上，忽然就抬起头很紧张地看着我说："导演同志，我求你件事，我求求你一定要把我拍进电影里，等你获奖了，全国人民就都看到我了。我想出名，你的电影一定能让我出名，只要让我出了名，那你让我做什么我都愿意。"

我心里为遇到这么想出名的老人暗暗叫苦，嘴里忙说："老主任你误会了，我只是想拍一部能说真话的电影，肯定是小众电影，还不知道会拍成什么样子，更不敢想着能出名。"他见状忽然起身打开衣柜，在最下面的角落里摸索了半天才摸出一点东西，然后恭恭敬敬地捧到了我面前。我一看，是一个纸包。他把纸包一层一层剥开，最里面露出了一卷皱巴巴的钱。我立刻被吓了一跳，只听他急切地说："导演同志，我一个工人也没什么钱，就攒下这么一点，你要不嫌少就都拿去吧。还有这屋里的东西，你看着什么好就都拿去吧。我还会打家具，你以后要是需要家具，我帮你打。"

　　"老主任。"我吓坏了，目瞪口呆地站在那里。

　　他也不好意思再看我，只管对着我身后的一大团空气说："以前我年年都是先进工作者，我有证书，都给你看。"说着立刻开始翻箱倒柜。他从床底下拖出一只箱子，从里面取出一摞满是灰尘的先进工作者证书，一边塞给我看，一边连声问："你看我没有骗你吧？我说的都是真的吧？我可年年都是先进啊。这些证管用吗？你听说过吧，三年一个精车工，十年一个烂钳工，钳工想做好那是很难的，可我会自己设计、制图、排工艺，像锻造、铸造、车、铣、刨、磨、镗、铆、焊、钣金下料这些工种我都很熟练，就连丝杆我都车得了，别人能行？年轻的时候，我还参加过省里的青工钳工大赛，得了第一名，给你看，就是这个证书。你不是想拍厂里的工人吗？那你找我真是打着灯笼都没有的事。"

因为紧张和激动，他的两片嘴皮子都在哆嗦，以至于连字都要咬不住了。我刚又好不容易插了一句："老主任。"他就已经蹲下身子又拖出一只箱子，打开了，里面是旧笔记本、旧车票、旧头灯、旧手套、各种发黄的票据、一堆锈迹斑斑的工具，居然还有一摞几乎没有用过的名片。他哆哆嗦嗦地从那摞名片里拈起一张，像看别人的名片一样，眯起眼睛仔仔细细端详了半天，才半是荣耀半是感伤地交到我手里。我拿起一看，上面印着他的名字伍学斌，职务是副厂长。他说："其实我不想说的。当年我刚刚被提拔成副厂长，名片都印好了却要下岗了，一张都没有用过，就再没机会用了。"

拈着这张名片，我已经不忍心再开口了，同时又为能拍到这样的镜头而窃喜。见我不说话他更慌了。"还是不够，是吧？你不要着急，你先坐下吃着喝着，让我再找找，再找找。"我说："不是这个意思，不是这个意思。"他立刻回头警惕地看了我一眼，像是怕我会跑掉，又掉头趴在地上撅起屁股继续在床底下寻找。我用摄像机拍下他的一举一动，一边窃喜一边又愧疚，结果舌头越发不管用。这时他忽然像变魔术一样从床底下又拽出一样东西。

这次是个推光漆的朱红樟木盒子，掸掉尘土之后还能看到盒子上绘着白牡丹的图案。盒子慢慢地庄严地在我面前打开了，一股浓烈的樟脑味扑面而来，我有些紧张，觉得里面正蛰伏着什么古老而艳丽的有毒生物，却只见里面静静卧着一团驼色的、毛茸茸的、安静的东西，像一只小动物。再仔细一看，原来是一件手织的毛衣。只见他使劲一咬牙，便把那件毛衣拎了起来，像拎起一具动物的尸体一样展览给我看。他对我晃着那件毛衣，除了眼睛邪亮，全身都在加速向着某个方向坍塌下去。他说："我看出来了，你是不愿把我拍成先进工作者，不愿意把我拍成好人是吧，没关系，真没关系，你把我拍成坏人也可以，只要能出名。看到这个了吗？这是当年我在厂里的相好给我织的，我有过一个相好的，怕我老婆知道就藏了起来，一藏这么多年，这毛衣我都没舍得上过一天身。我们偷偷好了好几年，厂里也没几个人知道我们好过，只有几个能割头换肉的弟兄知道。后来就这么过去了，十年前她就得癌症死了。"

他眼睛里的邪亮轰然坍塌下去。我开始感到一种真正的难过，我口干舌燥地说："老主任。"

他抬起眼睛盯着我，这次是一个真正的老人的目光，疲惫、混浊、恐惧、无措。他说："你是想说还不够是吧？那我再告诉你，这些工具，你看到了吗，这些生锈的工具都是我当年顺手从车间拿到自己家里的，就这么放着放着生了锈。那时我年年是先进工作者，是车间主任，可没人知道我还偷过厂里的东西。没事的，你不想把我拍成好人，那就把我拍成一个坏人、一个恶棍，偷厂里东西，背着老婆搞相好的，到我那相好的快死的时候我都没给她一分钱，坏吧？坏不坏？只要能让我出名，拍得再坏些都行。我不怕。"

我说："老主任，你……"

他再次打断我："我知道你想问什么，睡过的，我和她睡过觉的，我们每次就在厂子后面的那片小树林里，那树林里有一层厚厚的落叶……你到底想知道什么？是不是还想听树林里的细节？没问题的，我都讲给你，每一句话我都会讲给你。"

说到这里，他的声音猛然被喝住了，就像被一团什么坚硬的东西硬生生地堵回去了。还是刚才那个姿势，他把那件毛衣拎在手里，它就像一张刚刚被剥下来的兽皮一样血淋淋地挂在那里，正一滴一滴地往下滴血。我似乎都能听到那滴答滴答更漏将阑的声音，像雨滴拂过树梢，像鸟爪落入雪地，有一种极深极静的悲伤正缓缓流动在里面。

我们面对面久久地站着，他不动，我也不动，他不敢看我的脸，我也不敢看他的。只有摄像机无声地注视着我们。我们像遥遥站在一条大河的两岸，只从波光粼粼的水中依稀可以看到对方的倒影，却不忍去看清楚，似乎此时看清楚了便是要把对方置于死地。

好像有几个春天从我们中间踩踏过去了，又有几个秋天也过去了，他终于疲惫地把那件毛衣收了回去，用两只手轻轻摩挲着那团毛茸茸的驼色毛衣，忽然用彻底坍塌下去、彻底抽掉骨头的声音冷清清地说了一句："连这也不管用，是吗？！"

三

⚓

晚上，他一定要留我在他家喝酒，我也不推辞。两个人都像是刚从战场上撤退下来，身心俱疲。坐在光线昏黄的灯泡底下推杯换盏了几个回合，便渐渐都有些醉了。最初他还很矜持，小心翼翼地、试探性地抿了两小杯，就像一个人正站在水池边试水温。但很快地，他便沉入水中了，先是两只脚进去了，然后是全身进去了，再然后连头也埋进去了，他整个人都浸泡在了酒精里。他说："这是我到杏花村打的原浆，七十度，这才叫白酒，你放开喝。有人不抽烟不喝酒，你说要是连酒都不喝了，这人活着还有什么意思，还有什么意思？"

很显然，这种彻底的浸泡很快让他获得了某种安全感，他甚至有些贪恋于其中都不肯出来了。他酒喝得越来越快，就像正在自己身上点燃一种加速度，即将把自己发射出去。果然，不一会儿他就醉了，他开始反反复复地说一些话："导演，我这辈子也没求过什么人，但求你了，你就让我上一回电影、让我出一次名吧。十五年就这么过去了，我一年一年地等，就这样等了十五年，这十五年里，每次觉得活着实在没什么意思的时候，我就告诉自己，有点耐心，再耐心点。导演你用十根指头数数十五年有多长，十根指头都不够用的，还得加脚指头。别人都笑我这么大年龄了跑步还跑得比谁都欢，真是比谁都怕死，你们真以为我怕死吗？死还不容易？我要想死随时都能死。可我不能死。但你别以为我就真的什么都不怕，我怕的东西太多了，那件毛衣、那沓名片，都是我怕的，这么多年里我碰都不敢去碰它们，只把它们藏在角落里，让它们永不出世。可是今晚我全豁出去了，全部。你知道我为什么要全拿出来抖搂给你看，你知道是为什么？你肯定不会知道的，你怎么会知道？"

他想把脸凑到我跟前，却一下从椅子上滑了下去，跌坐在了地上。他又歪歪扭扭地爬起来，摇摇晃晃地站到椅子上，挥舞着手臂，笑嘻嘻地看着我说："导演，活着不容易吧，不怕，来，我给你唱段戏吧，我们喝着酒、唱着戏，阎王来了也不怕……为剿匪先把土匪扮，似尖刀插进威虎山，誓把座山雕埋葬在山涧，啊啊啊……"

他猛然连人带椅子一起栽倒在地上。他也不起来，就用那个跌倒的姿势一直躺在地上。我先是大笑了两声，然后又跟跄着过去扶他，结果被他一把抱住了肩膀。他抱着我的肩膀先是安静地靠了两分钟，然后忽然开始号啕大哭，他哭得一把鼻涕一把泪，把胸前的衣服都哭湿了一大块。他的哭声好像要活活把自己撕扯成几块，他边哭边说："你知道我为什么要把自己最害怕的东西拿出来展示给你看？因为如果不拿出来给你看一眼，它们就只能跟着我入土了，它们就和我一起被埋在地底下，永永远远地消失了，永永远远，就好像我们这些蚂蚁一样的人从来就没有来过这世上。所以我要把它们展览出来给你看，我求求你把它们都拍进电影，我想让它们能被更多的人看到啊！那件毛衣，你一定一定要把它拍进你的电影里，我不怕丢人，不怕被人骂，我就想给它在这世上留下一个纪念。那和我好过的睡过的女人，我什么都帮不了她。她和她男人也都下岗了，又过了几年她就无声无息地死了，听说是得了癌，到死我都没有再见她一面，也没有给她一分钱。就这么过去了，一个人就这么过去了。她留给我的就这么一件毛衣，是她一针一线织出来的，我没有舍得穿过一天。可是我为什么要翻出来给你看，还让你拍下来，不是因为我不要脸，不是因为我不是人，我只是想替她在这世上留下一点点纪念，纪念像她这样的人曾经也来过这世上一遭。"

他哭得上气不接下气，几乎瘫倒在地上，然后又开始呕吐，衣服上、地上吐得到处都是。我也醉了，歪倒在他污浊不堪的身上，被刺鼻的酒精味和秽物味包围着，却忽然感到了一种奇特的、从没有过的丑陋满足。不远处的摄像机安详地注视着我们的一举一动。三年了，我已经出来三年了。我掏出手机终于按下了一个烂熟于心的手机号码，是我在北京的前女友的电话，虽然这个号码我太过熟悉，这却是三年里我第一次给她打电话。听着电话里等待的嘟嘟声，我想，三年是什么，三年够一个人出生，够一个人死去，够一个人开始变老。而对我来说，这三年的时间更是如广袤的苍穹一般接近永恒，在质地上更像上帝、像海水、像音乐。

她终于接起了电话，却并不说话，无边无际的沉默。我明白了，她身边有男人。我说"那再见了"，便挂了电话。

早在一年前就听北京的朋友说，她和一个有钱的老男人住在一起了，只是好像还没有结婚。我无数次地想象过怎么给她去电话，甚至连先说什么再说什么都想了无数次。我是应该感谢她雪中送炭，还是应该告诉她，给我点时间，直到我能拍完这部电影？然后呢？然后告诉她我有一天会把钱还她，还是祝她幸福？但是直到今天晚上，才是三年里我第一次给她去电话。我知道不会再有下一次了。

我身边东倒西歪的老人把头埋在两腿间，像一只羽毛掉光的鸵鸟。他以为电影还没有开始，却并不知道，从我见到他的那一刻起，他所有的表情、所有的动作就都已经在摄像机里了。它不仅在观察着他，也在观察着我。我对着摄像机的镜头更深地笑了起来，我忽然发现在这部电影里其实我也是一个角色，而且如此真实。我扛起摄像机，拉起老主任就跌跌撞撞地往外走，说："老主任，这世上的事情你哪里管得过来，走，不如跟我看星星去，我心情不好了就去看星星，你看天上的星星有多少啊，地球也是颗星星。"

外面是无边的黑夜，夜空里有寒凉的星光，我丢下老主任，开始拍墨青的夜空，拍街头的小贩，拍拥抱的恋人，拍颓败的工厂，还有那金色的木马。这种感觉就像在写诗，就像一个钢琴师在琴键上随便弹奏自己编出来的一串音符，我甚至不知道自己拍的到底是什么，我也不想知道，我只知道此刻我是如此需要它们，就如同圣徒置身于教堂，只要能听到与圣诞有关的依稀的音乐，那便是最大的安慰。活在这个世界上，多少人需要这种圣诞式的安慰，比如那举着毛衣让我看的老车间主任，比如他那已经死去的相好，比如我那在北京的前女友，比如此刻的我自己。

我对着无边的夜色拍下一个悠远缓慢的长镜头，镜头里有黑暗，有蝙蝠，有树影，有星光。我一连拍了两遍，缓慢、庄重，如同在钢琴上弹奏一曲《圣诞忆旧》。

第二天早晨我哆哆嗦嗦地从路边爬起来，发现自己就在路边过了一夜。到了老车间主任家里一看，他上身还是昨天那件衣服，下身却只穿着一条花短裤，坐在桌子旁边发呆，浑身还散发着宿酒的难闻气味。我吓了一跳，说："老主任，你怎么穿个短裤坐着？"他连忙往自己下身一看，惊叫道："我没穿裤子？我都不知道我居然没穿裤子，那我的裤子呢？肯定是被人扒走了，昨晚喝多了，也不知怎么就跑到大街上睡去了，后半夜被冻醒，就自己走回来接着睡了。真是喝多了，我醒来坐这儿半天了都没发现我居然没穿裤子。"我抱歉地说："哎呀，昨晚是我把你拉出去的，打算带你看星星，结果我自己喝多后也睡在大街上了，都没管你。"他说："不碍事不碍事，肯定是哪个可怜的流浪汉连条裤子都没有，马上天就冷了，就当送他了。我昨晚喝多了，说了什么我自己都忘了。"我说："老主任，你什么都没说。"他说："不过酒后的话大部分都是真的，倒是也可以信。"

我反倒不知道该说什么了。他又说："你进来的时候我正在这里醒神呢，酒还没醒，所以也没觉得腿上冷。"我说："我也喝多了，不过运气还真是好，醒来一看，摄像机还抱着，居然没丢，真是走大运了。"他显然根本没认真去听我在说什么，只是带着一身宿酒气，光着两条腿，迟钝地戳在那里，又定了会儿神，才像下了什么大决心一样，咬着牙狠狠对我说："看来我就不是你想拍的那个人，反正好人坏人你都不想拍。"

看着他的目光，我忽然有些害怕，不知道他下一步要干什么，于是忙说："哪有哪有，你就很合适，我特别喜欢你那件毛衣。"

他忽然阴冷地盯了我一眼，我打了个寒战，手心出汗，忙补充道："我是说你毛衣的故事，不是毛衣。"他又盯着我看了好一会儿才终于把目光挪向别处，对着空空的墙说："你不想拍我我不会勉强你的，总不能把你吃了。就刚才我倒是忽然想起一个人来，我觉得她肯定是你想找的人，我给你打包票。她原来也是我们厂的女工人，叫李小雁。她父亲原来是我们厂里的老工人，当年死于厂里的一起事故。她初中毕业没多久就去南方打工养家了，一个人在外面闯荡了总共十来年，有一天忽然回来了，还哭着喊着要进厂子当工人。因为她父亲死于工伤，我们就把她招到了厂里，其实那时候我们已经听到厂子改制的风声了，只是还不确信。那时候，她有二十七八岁了，还没有结婚。结果她到了我们厂没两年，厂子就不行了，开始下岗了。她就每天往厂长那里跑，想求厂长不要让她下岗，听人讲，她后来在厂长面前把衣服都脱光了。但这也没有用，最后还是得下岗。她就和厂长约好，下班后在一个车间里见面，她要和厂长最后一次谈谈。结果你猜怎么，两个人谈崩了，李小雁在气头上一把把厂长推倒在了车间的电解池里，几分钟的时间，厂长就连人带骨头被电解液化掉了，一个人就这样死了，尸骨无存啊。当然李小雁是不可能承认杀了厂长的，但那天就在那车间里，有个工人因为忘了什么东西又返回来拿，正好看到了杀人现场，后来就是这个工人出来做了证人，李小雁自己也承认了，于是就被判了二十年有期徒刑，后来大概在里面表现好，又被减了几年。我为什么想到这个人呢，是因为再过十来天就是她出来的日子了。我一直都记得这个日子呢。她在里面都十五年了，进去的时候三十来岁，出来的时候已经四十五六了。我们厂长死了竟然也有十五年了，那样好的一个人。"

末了，他稍稍犹豫了一下，却还是对我说："我那件毛衣，你要不要再拍一次？"我也稍一犹豫，最后还是说："老主任，差不多了。"他不再说话，也不再看我，只是挥挥手，示意我和我的摄像机可以走了。

我赶紧扛着摄像机连滚带爬地离开了。

就这样，我又循着老车间主任的话开始在棺材街上四处寻找李小雁的痕迹，因为听他说李小雁从小就是在这条街上长大的。这条街本来不叫棺材街，反而有一个听起来很正派的名字——兴华街。它在一个县城里其实不算老街，一排排低矮的宿舍平房一看就是七八十年代建的，没有磨得油光水滑的老青石板路，没有挂着铜风铃的飞檐，这里是随工厂一起兴起的工人区。九十年代末工厂倒闭之后，这条街便也跟着衰落，渐渐沦落为县里的殡仪一条街，就被人们喊成了棺材街。我在棺材街上一连游荡了数日，加上老车间主任从中帮忙介绍，我逐渐打听到，李小雁有一个弟弟和母亲还住在这条街上，弟弟四处给人打工，一家人的生活也很窘迫，母亲则因为脑萎缩，几年前就已变成了痴呆，都不怎么认识人了。

棺材街上。

老年妇女甲（退休老教师）："你说李小雁啊，怎么不认识，我就是她初中时候的语文老师。这个学生上学时不怎么爱说话，喜欢在日记本上写点诗歌，春天花开了她要写首诗，下点雨她也要写首诗。因为这个我还说过她，我说日记就要好好记事，不能写个诗歌就应付了。不过她个人资质很一般，虽然学习刻苦，但是用功不到点子上，考试成绩一直也就是班上的下游。这样的学生考不上大学是很正常的，所以李小雁初中毕业就不上学了。我记得那时候经常让她帮我擦黑板，因为她特别听话，你和她说什么就是什么。她也很愿意帮老师干活，可能生怕自己成绩不好被老师瞧不起。你说这样的学生能去杀人，还把人推进盐酸池里？我怎么都不能把这种事想到她头上去。听说她最后还真坐了牢，到现在都没出来。"

中年妇女甲（县医院B超大夫）："我和李小雁小学、初中都是一个班的，又住在一条街上，我太了解她了。她是那种不太聪明的人，但自尊心强，就知道死用功。上初中的时候，我们班有个女生学习成绩特别好，李小雁就什么都学人家。那女生早早去学校背英语，她就去得比人家更早，也在教室里背英语。那女生中午要做会儿作业才走，她便走得比人家还晚，连午饭都要吃不上了。晚上睡觉前她还要跑到那女生家门口偷看一下人家屋里的灯灭了没有，如果没有就说明人家还在看书。那她也不睡了，回去继续看书学习一直到半夜。她一心要做好学生，可就这样学习也不好。所以班上的男生们都喜欢捉弄她，我记得那时候他们经常走在她后面忽然揪她的头发玩。初中上完她就不上学了，那时候大概正是八十年代的尾巴，听大人们老说下海下海的，流行个体户，她便也跟着别人去深圳打工了。我考上卫校之后，她还从广东给我写过一封信，说很羡慕我什么的，里面夹着一片干花瓣，她在信中说是木棉的花瓣，北方没有。我也没回她。后来我们之间就再没有联系过，偶尔想起小时候，我还觉得心里挺过意不去的。人小的时候不懂事嘛。再后来就忽然听说她杀了人。她这人虽然不聪明，但从小那么上进，所以她能杀人，我还惊讶了好一阵子。"

中年男人甲（小杂货店店主）："我们是初中同学，上学的时候李小雁确实经常被班上的男生们欺负，我记得有一次我们跟在她后面追着她跑，要揪她的头发玩。因为那天她梳了根奇怪的辫子，学校里从来没见有人梳过，她还在辫子上绑上路边采来的野花。那时候哪有女生会把野花戴到头上去学校的？她摘个花草、捡个树叶、捉个蝴蝶什么的，都要夹在本子里，等树叶干了还在上面写上诗。我见过她用的一条手帕上都用毛笔写上诗，你说那还能用吗？一擦不都擦到脸上了？还往死里用功，学习也不咋的。她人也不坏，可那时候我们为什么都讨厌她呢，现在想想，可能就是觉得她老是在做一些她够不着的事情，像活在梦里一样，有时候觉得她都不像个真人。我们那时候欺负她其实也是一个看一个学来的。"

中年男人乙（县教育局职工）："我就记得李小雁特别喜欢写诗，这在中学生里还是不多见的。有一次交日记的时候她又交了一首诗，被语文老师批评了一顿，说她偷懒耍滑，分行写了几句话就当一天的日记交上来了，还把那首诗当众读了一遍。那诗也不见得多好笑，就是些树啊、云啊、眼泪啊之类的无病呻吟的东西，但全班人都笑成了一团，都觉得可笑得不行，以至于我后来好多年里都不敢和别人承认自己也是喜欢读诗的。后来我在师专读中文系的时候，不知怎么有一天想起李小雁，我心里忽然就一阵难过。就连她后来的流浪、杀人、坐牢，都和别人不一样，有点像俄罗斯小说里的生活。其实啊，我觉得她还真是个有诗意的人。写诗本来就不一定是聪明人干的事，你想，太聪明的人哪有心思每天看花、看树叶、看月亮？因为这个世界给聪明人的机会太多了，他可以去做很多事，写诗显然没什么用。"

中年妇女乙（焦化厂会计）："我们以前是同学，李小雁这个人哪，一方面比谁都听话，别人告诉她什么就是什么，好像很容易被人摆布。另一方面，她无论怎么听话，都还是和别人不大一样，不知哪里就是有点别扭劲。要不你想她一个女人家后来怎么会去杀人呢？杀人那可不是谁想杀就杀得了的。"

　　李小雁出狱的那天，我一大早就去了郊外，在监狱门口等着接她。监狱的大门开了，我看到一个穿着一身灰色囚服的女人夹着一只小包怯怯地站到我面前。在见到她之前，我已经把她想象了无数次，可是等她终于站在我面前了，我还是没法把眼前的女人和想象中的那个对上号。她看起来枯瘦胆怯，不敢正眼看人，脸色暗黄，短头发里夹着半头白发。我努力对她笑着，说："是李小雁吧，他们已经和你说过了吧，我就是来接你的那个人。"

　　她都来不及看清楚我的脸就急切地说："你能帮我买身衣服吗？我以后还你钱，让我先把这身上的衣服换掉。"我打开随身背的包，取出一套女人的衣服递给她，说："前两天就给你买好了，就是不知道合身不合身，先试试吧。"她接过衣服连个谢字都不说，就急匆匆地躲进附近的树林里换衣服。我抽着烟等她出来。尽管我已经在尽可能地降低这部电影的成本了，但李小雁对我来说是这部电影里最关键的一个人物，我必须取得她的好感。

　　她穿着一身换好的衣服出来了，因为她太瘦，衣服还是显得大了一点，袖子得挽起来两道，整个人装在里面空荡荡的。我说："唉，还是买大了，真是抱歉。"因为已经脱下了囚服，她脸上的神情不似刚才那么紧张，只是手里还团着那身换下来的囚服不知所措。她没听我在说什么，只是求助地看着我问道："怎么处理？扔了，还是送给什么人？"

我扔掉烟头，接过那身囚服扔到了附近的一个垃圾堆上。我说："你不舍得扔掉，难道还想送别人穿？"她站在我面前一直不敢看我的脸，只说："我是看衣服还好好的，扔了可惜。"片刻之后，她躲着我的眼睛慢慢走到了我面前，似乎犹豫了几下，才下了决心一般忽然说了一句："那个，你能借我点钱吗？"她语速很快，似乎生怕说慢了就说不出口了。我微微一愣，她感觉到了我的犹豫，立刻抬起头来直直盯着我，脸上是一种暴露无遗的、毫不设防的乞求。"你能先借我点钱吗？等我一有了钱就还给你。不用多，我就是想买点吃的回去看看我妈，我弟弟写信说我妈还活着，我已经十五年没有见到她了啊，我都想不出她已经老成什么样子了，我觉得她能活下来就是在等我。"

我用租来的电动摩托车带着她找到一家小超市，她有些惶恐、有些迷惑地看着超市，看着货架上摆放的东西，像刚来到一个陌生星球的外星人，轻轻拿起这个又放下，拿起那个又放下。在超市里转了几圈之后，她还是小心翼翼地选了几样最老式的食品——白面包、混糖饼、橘子罐头。在付钱的时候，她还不时拿眼角偷偷看我一下。我假装什么都没看到，只是站在门口抽烟。

她用塑料袋拎着食物，我把她带到了棺材街上的家门口。她从电动摩托上下来的时候几乎站立不稳，两条腿都在打哆嗦，她把那只塑料袋紧紧抱在怀里，趔趄着靠在墙上喘气。我走到她身边时，竟然可以触摸到一种从她骨骼里散发出来的恐惧，那恐惧摸上去坚硬而冰凉。我扶住她的肩膀往前走，她的脚已经几乎不是自己的了，全身的重量都倚在了我的那只手上。我帮她推开了院门。

然而就在推开院门的那一瞬间，我忽然感到一种人形的力量从这女人瘫软的身体里剥离出来，把女人的肉身丢弃在一边，以一种坚定的甚至有些快乐的步伐向屋里走去。它显然对这里的一切都太过熟悉，以至于什么对它来说好像都是透明的。它像魂魄一样从门里穿过去，从其他一切的中间穿过去，一直来到躺在床上、浑身散发着异味的老妇人面前。它怪异地、简单地叫了一声："妈。"

老妇人半躺在床上，蓬着一头灰白的头发，两只手袖在袖子里，呆滞地看了来人一眼，显然并没有认出她是谁。她把塑料袋里的吃的一件件掏出来，积木一样搭在老妇人面前，然后又抖着声音叫了一声："妈。"老妇人眯起两只混浊的眼睛盯着她看了半天，似乎想起了什么，又看了看她带来的食品，张了张嘴，说了一句："带这么多好吃的做啥，你是谁家的？"

她的嘴张开又合上，再张开还是合上。呆呆坐了几分钟之后她站了起来，环顾四周一圈，忽然抓住角落里的扫帚就开始扫地，又擦桌子，又给老妇人换洗床单。此刻她整个人身上散发出一种浩大而温柔的平静，几乎没有一点破绽，这种平静使她看起来像正滑行在轨道上的月球，散发着磨砂质地的光晕。她似乎越干活便越快乐，到后来还小声哼起了一首十几年前流行过的《九百九十九朵玫瑰》。这时候门被推开，进来一个中年男人，看样子应该是她的弟弟。男人看见她一愣，继而淡淡地打了个招呼："回来了？"

"嗯。"

男人在一只板凳上坐下来，我递过去一支烟，他把烟点上，打量了我一番，却并不和我说话，只是继续问那女人："在里面过得怎么样？"

"就那样，每天都一样，白天在车间里干活，晚上按时睡觉，过年过节的还有顿饺子吃。"

"听你这口气，在里面也没受过什么罪啊。"

她不接话了，哼着歌继续搓洗床单。

男人忽然从凳子上蹦了起来，用一根发抖的手指指着女人的鼻尖骂道："坐了十几年牢出来了，你居然还唱得出来，我嫌你丢人都不够，你还能唱出来？你看你现在是个什么样子，天不怕地不怕的，杀过人，坐过牢，出来了还有脸唱歌，真是一点悔改的意思都没有，这牢我看你也是白坐了。你要是回来，就千万别让街坊邻居再看见你，他们都在背后指点你呢，我跟你丢不起这人。"

她洗床单的两只手只略略停顿了几秒，然后，她抬起头忽然对着空气坚定地微笑了一下，低头又继续搓洗。她的两只手越搓越快、越搓越快，到最后，她整个人简直都要乘着她的那两只手飞起来了。我从她的眼睛里连最后一丝恐惧都看不到了，她的眼睛里堆积着一大片奇异的安详和肃穆，像雪地里站着一棵挂满了彩色灯泡的圣诞树，远处是雪橇上依稀的铃铛声和孩子们的笑声。

我站在屋门口，忽然听到坐在床上的老妇人在屋里大放悲声，她抽抽搭搭地边哭边说："你还给我洗床单，闺女就是好啊，我原来也有个闺女的，小川说她去了南方挣钱，还挣了大钱，可她就是不回来看我，我一年年地等，可她就是不回来。每年过年侄儿们、外甥们给我的几十块钱我都偷偷攒着呢，等我攒够了路费，我就去南方看她去。"

李小雁已经把洗好的床单晾在了院子里，正好有风从院子里吹过，鼓鼓的床单像只即将开走的大帆船，她把自己埋在飞翔的床单里久久不肯出来，只露出两只瘦骨伶仃的脚在外面，那两只脚上穿的是一双绿胶鞋。我知道她也许正躲在那里面流泪，也许不是。但我绝不去催她，只走到院子里的枣树下又抽起一支烟来。自打离开北京，收入越来越少，烟瘾倒是越来越大了。

只见那鼓起的床单像一大片云一样久久托着她，不忍把她放下来。

弟弟家是不能住了，我只好用租来的电动摩托带着她来到我寄身的旅店。进旅店的时候，我恍惚看到有个人影站在不远处，好像正看着我们，我也没多想。我说："我再给你开间房吧。"她连忙惶恐地冲我摆手道："不用不用，真不用，太浪费钱了，你能让我打个地铺就行，我睡哪里都能睡着。"我也正在发愁这又多出来的一笔开销，见她这么说便把她带到我住的房间里，指着另一张床说："这里倒是有两张床，你要不介意就先在这里将就一下，前提是你肯信任我。"

她忙不迭地说："就这儿就这儿，住这么好，这么大的床，这么软和。"说着就把那只从监狱里带出来的小得可怜的布包端端正正地摆在枕边，刚才在她弟弟家时脸上的那种过于虚张声势的平静明亮已经彻底萎谢下去了。事实上她整个人此刻看上去都是萎谢的，不是痛苦，不是愤怒，没有怨恨，没有任何锋利的东西在里面，就单单是一种从骨头深处长出来的萎谢，而这萎谢又散发着白骨般的釉光。

我递给她牙刷和毛巾，说："这是专门给你买的，不知你喜欢什么颜色，我特地给你挑了块粉红色的毛巾。"她接住了，有些惶恐地看了我一眼，不说谢谢，只低下头去反复研究那块毛巾。我说："我还没来得及和你细说，我是个拍电影的。我想拍一部关于老工厂的电影，再没有人拍的话，它们可能就要从这地球上彻底消失了。我找你是因为我对你十几年前的那些和工厂有关的故事很感兴趣。我是觉得，它们应该留下点纪念。你觉得呢？不过这个还是要看你自己，如果你同意的话，这段时间我也不会白辛苦你，我会尽我的能力付给你一些报酬。"

我不忍说出的一句话是：我知道你刚从里面出来，身上肯定一分钱都没有。我更不忍说出的另一句话是：我也知道你一定会答应的，因为你没有其他选择。

我发现我在这个世界上越来越像一个形容丑陋的软体动物，那只摄像机就是我背在身上的坚硬残忍的壳，下面包裹着的是我内里那种肉质的软弱和干渴。

果然，她只是疲倦地点点头表示同意，也不多说什么，便侧身朝里躺了下来。我刚要伸手关灯，她忽然睁开眼睛恐惧地对我说："不要关灯，我在监狱里十五年，晚上都没有关过灯，关了灯我会睡不着，会害怕。"

于是灯就整晚那么亮着，我能听见灯泡里面因为阻丝燃烧而发出的微弱的爆裂声，有一只虫子使尽全力想撞到灯泡的光亮里去。她背对着我，但显然也没有睡着，我觉得应该让她轻松一点，便对着她的背影说："不要为难，我肯定不会勉强你的，你要不愿意，明天就可以走。我是想说，你不要把这件事情当成一种负担，甚至这也不算一种工作，你只要给我讲一些你们工厂过去发生过的真实的故事就好，就你知道的那些过去的事。我想在这部电影里能说点实话。"

她重复了一遍："那些过去的事。"

我说："对，你好好想想。"

我没有办法告诉她，那些过去已经变成一个时代，而不管是多么疯狂、多么无法理解的时代，只要放在整个历史中去看，就会发现它们自有着一种内部的秩序、内部的音律，甚至于悠然自得，就像四季俯仰、日盈昃月满亏一样。

她面朝里安静地躺在那里，不再接我的话，不知道是不是已经睡着了。她好像完全不介意睡在这屋里另一张床上的是个男人，那也就是说，这种性别之间的气息差异对她来说已经很不重要了，她并不在乎我是个男人还是个女人，显然我只要是个人就可以。她虽然就睡在离我两米之外的地方，我却感觉她整个人是被装在一只透明的玻璃匣子里的，她不想出来，别人也别想进去。至于我，一个学油画出身的摄影师，即使再窘迫、再孤独，也还是有一些执拗的审美，很难对她有任何性别上的幻想。

　　这时候我忽然发现她只睡了靠外的半张床，而靠里的半张床是空着的，这不像是无意中空出来的，而是刻意留出来的。细细一看，倒像是有一个看不见的人正躺在那里，我忍不住打了个寒战。这时候我又发现，摆在她枕边的那只小布包不知什么时候已经不在那里了，而是被她紧紧抱在了怀里。

四

⚓

　　第二天早晨，我醒来的时候她已经在洗漱了，我看到她正用那块粉红色的新毛巾反复擦洗自己的脸和手，末了，又把那毛巾久久贴在自己一边的脸颊上摩挲着，不舍得放下。

　　吃早饭的时候我点了两笼热气腾腾的包子，她并不看我，只是面无表情地看着包子，然后一声不吭地拿起来一个吃了。她嚼得很慢很细，嘴里没发出一点点声音，嘴唇也几乎不动，像是很不好意思被我看到她正在吃包子。她吃完一个，犹豫了一下，又拿起一个吃了，然后又吃了一个。吃完第四个包子的时候她忽然打了一个饱嗝，她一惊，像是不相信是自己发出的声音，吓得连忙把嘴捂上。

　　我递给她一碗小米粥，问道："你这些年在里面过得怎样？"她又把那几句话机械地重复了一次："白天到车间干活，晚上按时睡觉，过年过节还有顿饺子吃。"两人沉默了片刻，我又试着问："你为什么在九十年代末才进工厂？那个时候国有工厂已经都开始面临改制和破产了啊。"李小雁不安地看看一边的摄像机,又不时偷看我一眼,半天才说:"我想回厂里看看,行吗?"我心中暗暗高兴,看来她还愿意回去。

她带着我来到了工厂门口。深秋的风从废墟一般的工厂上空呼啸而过,我和她站在金色的木马前,都有些畏惧地看着这庞大的骨骼林立的老工厂。当我们走在其中的时候,我又觉得就像立刻坠入了时间的永生地带,周围除了时间还是时间,大团大团黏稠的时间,无边无际无始无终的时间,大雪一般覆盖住一切道路。没有过往,也没有将来。

她脚步蹒跚地往前走,眼睛上有一层灰蒙蒙的薄脆的泪影。我不忍心去看她的脸,只通过摄像机看着她,这样就好像给我们彼此都隔离出了一个安全地带,好像我和她并不在一个世界里。来之前我已经和她说过,她可以用她所愿意的任何方式去讲述这工厂里过去发生的故事。但我发现,当她真的站在这工厂里的时候,即便不说话,光是她的表情和背影也足以令我满意了。

走着走着李小雁忽然站住了,她只是举目四望,却不敢再往前走一步。我猜测,她一定是来到了什么熟悉的地方。这么多年里,她一定是在梦中一次又一次地来过这里,在那些黑白的梦境中,她看不清任何人的脸,包括她自己的。十几年之后当真的站在了这梦中的工厂里,她一定在艰难地辨别着,这是不是只是又一个梦境。

呆立了一会儿之后她终于又迈步,脚步蹒跚地向工厂更深处走去，我扛着摄像机一路跟在她后面。我想起诺兰有一部电影就是关于多层次的梦的，做梦，梦中之梦，梦中之梦之梦，梦中之梦之梦之梦。电影中的梦就是在虚无中用意识建造出一座城市，梦中人的每一次退出与重新进入都是一座身世之牢。所以，那些一再重复的梦境对一个人来说其实很容易变成一个真实的世界，直到他彻底无法区分梦境与现实。

有些走累了，我们在长满荒草的台阶上坐了下来，荒草没过了我们的头顶。我说："你曾经梦见过这里吗？"果然，她说："开始的时候每晚都会梦见这里，没有一个晚上不梦见，梦见我又来上班了，梦见我们新发的白帆布手套戴在手上，在阳光下干干净净的。梦见我们又围着桌子吃着瓜子开茶话会，梦见我们表彰先进工作者的镜子还挂在墙上，又梦见我们一起在厂子后面的树林里摘柿子吃。秋天的时候，柿子叶基本上已经落光了，只剩下那些金色的大柿子挂满枝头，阳光好的时候，看上去真像在树上点着一盏盏灯笼。那柿子又软又甜，鸟儿们和松鼠们也爱吃。我还经常梦见我以前的那些同事，每次他们都对我说同样的话——你可回来了啊。我在梦里都能清楚地感觉到自己的快乐和担心，我在梦中对自己说，这次一定不是做梦，这次一定是真的，我一定是真的回来上班了，我终于又回来了，这次回来我就再也不走了，我愿意到老都在这里，我哪里都不想再去。有时候梦做着做着我就会哭出来，一直到把自己哭醒为止。醒了才发现，原来真的还是一场梦，还是一场梦。然后我就会想，能再回到刚才的梦里该多好啊，我想再睡过去，再继续那个梦。所以在监狱里有很长一段时间，整个白天里我最盼望的就是天黑，因为天黑了就可以睡觉，睡觉的时候就可以做梦。到后来，再后来，一年又一年过去，梦见这里就越来越少了，有时候一年才梦到那么两次，每次梦到这里的时候我就像过节一样高兴，觉得不管过去了多少年，自己终于还是回来了，在梦里又回到这里了。你不知道，有时候做梦真让人快乐。"

她脸上仍然是那种麻木而略带不安的神情，看不到我期待中的大恸或大喜。她就像一个正游走在明冥分界处的魂魄，好像她自己也分不清过去和现在，分不清狱里与狱外，甚至也分不清现在到底是一九九九年还是二〇一五年。

时间对她好像已经失去了效力。

我问她："这工厂里你最喜欢的是什么地方？"她慢慢走到墙角下抓起一把土给我看，她边在土里翻找着什么边说："你看这厂子下面的土，这下面都是沙土，里面还经常能找出很小的贝壳，看，就是这样的贝壳的碎片，北方连雨都很少下，怎么会有贝壳的碎片？我很小的时候跟着我父亲来这工厂里玩的时候就发现这个秘密了，但我没有告诉过任何人。因为我觉得这是只属于我和这工厂的一个秘密，它就像一个老人一样，有很多属于自己的秘密，我得为它守住这点秘密。后来我也想过，这个县城在几亿年前可能是海底，后来沧海桑田地壳运动，把海底变成了黄土高原，就是在这黄土高原上慢慢有了村庄、县城。所以这厂子在很远古的时候其实是在海底的，可能这里原来长满了水草和五颜六色的珊瑚，鱼儿们在其中游来游去，现在却变成了一片破旧的工厂，连一个人影都没有了。我从小就没有见过大海，那时候就是因为这些从沙土里捡出的贝壳碎片，我突然觉得离大海好近，好像我就站在曾经的海底，鱼儿们正从我身边经过，海星爬到了我的脚指头上，水草像头发一样漂来漂去，我站在那里是多么自由自在啊！"

"我还是想问问你，你为什么要在快三十岁的时候忽然回到这工厂？"

"在我小的时候，我父亲来工厂上班就把我也带来，让我一个人在厂里玩，捉虫子，捡石子，摘柿子。我对这里最熟悉。"

"你那时候是不是还把进工厂当成进体制的保障？"

"我从小到大都没有自己做过什么主，上学的时候只想做个好学生，因为别人都喜欢好学生。刚上完初中，别人说正流行下海，上学没什么用了，不如去南方闯荡，我就跟着去广东打工了。我就像一直在被推着走。我在南方待了很多年，都快三十岁的时候，忽然就想回来。别人又说你都出去这么多年了，南方比北方工资高，别人都往南方跑，你却要回来。可是我忽然觉得，这些和我究竟有什么关系？我总是想起通往工厂的那条小路上开满野花，想起沙土里的那些小贝壳，想起秋天里的那些大红柿子。一想起来，我心里就觉得快乐。后来我就自作主张回来了。我回来的时候也不知道再过两年工厂就要倒闭了。"

听到这里我心里忽然一阵难过。我发现我在拼命窥视她、打探她，想要知道一个人与体制之间的真正关系。因为我已经开始越来越频繁地怀疑自己当初离开北京到底是对的还是错的，而我又不能不为这种怀疑感到羞耻。如果说我不该离开北京却离开了，而她是不该留在工厂了却一定要留下来，那么我们看似如两辆列车一般背道而驰，结果却奇异地殊途同归。

我摘了身边的几根狗尾草编成一只鸟送给她，她笑了一下，说："小时候常玩的。"我又问："可是，后来你都知道厂子要倒闭了为什么还是不愿意离开？"

"我都回来了还能去哪里。"

"所以你就想一辈子守在工厂？"

"守不住的，最后什么都要消失的。我在监狱里睡不着的时候经常想，那么大的一个工厂怎么说没有就没有了，看来世上真的没有什么永远的东西。我们那个县城说不来有一天说消失就消失了，说不来哪天这黄土高原就又重新回到海底了。我们住过的房屋、我们的工厂都会被海水淹没，人是没法再住进去了，只有大大小小的鱼儿们从门进去，再从窗户游出来。还有螃蟹、虾米、贝都住在里面，像一大家子一样。这样想来想去，就觉得守不住也无所谓了，连海底都能变成高原，又能从高原变回到海底，一个工厂又算个什么。"

我忽然想起在棺材街上听到的那些话。

中年男人丙（下岗工人）："李小雁是后来才进了我们厂的，那时候都很晚了，一九九七年吧，从她进厂到厂子倒闭统共也就两年时间。她进厂的时候年龄已经老大不小了，奔三十了吧，听说在广东打了好多年工，也不知道干过些什么乱七八糟的工作，只听说好像被骗过好几次，钱也没挣到多少，还有人说她在那边坐过台，也不知真的假的。进厂的时候还打了她爸当年死于厂里事故的旗号，不然也招不进去。她倒不是坏人，但是确实不太讨人喜欢，怎么说呢，就觉得不知道她什么地方总和别人不一样，她那么大年龄的人了，时常表现得像个小姑娘一样，要么在自己的衣服袖口上绣朵花，要么在手腕上用五色线戴两只小铃铛，盯着片树叶也会一看老半天，还把厂里那些开残了的花瓣都拾起来说要做香囊。说上进倒是真上进，可上进得也和别人不一样，像个小学生一样。你想她都那个年龄了，又独自在外面闯荡了多少年，开会的时候还要坐在第一排，一个字一个字认认真真地做笔记，好像别人告诉她什么她就听什么，领导说的那些假大空的话她居然也都相信，还要记下来。见了领导恨不得把整颗心都掏出来给人家看，好像生怕别人会嫌弃她。她倒是在背后从不说任何人的坏话，不拌嘴，也不扯闲话，一说全是些书里面的话，像背书一样，可是这样已经很吓人了不是？下班了也不走，还要一个人在车间里加班加点，钱也不比别人多拿一分，上班又来得最早。听说她晚上还要熬夜点灯地写诗，就是写个花朵啊、月亮啊，写好了还要往出投稿。"

我说："其实你当时是不是一回到厂里就已经感觉到那种失业前的危险了？"

"……"

我又说："你还记得当年你戴在手腕上的那串铃铛吗？你还留着它们吗？"

她不看我，好像没听见，只是向着那些幽暗的住着蝙蝠的车间走去，我紧跟在她后面。车间里蛰伏着一台台锈迹斑斑的大型机器，像插满墓碑的坟场。她指着这些庞大的机器说："我当年就在这个车间里，当年好几个工人的手指都是被这种切钢板的机器切掉的，那被切下来的手指自己还会蹦一会儿，还有的人整只手都被切掉了，就是从手腕这里。我当时很害怕的，害怕哪天我的这只手也被整个切下来，就给自己编了串铃铛，铃铛叮叮当当响的时候就像在提醒我，要小心要小心。干活的时候我真怕自己的手忽然就没了，后来这只手一直留着，那铃铛却早不知丢哪里了。"

她站在机器中间一边细细端详着自己的那只手，一边说："那时候我是很害怕，害怕传说中的破产，害怕手会被机器切掉，所以我就拼命地给自己找些小快乐，就是用月季的干花瓣做个香囊我都觉得很快乐，戴串铃铛我也会觉得快乐。"

我们默默地往出走。

我用摄像机对着外面那些冰冷的钢炉说："这些钢炉都烧开的时候是什么颜色的？可惜看不到了。"

她说："是金红色的，好像太阳住在了炉子里，让人都睁不开眼睛，还让人觉得恐惧，因为你不知道它们什么时候会突然跑出来。后来真的有个钢炉裂开了，里面的铁水喷了出来，就像太阳炸裂开一样晃眼。人们还没看清楚的时候就烧死了一个开炉工人。"

我问："被铁水烧死的人是什么样的，会不会变成黑炭？"

她轻轻笑了一下，说："黑炭？怎么可能，只是一缕青烟罢了，只有一缕青烟，在一秒之内一个人就变成一缕青烟飞走了，你都来不及和他打招呼，也来不及看清楚，他是从窗户里走的还是从门缝里走的。"

我打了个哆嗦，说："怎么听着就像《聊斋》一样。"

我们走进一座二层的楼房，穿过长长的走廊，走进幽暗的休息室，在休息室里的一把长条椅上坐下来歇息，长椅上落满灰尘，阳光透过破碎的玻璃，生生灭灭地在她脸上变幻着，像有四季正在那里疾驰而过。我小心翼翼地问了一句："你在这厂里上班的时候，谈过男朋友吗？"

她正数着在我们脚下一寸寸爬行的光阴，数了半天，那阳光爬走了，她才怅惘地说："有啊。十几年前的一天，我们刚在这里吃过午饭，那时都是自带的饭盒。然后就是在这把椅子上，赵金良，我们厂最优秀的一个技术员，是个大学生，那时他是我的男友，就是躺在这里，把头枕在我腿上给我讲了很多很多。他给我讲他小时候，讲他外婆，他外婆怎么带着他在雨后采蘑菇，怎么带着他走几里山路去听戏。那时候陆续开始下岗了，车间里上班的人已经少了很多，但机器每天还在转动，我们只要看见机器还在转动就觉得还有明天，心里就踏实了不少。那天他好像有什么预感一样，忽然就对我说了很多很多话，说他小时候就爱学习，因为他知道除了学习没有别的出路，所以后来还算顺利地考上了大学，他们全村几年里就出了他一个大学生，大学一毕业就被分到我们厂里做技术员。他的话刚刚说完，就见我们车间主任急匆匆地走了进来，看见我们坐在这里就告诉了我们一个消息：通知下来了，从明天开始厂子就正式解散了，工资停发，以后就不用来上班。车间主任走了很久，我们还在这里坐着，没动。后来他忽然一把抱住了我，但什么话都没有再说。"

　　我想象自己正坐在一间黑屋子里剪辑这些片段。我把从棺材街上听到的一段话剪下来贴在了这里，仿佛它们是万花筒深处的一堆碎片，只要随意变换一下位置和颜色，就可以看到深处和更深处的景致。

　　中年妇女丙（下岗女工）： "李小雁当时已经快三十岁了，还单身着，我们厂长还试图要给她介绍几个外厂的男工人，她都不去见，也不愿和人家介绍自己的情况。看她那样子倒不着急，不像是想结婚。可是我们都知道她偷偷喜欢厂里一个叫赵金良的技术员，他们年龄差不多，也都没成家，但人家赵金良是大学生，怎么可能看上她。她自己也明白，所以死也不敢过去和人家说句话，就只在背后一遍一遍地偷看那个人的背影。直到我们厂子后来倒闭大家散伙了，她都没敢说出来。大家伙都下岗了，那就更没机会了。你不知道李小雁

当时最怕两件事，一件是别人在她面前提文凭，另一件就是别人问她在广东打工的那十年是怎么过来的。她特别害怕别人问她文化程度，所以有些职工登记表格发下去她也不填，工会上告诉她不填要影响工资的，她还是不填，当没听见一样。我还记得她动不动就喜欢写诗，大中午吃完饭她还要趴在办公室的桌子上写几句诗，写完还要自己读几遍，都成了我们的笑料。大概是她觉得这样能显得她有文化一些吧。"

我问："那你们后来为什么不结婚呢？"

她没说话，从椅子上站起来。下楼。继续往前走。我扛着摄像机跟着她。我恍惚听到在我们身后还有一个人沙沙的脚步声，回头张望，却不见人影。我跟着她来到厂子后面一个半干枯的水塘边，水塘的后面是一片树林，因为常年没有人来而显得阴气森森。她看着那水塘说："这儿原来是厂里最美的地方，这塘里面原来有很多水，还有鱼，是个野生的水塘。我记得那时候塘边长满了芦苇，八月的时候，芦苇开满了白花，下雪一样，飘得水面上到处都是。老是有大大小小的鱼儿浮出水面，用嘴去咬那些芦花，你站在岸边都能看到水面上那些一张一合的鱼嘴，特别好玩。那时候水还是清的，夏天的时候就有男工人们在这水塘里游泳，冬天的时候整个水塘都会结冰，冻成一面厚厚的大镜子，胆大的年轻人还会在上面溜冰。那些冬天的黄昏，夕阳快要落山的时候，金色的余晖会斜斜落在整个冰面上，整个水塘看上去就像一大块金色的水晶，会有一种很壮丽、很辉煌的感觉。那时候，我和赵金良大冬天下了班也不愿回家，就愿意坐在岸边一起看着这夕阳下的冰湖。我记得有一次我一扭头，正好看到他满头的黑发被夕阳染成了透明的金色，毛茸茸的，像婴儿头上刚长出来的那种柔软的毛发。我忍不住就伸手摸了他的头发一下，他就乖乖坐着，只是看着远处笑。北方的冬天真是冷啊，我们坐在那里经常鼻子冻得通红，得不停地跺脚，互相搓手，却还是想多坐一会儿，多一会儿，直到天完全黑下来。那时候我觉得我们两个可以一直就这样坐下去，一直坐到我们都满头白发，得互相搀扶着走路。"

中年妇女丁（卖菜的小贩）："那时候我们在厂里都知道李小雁为赵金良写过很多情诗，我们就打趣赵金良，问他一共收到过多少情诗。他就很着急地辩解：'你们不要乱说话，真的一首都没看到过。'又过了几个月，他忽然就和一个小学老师结婚了，大概也是为了堵住人们的嘴。我们知道他心里压根看不上李小雁，所以就不愿让人们多开他俩的玩笑，要是自己喜欢的姑娘，怕是他每天都会盼着人们开他的玩笑吧。而且那时在工厂里，大家好像都觉得写诗是一件好笑的事情，谈起这件事的时候互相之间都抿嘴一笑。"

她抬头望着水塘对面的树林，我也朝那里望着，我忽然想起，老车间主任说的他和相好幽会的那片树林大概就是这里。她说："就在这片林子里长着很多柿子树，还有核桃树、杏树。每种树的性格其实都不一样，有的喜欢热闹，有的就喜欢安静，可它们还是能相安无事地长在一起。我记得林子里有棵大杏树，每到春天的时候就开满杏花，我特别喜欢站在那棵树下，有风吹过去的时候，一树的杏花就像下雪一样落我一脸、一身，那时节整个树林里都是杏花的清香。"

我说："那我们要不要绕过去看看？"她却摇摇头，转身离开。

我跟在她后面继续往工厂深处走去。走着走着我看到厂房外面有一个很长的水泥池，便问她这是做什么用的。她说："这是原来的电镀池，机器上的零件做出来之后要在这里电镀一下。我记得那是一个夏天的下午，厂子里的白杨树已经长得很高，一有风吹过，树叶就沙沙响成一片，有大知了在树上叫个不停，树下的蜀葵和波斯菊开得正鲜艳。我们围着池子一起把电镀好的零件捞上来，刚镀好铬的零件在阳光下闪闪发光，像刚捞上来一大网银色的鱼。你说奇怪不？这么多年都过去了，那个下午的阳光和蜀葵我却一直记得清清楚楚，就像昨天一样。"

水泥池的旁边是一个无声洞开着的巨大车间，看不清里面是什么，只觉得凝固着一团一团阴森的黑暗，使人本能地不敢走近。我指着那车间问了一句："这又是什么地方？"

她看着那车间迟疑了半天，忽然幽冷地、低低地说出一句："电解车间。"

她说这句话的时候，正是夕阳完全坠入树林之时，随着天边最后一抹光线的消逝，周围的一切轰然堕入了巨大的黑暗。车间、水塘和树林都变成了粗粝的黑色剪影，在墨蓝色的夜空下静静散发出鬼魅的气息。

雪夜

李小雁

春雪的声响

很轻

就像冬天从未来过这里

我在这落雪的夜晚写信

给那个过去的自己

我想感谢她

一直陪着我等到一场雪

深夜，惨白的灯光下，我和她躺在各自的床上。放在一边的摄像机像一只无处不在的何露斯之眼，它不分白天黑夜地在工作，要把她每一寸神情、每一个动作纤毫毕现地记录下来。经过剪辑之后，我要让这些黑白的影像变得明艳动人，我想让那些被深埋在时间之下的白骨一样的秘密轰然开放。我期许把它带到电影节上的时候能引起一些轰动。

所以我必须拍好这部电影，因为这样就算是没有什么商业票房，起码也可以获得一些电影基金会的扶持。

躺在床上睡不着便又细细算了算账，在棺材街上的采访花掉了一些钱，除了像老车间主任那样急着出名的人不收钱，其他人多少都要付一些报酬才肯开口说话。还有每天我和李小雁的吃住开销，老是住在旅馆里成本太高，还是得租房子。这样算下来，前女友上次打到我账户里的钱也快用完了。我唯恐看到等我再次山穷水尽时前女友又一次把钱打进我的账户，更恐惧于她即将把我忘记，即将把我彻底抛弃到人海中再不会想起我。

我躺在嘎吱作响的床上，又不能关灯，连黑暗里都去不了，觉得真是焦躁而无处可逃。我朝那张床上看了一眼，那女人正背对着我，衣服也不脱，她每晚都是这样穿着衣服睡觉。她对生活的期望好像真的已经低到了就这样每晚和衣和一个男人睡在一间屋里，她看上去既不抗拒，也不痛苦。在那一瞬间，我忽然对她充满了怜悯、嫌恶还有愧疚。我第一次想到如果有一天我离开这里了她该怎么办。

她忽然轻轻翻了个身，看来也没睡着。我试探着问："你是不是也没睡着？那聊会儿吧……你在监狱里睡不着的时候会做什么？"她面朝墙沉默着，我以为她打算装睡，没想到她突然开口说话了。她说："想事情，什么都想，把从小到大所有能想起来的事情一件一件地想一遍，反反复复地去回忆每一个细节。想到后来，那些过去的事情就会变得像真的一样，好像正在我眼前发生，包括过去的那些人，那些很久以前的人，还有那些已经死了的人，都会一个个活生生地走到我面前跟我说话。这么多年过去了，他们居然一点都没有变老，还是我记忆中的样子，我的爷爷、我的外婆，还有我父亲，还有赵金良，还有厂长，他们看上去都那么年轻。只有我一个人变老了，像个老太婆一样满脸皱纹，坐在他们面前，我都觉得不好意思被他们看到，可他还是经常会来看我。后来我便觉得，人能活在回忆里其实也挺好的。我记得有一次在梦中，赵金良把他的手放在了我的手上，我在梦里都能感觉到他手心里的温度，手是热的，那是人的手。我知道，如果是鬼魂的话，手应该是凉的。"

老年男人甲（退休工人）："李小雁她爸如果不是当年死于厂里的事故，她可能后来也进不了厂子。但她进了我们厂子也不一定是什么好事，不是很快就下岗了嘛。当时我看在她爸的分上，觉得她也老大不小了，本来还想撮合一下她和赵金良，后来一看，赵金良一听就躲，根本没那个心思，那还是算了吧。但他们没成也不一定就是坏事，这不赵金良早死了，十多年前就得癌症走了，还是脑癌，年纪轻轻的，当时他小孩才两岁，也真是个没福气的人。李小雁要真嫁给他，那也不见得是什么好事。"

她的话在深夜里多少让我有些不寒而栗，显然她知道赵金良已经死了，才说来看她的不是鬼魂。我犹豫了一下，还是问道："你在里面……怎么知道赵金良已经死了？"她面朝里躺着一动没动，好半天才说了一句："他托梦来过。"我更加骇然，却还是硬着头皮问："他告诉你他死了？"她回答了一个字："嗯。"我不知道该说什么，只好说："睡吧，不早了。"

她便安静地面朝里躺着，不再说话也不再动。她好像一台机器一样可以严格执行外界的命令，显然是在过去十五年的时间里条件反射成这样的。这时我再次注意到她仍然只睡了靠外面的半张床，里面半张小心地空着。这么谨慎的动作不像是无意的，这半张床显然是她故意要空出来的。我还注意到，她睡觉的时候仍然把那个小布袋紧紧抱在怀里。

她好像真的睡着了，我却一直睁着眼睛到天亮。我发现自己失眠越来越严重。

在外面打听了一番之后，我在县城的一个旧小区里找了一套房子租了下来，两居室，带厨房、卫生间，还有个小阳台。这样我和李小雁各住一间，我终于可以关灯睡个觉了。为了进一步笼络她从而加快电影的拍摄进程，我又去农贸市场上给她买了身换洗的衣服，那种市场上的衣服比较便宜，又看到有条红色的丝巾很是显眼，想起她曾说喜欢红色，便也给她买了。我已经能够娴熟地在农贸市场上砍价，砍完价之后甚至还有点小得意，但接下来便是一种很深的恐慌与自我厌恶，仿佛眼看着自己正往一个更深更暗的地方坠去，坠去。当初离开北京是为了一点所谓的尊严，几年下来却发现好似上了自己的当一样。这种感觉类似有一次我去参加一个诗人饭局，碰到一个六十来岁的很有影响的老诗人，带着比自己小三十多岁的新任太太。老诗人在饭桌上热泪盈眶地朗诵了自己的一首代表作，大家一起热情地讨论了诗歌与艺术。然后老诗人忽然央求在座的各位给他新太太介绍份工作。饭局散后他又悄悄告诉我："没工作没一分钱收入不说，前阵子居然还花两千多块钱报了个肚皮舞班。"然后又对着新太太说："不过学会也好，可以在家里跳给我看。"

她看到新衣服和丝巾，愣在了那里，我怕她又要拼命找词向我道谢，便放下回到自己屋里。等到黄昏的时候，我忽然发现她正穿着新衣服站在阳台上，把那条红丝巾蒙在眼睛上看群山之上的夕阳，那样看上去的夕阳一定是血红色的。在那一瞬间，她看上去就像一个还没有来得及长大的小女孩，正在除夕之日独自等待过年的鞭炮。远处的夕阳像一个巨大的伤口，几只倦鸟的影子正从夕阳里掠过，整个小城的天空都是血色的。我悄悄拿出摄像机对着她的背影。

一段时间下来，我和李小雁越来越熟，住在一套房子里使我们看起来多少有些像一家人。刚开始时对摄像机开着的那种不适应已经慢慢消失了，那台摄像机在她眼里已经和饭盒、茶杯没有什么区别。为了取得她更多的信任和好感，我每天带她去各种小饭店找些好吃的东西，只要她有什么需要的，我都尽力去满足。有一次看到一个老太太在路边摆了个地摊卖各种头花，我想起她的那个小学同学说她喜欢往辫子上戴野花，便买了两只头花送她。她看见先是吃了一惊，然后把一头半是白发的短发勉强扎成两只小牛角辫，把头花戴上去让我看。她并不照镜子，只是站在窗前让我看。我在摄像机后面看到玫瑰色的头花在白发的映衬下竟显得有些狰狞。这时，我从镜头里又猛然看到了她此刻脸上的表情，宽容、麻木、阴沉，而嘴角略带着一丝不耐烦的微笑。我忽然明白了，她并不喜欢戴这头花，她是特意表演给我看的，为了讨好我。

更多的时候，她喜欢默无声息地躲在一个角落里，那种死寂沁凉的气息会让人觉得她只是墙壁或家具的一部分，她是从它们身上或心子里长出来的。只有在黄昏时分，她才会走到阳台上盯着那渐渐西沉的落日一看半天，直到夜色完全笼罩大地。

尽管我已经是她身边最可信赖的人，她却还是经常用一种复杂的目光偷偷打量着我。她看着周围这个世界的时候也像看着一个地外星球，说："怎么到处都是汽车，怎么一下子就冒出这么多的汽车来，以前路上都很少见的。"她不认识不锈钢保温杯，说："我们那时候都是用玻璃罐头瓶喝水，进厂时人手一个，用毛线织一个杯套套上去就能手提着走。"她不认识手机，说："我以前只见过传呼机，那时候有人在腰里挂个传呼机都神气活现，摆阔气。"她还小心翼翼地问我："互联网到底是什么样的？"

告别

李小雁

当树叶静静地飘落枝头

我一直以为是季节

或风的过错

从来没想到

是叶子

自己要从容离开

它只想安静地衰老

腐烂

直到满心欢喜

　　深夜读她那些十几年前的诗稿，一首一首地读下去，我忽然发现，她现在对我说的这些话和她十几年前写的那些诗，在气质上竟出奇地相似。也就是说，她现在其实还是在写诗。这使她讲出来的那些真真假假的往事听起来如璀璨透明的蝉翼，似乎一阵风就能把它们刮起、让它们飞扬，露出里面血一样鲜红的肉质。可是有时候，明知道是诗，我还是会情愿沉迷在她假设的往事里，像是行走在烟雨迷蒙、重峦叠嶂的异乡，艳丽的夹竹桃真诚地开在白墙后面，叶脉里的毒汁像眼泪一样滴在大地上。我在这粉墙黛瓦、落花微雨之间踟蹰行走，心间却有一种无名的恐惧，整条街道上看不到一个人影，也不知道那些被竹枝撑起的寂静的窗口里，到底正蛰伏着些什么。

　　电影的拍摄在渐渐深入，我们又去工厂里拍过多次，每次我都试图和她一起走进那个阴森黢黑的电解车间，可她都是在车间门口停住，不再说话，也不肯再往前走一步。我用各种办法鼓励她、怂恿她。我说拍工厂怎么能不进电解车间呢？为什么不进去，这车间有什么特别吗？我说你就是进去告诉我一下什么是电解车间，你总得让我知道什么是电解车间。我说这只是在拍电影，只是一部电影。她却无论如何都不肯进去。电解车间无疑是这部电影里最关键的一个部分，我甚至开始沮丧地怀疑这部电影是不是就要在这电解车间的门口流产了。

僵持在电解车间门口，我不由得再次审视眼前的女人，她脸上仍是那种麻木呆滞的表情，只是在呆滞的下面隐隐闪烁着一丝深不见底的恐惧。她站在时间里，看起来就像一尾中间的躯体被挖空的鱼，十五年的时光在她身上挖出了一个空空的大洞，如今她看起来只是首尾相连地摆在那里，头出奇地大，脚也出奇地大，中间却是露在外面的累累白骨。

她拖着恐怖的白骨和艳丽神秘的往事站在二〇一五年的秋天。

五

⚓

　　从工厂出来天已经黑了，我在晚风中踟蹰向前，心中忽然就一阵悲伤。再这样毫无进展地继续下去，我也许就真的要山穷水尽了。然而比此更可怕的是一种恐惧，恐惧于人在山穷水尽的时候也许任何事情都做得出来，比如，会横下心来问人借钱，或者厚着脸皮重返大学教书，还有更多可怕的或许。在这世界上，也许确实有这么一类人，他们不断奔向一种现实，但甚至就在最投入的时候，也总是在现实之外。

　　我们各怀心事地往前走，谁都没有说话。走到十字路口，从一家商店的橱窗前经过时，她朝那橱窗看了一眼，已经走过去一段路了，她又回头朝那橱窗留恋地张望了一眼。昏暗的路灯下，我还是看到了她的目光，那种头戴野花的小女孩的目光忽然又借尸还魂在了她身上。连日来积攒下的怨愤和此时的怜悯猛烈地冲撞在一起，像一种化学反应一样，使我在一瞬间就做出了一个决定。

我粗略地估算了一下自己身上还有多少钱，就扭头带着她回到了橱窗那里。橱窗里挂着一件红衣服。衣服本身倒没有什么出奇的地方，只是红得凛冽异常，这种原始粗粝的正红色在这灰败的北方县城里显得异常招摇。它葳蕤饱满地挂在灯光里，犹如一棵长在热带的巨大木瓜树，带着一点母仪天下的慈祥，还有一点斜睨人间的妖气。我不再犹豫，走进商店买下这件衣服送给了她。

　　她直接就把新衣服穿在了身上，这种充满热烈妖气的红色与她身上的那种死滞凋敝铆合在一起时，看上去是如此强而有力，但这强而有力又分明是一种疾病。在愈来愈昏暗的街道上，我们一路无话地往前走。街道两边已经开始出夜市了，风灯凌乱，人语喧哗，白天扔下的纸屑像魂魄一般在夜风中被踏过来踏过去。她的红衣服使这个再普通不过的夜晚忽然有了些过节的气氛。

　　就在这时，手机倏地亮起，一条短信通知我，有人把一万块钱打进了我的银行账户。在晚风中，我呆呆地与手机对视了很久，只能是我北京的前女友，除了她不会再有别人。就在昨天，北京的朋友刚刚告诉了我一个确切的消息，我北京的前女友结婚了，结婚对象似乎就是那个经济条件不错的老男人。

　　手机是一条深蓝色的大河，我站在对岸隐隐看到了她落在水中的影子。我满眼是泪地抬头看着夜空，我不知道她是在以这种方式和我做最后的道别，还是她已经做好准备要一次一次继续这样下去了。与看到她第三次、第四次给我打钱相比，我真的情愿放弃这部电影了。

夜空澄净，月华如水，我说："今晚月光这么好，我带你去吃点好吃的吧。"我带着她找到一家人不多的饭馆，临窗坐下。窗户开着，月光汩汩流进来，一种峭壁似的边缘感似乎就在窗下。在这个寻常的夜晚，我莫名地生出了几分介于悲戚与狂欢之间的兴味，索性就多点了几个菜，又要了两瓶当地产的白玉汾，据说这酒里有龙眼的清甜。当地人还会在酒里泡竹叶、泡玫瑰花、泡枸杞，那些泡好的酒看起来便有些近于五光十色了，让人不由得会想起一些依稀而美好的事物，比如那春天里的桃花、长出第一片嫩叶的香椿树、厚厚堆积在一起的金黄的银杏叶，还有那落在雪地里的殷红的爆竹碎屑。

穿着红衣的李小雁端坐在我对面，她今晚一直不敢与我对视，但我能感觉到，好像有另外一个更紧张、更害怕的人，正从她的身体里时刻向外窥视着我。隔着一张桌子和浩大的月光，我能隐约嗅到她身上的种种气味——酷似死亡的气味、少女时代的气味、情欲腥甜的气味、渴望腐烂的气味、蓊郁梦境的气味。所有这些气味纠缠成一片雨林，藤萝交错、重重叠叠，于阴森潮湿的空隙处孕育出另一些不可知的生命。不知道这些生命会不会也长出手脚，有一天变成人形。就像远古时期在寂静荒芜的地球上，大海也不知道自己孕育出的生命有一天会变成人类。

我第一次认真打量她，以前总觉得这样太过残忍，总是不忍。她的红衣和她的白发衬在一起，有一种古艳的哀伤。我看到她手腕处有几道被利器划过又愈合的紫色伤疤，看到她的虎口处居然穿了一个洞。又在她下巴内侧看到一处奇怪的伤口，面积不大却是圆形的，我能想到曾有一把钝器，比如筷子或木棍，从这里直直插进了脑袋。我还在她的脖子上看到过一大片暗红的疤痕，那应该是某种皮肤病引起的局部溃烂，后来也愈合了。

树叶

李小雁

如果下个轮回还是一片树叶

那么

请允许我在月光里慢慢生长

或者在有风的日子里

像一个普通的舞者

带领一群伙伴

在你面前招摇

直到你把我夹在一本旧书里

再藏进图书馆的书架上

我说："今晚月光这么好，我们喝点酒吧。"她好像感觉到了什么，忽然小心翼翼地对我笑了一下，有些紧张还有些讨好，说："你对我真好，我，我都不知道做什么谢你。"

我就着月光对她举了一下杯，喝了一杯酒。

她也连忙把一杯酒喝了下去。我又把两只酒杯倒满，说："来，这杯酒是敬你的，喝过这杯酒我们就要分别了。我也帮不了你太多了，以后你想去做什么都可以。"

她一下愣在了那里，眼睛里忽然有了泪光。她使劲对我笑着，一边笑一边小心地说："怎么了，怎么就不拍了？不是还没拍完吗？怎么就不拍了？是不是我哪里不好了？"

我没有吭声，自顾自地把杯中的酒又喝完了。

她伸出一只手来，好像急切地要抓住我的手，但只做了一个手势就缩回去了。她的声音打着战，前言不搭后语，好像充满了某种恐惧。她说："你说你要听以前的真事，我和你说过的话都是真的，你不相信吗？你不信我原来在这厂里工作比谁都卖力？你就不信吗？我在这厂里原来有个男朋友也是真的，他是个大学毕业生，搞技术的，你也不信吗？我们很相爱，都准备结婚了，可后来我们都得下岗，都没有了工作。他也觉得我很好，他很爱我，虽然后来我们不能在一起，但我知道他是爱我的。原来我以为就是别人下岗我也下不了岗，我工作那么努力、那么认真。你知道我工作有多么努力？你根本想不到的，每天晚上我都是全厂最后一个下班的人，第二天早晨我又是最早到的一个，我洒水扫地、给暖壶里打满开水之后，才有人开始来。连开会笔记我都是全厂做得最认真、最工整的一个，不信你就去看，谁看我都不怕。"

我把窗户开得更大了些，好让更多的月光能流进来，能在我们中间设一层帷幔，去抵御那些疼痛。看着水一样的月光渐渐把我们淹没，我忽然不想再掩饰自己的绝望和徒劳，冷笑了一声，她听见了，我也听见了，空气陡然变硬变脆，她整个人也在变硬变脆，但她还是挣扎着说出一句："我，不知道你到底想听的是什么。"

　　我直视着她说："你和你那叫赵金良的男朋友，真的曾说过一句话吗？"她脸色惨白，坐在那里一动不动。我狠了狠心，终于说："我想拍的是一部关于工厂的真实的电影，但你对我说的话都是表演性的。"

　　摄像机在一旁安静地注视着她的脸，我断定她心里已经开始坍塌了，因为我在她脸上看到了疼痛的瞬间与享受疼痛的瞬间相结合的一刹那的临界点，一种心碎到略带狰狞的表情。然后她用舌尖舔了舔干燥的嘴唇，忽然微笑了。我看到她的微笑却忽然有些害怕了，似乎有什么陌生的庞然大物正迎面向我走来，我忍不住往后缩了缩，给月光和她腾出了更多的地方。满世界都是这无孔不入的月光，像是要把一切都遁回原形。

　　她紧紧看着我的眼睛说话，似乎只有这样我才不可能中途从她眼前跑掉。她说："以前别人都笑我写诗，你知道我为什么喜欢诗歌？因为每次读诗歌的时候我都能想起一些美好的事情，我会想起小时候我奶奶家门口的那条小溪，会想起夏天的指甲花、秋天的黄叶，还有冬天的大雪。真的，在广东那么多年，我最想念的就是家乡冬天的大雪，屋顶、树枝都是白色的。但我知道我的诗写得不好，我文化水平不高，上完初中就去南方打工了，我父亲当年死于厂里的一次事故，我妈没工作，我弟弟还小，没有人养家。那时候正流行下海，听说能赚钱，老师们又说我根本不是考大学的料，我就跟着大人们去了广东，进了工厂。这都是真的。"

说到这里她停顿了一下，我忽然有些紧张，不知道有什么即将从她的话里走出来。

她继续道："很多年里，我给家里写信总是说我一切都好，还要往家里寄钱。其实我找第一份工作就被人骗了。三个月试用期后，那老板让我和他睡觉，不然三个月的工资一分钱都拿不到。我记得我半夜回到出租屋的第一件事就是给厂里一个对我还不错的老乡打电话，他比我大五六岁吧，我第一个想到的就是他，也只有他了。我一边哭一边在电话里哀求他：'你做我男朋友吧，求求你做我男朋友吧，我想有一个人能保护我，真的真的，我现在好需要一个人能抱抱我，就只是抱抱。'他睡得迷迷糊糊，被我电话吵醒，并没有认真听我讲什么，只不耐烦地回了一句：'你神经病吧，大半夜的。'然后啪的一声，他把电话挂了。后来我们再没见过面，因为我一拿到工资就又换了份工作。"

我又端起一杯酒做掩饰，我已经有些怕听下去了，却只见她一边说一边在胸前指手画脚地比画着，像是要把那里剖开，露出里面，拼命想让我明白她的意思。因为有了些醉意，她的动作看起来笨拙滞重，所以幅度都很夸张，以至于使她周身看起来正处于一种极度干旱、极度匮乏的状态。她忽然高声道："可是，无论如何你一定要相信，我是一个多么想美好的人。"

我说："好。"

"你要相信我从小到大是多么努力，我一直努力地学习，努力地想当个好学生，后来努力想当个好工人。不错，我是很贱，我十七岁就为了三个月的工资和别人睡觉，我算个什么东西，我确实不是个东西，我也看不起自己，厌恶自己。可是，你就不相信我的努力吗？在广东打工的时候，只要一有空我就看书、就写诗，我还一次一次往杂志和报纸投稿，可是从没有任何回音。就是没有回音我也还是要写，我是写给自己看的，真正的诗都是写给自己看的，对不对？"

我说："对。"

"我是什么苦都吃过的，我不怕。记得有一年冬天我一个人流浪到北京想找工作却没找到，那晚下着雪，我身上所有的钱都不够住一晚小旅店。我就拎着个包冒着雪往前走啊走，我漫无目的，不知道该去哪里，就那么在雪地里不停地走、不停地走。公园里的长椅上都是雪，不能睡觉，桥洞下面太冷了，坐一会儿就会全身冻僵。我只好不停地往前走，不停地往前走，生怕自己停住了就再也起不来了。那时候我已经不想给任何人打电话了，因为我知道那没有用。我从来都没交过一个真正的男朋友，但有那么一个男人已经成了我想象中的一部分，我不知道他是谁，也不知道他在哪里，但我知道有一天我一定会和他在一起过上安生的日子，他就在那里等着我呢，我迟早会走过去，他就在那里呢，又跑不了。我一直走到半夜，实在走不动了，终于想到了一个办法，我坐上了夜班的公交车，从第一站坐到最后一站，再从最后一站坐到第一站，这中间的路途上我就靠在椅子上睡了会儿。可我觉得在最苦的时候我写的那些诗是最好的。"

红棉鞋

李小雁

大雪下着

像极了童年的故乡

那个下雪的夜晚

我在雪地里丢失了一只红棉鞋

你找了许久

在雪地里找到了一只小猫的尸体

它在你掌心里蜷成一个冰球

都可以装进我那只红棉鞋里

带走

夜已深，饭馆里已经没什么人了，除了我们俩，还有两个在对饮的中年男子。从窗户里望出去，清冷的街上已经看不到什么人迹，一轮金黄的大月亮就挂在窗外。她拿起瓶子咕咚喝下去一大口酒，我正要劝她不能再喝了的时候，她的泪却哗地下来了。她忽然把那件红衣服紧紧裹在身上，就像冷极了一般，一边流泪一边大声说："在那样下大雪的冬天的夜晚，没有人能抱住我，没有一个人，谁都不能。我只能用大衣紧紧抱住自己，就像我现在这样，你看到了吗？我当时就是这样抱住自己的，紧紧地抱住自己。你知道吗，那时候我真的很需要一个人能抱着我，我特别特别需要那个时候有一个人能抱着我。我非常非常需要那种被人抱着的感觉，就只是被抱着，什么都不做，就只是被抱着。你知道吗，无论我在哪里，其实我都很孤独、很害怕，没有人会保护我，我只有我自己，所以我要写诗，所以我必须不停地写诗，可是，我最想写的那些话怎么都写不出来。"

她几乎是号啕大哭了，一边大哭，一边踉跄到我跟前一把抱住了我。两个喝酒的男人一脸惊讶地扭头看着我们，饭店的服务员也全都围了过来，连厨师都围过来了。我赶紧扛着摄像机，扶着喝醉的女人走出饭馆。

她先是蹲在路边撕心裂肺，吐出一堆东西，我说吐了就好了，我们回去吧。她不肯走，仍踉跄地站在晚风中拼命地用两只手向我比画着，说："我要再不告诉你你就要走了是不是？那都告诉你吧，其实我不是被骗过一次，这么多年里我被骗过好几次，有个男人说喜欢我，他还读过我的诗，后来却骗走了我的钱。你看到我虎口上的这个孔了吗？是有个算命先生告诉我的办法，在这里穿个洞，系一条红绳，就能把运气转过来，就能遇到那个心爱的人。假的，我在这里系上红绳也不管用。我从来不敢告诉别人这些，害怕告诉了别人就更没有人喜欢我了。可是今天我要是不告诉你你就要走了不是吗？你就要走了。我还要告诉你，我在监狱里死过好几次都没死成，每次都被发现，被救活过来。这里，这里，你看到了吧，这不是你想知道的吗？那我告诉你这个疤是怎么来的，监狱里根本找不到自杀的武器，这是我把牙刷把偷偷磨了好多天，磨尖了从下巴这里戳进去想把自己戳死，连这样我都没死成。可是后来慢慢地我就不怕了，好像我所有的害怕已经到达了顶点，就再也害怕不起来了。我还有个秘密，也都告诉你吧，我都告诉你你就不走了，是吧？我有一个儿子，有一个孩子陪着我呢我还怕什么，所以后来我就真的什么都不怕了。"

我也有些醉了，觉得月亮如此之大，离我如此之近，似乎只要一步就可以跨进去。据说，在那真正的月球上，一个脚印都可以安静地保留上百万年，而每粒微尘皆可尽享永年。两千年前从地球上看它的目光和我现在的目光并没有任何区别，而两千年前的人们早已化为尘埃。再过些年，无论是我还是李小雁，都将成为这样的尘埃，我们看上去不会有任何区别。这整个世界就像一个幻象。

我们两个迎着金色的大月亮，在寂静的天地间，相互搀扶着往前走。我说："你居然还有个儿子，你都没告诉过我，你儿子几岁了？"她举着头，一边看大月亮一边痴笑道："八岁了。"我在醉意中掰着指头数了数。"八岁了都，哎，不对啊，你在里面待了十五年，怎么会有个八岁的儿子，难道是你在监狱里生的？那他现在在哪儿呢？对了，他爸爸是谁？"

可是这女人只对着月亮满足地笑，并不打算理睬我的话。似乎她眼前就有螺旋式的台阶正垂在天地之间，她只要拾级而上就可以爬到月亮里去。深夜的小县城越发阒寂，街上只有我们两个人拖着长长的影子。我似乎再次听到有种神秘的脚步声在后面跟着我们，猛一回头，不远处的阴影里真的站着一个人影，却只是站在那里，并没有向我们走来。我看不清那人的脸，又疑心自己确实喝多了。这时一阵凉风袭面，酒醒了一半，我怕明天酒醒了我又开不了口了，便趁着一点残留的酒意对她说："你又在骗我吧，你哪有什么儿子，我知道你这人就是喜欢编故事。"

她背对着我忽然站住了，月光越发盛大，似乎有太多花和树的秘密即将在这月光里怒放，蛛网般的叶脉交缠，血腥的花瓣遮蔽着重重杀机。她终于回过头来，在月光里用一种阴森庄严的神情对我说："你还是不愿相信我？要我告诉你多少遍你才肯相信我是一个好人？我并不知道我有一天会去杀人、会去坐牢，可是，就算我真的杀过人、坐过牢，你就觉得我是个坏人吗？我就应该是个坏人吗？我喜欢写诗，我写了很多诗，你说一个坏人会去写诗吗？"

我听到自己呼吸加速，心跳不止，在银器一般洁净明亮的月亮之下，我听到自己如释重负而又小心翼翼的声音："原来你真的杀过人?！"

宽恕
李小雁

多年以后
我静静躺在坟墓中
我所有的亲人已经在土壤中等我
就好像　我们从来没有分开过
云彩下面走动的不再是我
一想到这里　我的心
就会变得温暖和轻松

六

⚓

又是那条通往工厂深处的甬道。

常年疯长的荒草已经把道路几乎吞噬了一大半，只留下一条狭窄的小道。从这小道往工厂深处走的时候，会发现越是往深处走，这些荒草越是长得狂野、恣肆、妖气森森，让人都不敢朝那野草深处多看一眼，似乎那里面蛰伏满了大大小小的秘密。因为时间，因为寂静，这些秘密已经纷纷变老，已经长出了坚硬的盔甲和满面的皱纹，却还在这荒草里抵御着四季和流年、冬雪和烈日。我甚至怀疑，它们会结伴出来拦住我的去路，向我哀告一种过时的冤屈，或者，向我亮出雪白的獠牙。可是，没有，只有过人头的荒草和踽踽走在前面的李小雁，还有背后隐隐约约的神秘脚步声。

这次竟是她主动提出来要带我去电解车间看一看的。她默默地走在前面带路，我扛着摄像机跟在她后面，拍下这条阴森的甬道和她走过的每一个脚步。她终于在那个神秘的车间门口停住了脚步，我也随之停住，忍不住打了个寒战。整个车间看上去就像一座废弃在大漠深处的古堡，车间的窗户和门都是洞开的，有风像大蛇一样在门窗之间呼啸盘旋，疾驰而过。站在门口往里看，里面只有一团团黑黢黢的影子。这就是我一直以来最想进去的那个车间——电解车间。

她走在前面，我小心翼翼地跟在后面走了进去。眼睛适应了最初的黑暗之后，我大致看清楚了这个巨大的车间，到处是生锈的机器、各种粗细不同的钢管和已经废弃的钢板，在车间的中央沉默着一个巨大的水泥池。李小雁站住不走了，看上去全身都在微微发抖，并不说一句话。我怕她又要改变主意，忙问道："你怎么了？"她仍不说话。只见她呆立片刻之后，忽然拖着两条发飘的腿向那水泥池蹒跚而去，我赶紧跟了过去。我和她一起望向池底，巨大的水泥池里空荡荡的，池底是一层黑色的淤泥，还散发着一种刺鼻的气味。我忽然明白了，这就是电解池。也就是说，我已经站在当年的杀人现场了，虽已年深日久，但仍觉得杀气扑面而来。心中顿时一阵惊恐，不由得后退两步。

·电解池早已枯涸，只残留下一些枯骨般的钢板沉在池底的淤泥里，还有一团团发酵得坚如固体的盐酸气味。时间早已从这里撤离，只能从这些残骸里隐隐约约听到这个车间里当年充斥的各种声音——机器声、人声、钢板扔进电解液里时发出的沉闷的回声。又恍惚能看到当年生生灭灭在这座钢铁丛林里的各种光线——晨光、暮色、红色的火光、电解板上闪烁的银光。声音、光与线条的纠缠似乎至今还有呼吸，我想到当年就是在这里，李小雁一把把那个男人推进了池中，那个男人瞬间便化为一缕青烟，连白骨都无存。他像《聊斋》里的鬼魅一样从这车间的门或者是哪扇窗里永远地飞走了。

摄像机忠实地记录着这一切，而我自己，竟不敢朝她脸上多看，就像是怕与当年的那起杀人事件对视。她站在那里像很深地陷入了某种往事当中，低着头一动不动，也不说一句话，如一块池边的石头。过了好一会儿见她还是不打算开口，我只好先开口。我决定开门见山，因为这里已经是杀人现场，没有地方可再躲避了。我为自己即将进入这部电影的核心部分而感到紧张。我说："你当初就是从这里把你们厂长推下去的吗？"

她仍低头看着池底，似乎那黑暗深处正有什么人在与她默默对视。她终于开口，话像是讲给我听的，又像是讲给沉睡在池底的人听的，还像是讲给一个更虚空处的人听的，所以竟带着一种阴阳分界线上的诡异。她说："好多年了，我一直都很想念我的父亲，我一直想念着他。我父亲去世后，我本来可以顶他的班进工厂，可那时候听别人的话去了南方。打了十年工我还是要回来，因为我父亲原来也在这里。你知道我是怎么进的工厂吗？我翻出多年前我父亲死于工伤的旧历，他是被钢筋砸死的，这是我多年里碰都不愿去碰的事情，结果我又翻出来和他们说，他们这才给了我一个进厂的名额。所以我去工厂上班的时候就好像又在替我父亲上班一样，他那样的人一辈子就在这里，到死都没有离开过这工厂，我离开了可还是要回来，一想到这里我就想哭。这么多年里，每次当我想哭的时候、心里难过的时候、高兴的时候，我就去写诗，我在车间里写，在汽车上写，在宿舍里写，在半夜打着手电筒写，想写却找不到纸的时候就写在手帕上，写在自己的手上、胳膊上。"

父亲

李小雁

父亲　你为什么不吃不喝也不睡

父亲　从此以后你在土壤里吃什么又喝什么

是不是要像蚯蚓一样吃着土喝着雨水

父亲　要不要帮你带上那件满是油渍的工作服

还有你那块旧海鸥手表

可是我知道你已经不再需要时间

也不再需要衣服

父亲　你还从来没有拉过一次我的手

"过度的庄严。"我站在阴森森的车间里忽然想起了这样一句话。

她还在说："我没想到进了工厂才两年就说要下岗了，以后我们这些人就没有单位了。我不信，我就去找我们厂长，我说我是厂里表现最积极的职工吧，两年来从来没有迟到早退过一次，每天都加班加点，开会也是做笔记最认真的，我哪里做错了要下岗？厂长说，不是你的问题，这次大家都得下岗了。我说这么大的厂子，总要有人留下来的，我说谁下岗也不能让我下岗。"

老年妇女乙（下岗女工）："那时候厂里已经有人陆陆续续开始下岗了，没有下岗的每天还坚持到厂里熬日子，然后班上着上着，就会有领导过来通知你，某某某，今天要站好最后一班岗，从明天开始你就不用来上班了。那时候我们已经都知道了，李小雁最怕下岗，天天跑到厂长办公室里去求厂长，后来厂长也烦了，躲着不见她，她就在厂门口等他，要么就去人家家门口堵着，天天又哭又闹。别人也都要下岗，没见过她这样的。听说她后来实在没招了，一进厂长办公室，二话不说先把衣服脱光了，把我们厂长吓坏了，让她穿上她死活不穿，非要厂长答应她。她大概觉得和厂长睡一觉就不用让她下岗了。后来听说她还不止一次，反复脱过好几次衣服，脱光了就坐在厂长办公室里不走，结果厂长只好把她留下，自己走了，窗户外面围了一圈人看她。这事我们全厂上上下下都知道，不信你问别人去。"

我说："因为厂长最后没答应你，你就把他从这里推下去了？"

这时候黄昏已至，金色的夕阳从车间破败的门窗里斜穿进来，金碧辉煌地铺满了半个车间，最里面照不到的半个车间则在光线的对比下显得更加深邃幽暗，金色与黑暗的切割使整个车间在那么一瞬间里散发出一种类似古希腊神庙的肃穆。我渐渐看不清她的脸了，却只听到她的声音说："是我把他杀了。"

我反倒沉默下来，只觉得哪里不对劲。

过了一会儿，只听她又说："可是你猜我是怎么把他杀掉的？我从不敢告诉任何人。那天他悄悄叫住我，让我下了班不要走，等人都走完了在电解车间等他，他要和我说件重要的事情。其实那时候已经没什么人上班了，基本都下岗回家了，只有几个领导和几个工人每天来厂里，可我还是天天坚持去上班，从没有迟到过一分钟，就是没有一个人来，我也照样把办公室打扫得干干净净。我以为他是要告诉我厂里终于可以留下我了，心里特别高兴，就按他说好的时间在电解车间里等着他。等了好一会儿，天都快黑了他才走进车间里。我们当时就站在这电解池边说话，我本来是等着他告诉我好消息的，却没有想到，他一过来就张口骂我，像疯了一样。我从没有听他那样骂过人，他变得无比凶恶、无比恶毒，他大骂我真不要脸，像个婊子，骂我随随便便就能脱衣服，说不知道我以前在南方的时候和多少男人睡过，做过多少见不得人的事。又骂我没有文化太可怜，说我就是太笨，干什么也干不成，下岗就应该先下我这样的人才能给国家减轻负担，还痴心妄想要留在厂里。他后来甚至连我父亲都带进来一起骂，说我父亲就是一个老实巴交的工人，什么技术都没有，就会下点死力气，幸亏死得早，不然下岗的时候也是第一批。我根本没想到他竟然会这样，我当时整个胸腔里都烧着了，我真的是快恨死他了，我真想扑过去和他拼命，甚至恨不得一把把他推到电解池里烧死他解气，我当时真是这么想的，我简直要气疯了。可是我没有想到的是，我整个人还没来得及扑到他面前的时候，他忽然就掉进了电解池里，不到一分钟时间，他就从电解池里消失了。他就这样在我面前忽然死了。"

听到这里，我猛地一惊，往前一步紧紧盯着她的脸问道："你刚才说什么？你是说，他并不是你推下去的？"

她的声音犹疑微弱，像一只在密室里四处乱撞却怎么也出不去的蝙蝠。她说："我当时就这么站着，就站在这个地方，我吓得一动不敢动，好像有一只看不见的大手一把就把他推了下去，里面是浓盐酸，我也不知道怎么才能把他救上来。可在我脑子还没有反应过来的时候，他就已经不见了，先是他的身体，然后是他的头，我就那么看着他化得一点都没有剩下。我完全被吓呆了，腿都是软的，连路也走不了，也叫不出来。我以为车间里当时只有我们两个人，却不知道当时还有个落下东西又返回来拿的老工人，后来就是他出来做了证人，说他回到车间的时候正好亲眼看见是我把厂长推进池子里的，就这样我被判了刑。我怎么也想不起来我伸手推过他，我根本就没有碰到他，但他确实就在我眼皮底下掉下去了。开始我心里也没法承认我杀过人，可是厂长已经死了，还有那个出来做证的工人，他是我父亲那一辈的老工人，我平时很尊敬他，他又为什么要害我呢？我实在想不出他害我的理由。后来在监狱里的时候我反反复复在想这个问题，有一天我终于想明白了，为什么在我脑子里想让他死的那一瞬间，他就真的死了。这说明，我本来就和常人有不一样的地方。我别的方面是不如别人，可是老天是公平的，总会在一个方面让我比别人强吧。所以我就想明白了，如果我在脑子里想让一个人死，那个人也许真的就会死。"

我惊呆了。

她的声音开始变得滚烫，犹如黑暗中的烟花，使我几乎不敢直视她。只听她的声音在乱飞："我在监狱里睡不着的时候翻来覆去就想这个问题，想他到底是怎么死的，为什么突然就死在了我眼前。后来我忽然想起来九三九四年的时候，我正在深圳打工，跟着别人练过一段时间的气功，那时候不是大家都在练气功嘛，都说治好了自己的好多疑难杂症。我觉得可能就是那时候的气功没有白练，当别人向我发功的时候，我真能感觉到一股热量向我扑来。我想起当时我脑子里确实有那种想让他死的强烈念头，结果他就真的死了。不是别人，就是我杀了他。后来我心里终于承认了这个事实，是我杀了他。"

说完这句话的李小雁身形更加模糊，似乎她也像那个多年前的池中人一样，正在消失，正在融化，正在变成一缕青烟，无所谓时间，也无所谓过去和将来。我站在那池边忽然感到一阵剧烈的眩晕，几乎站立不稳。我垂首望着那幽深恐怖的池底，像在井边窥视着一个埋藏了千年的巨大秘密，井底沉着蓝色的星光、焦黄的月牙，还有一双陌生的眼睛，正与我意味深长地对视着。我知道，这就是多年前那个把自己像谜一样沉入池底的男人。

我绝不会像李小雁那样认为她用自己的意念就杀死了厂长，如果当时站在池边的确实只有他们两人，李小雁也确实没有来得及动手推他，那么厂长自己掉进电解池的原因只可能有两种，一种是当时他脚下被什么绊了一下，站立不稳失足掉了进去；另一种是他让自己掉进去的，也就是说，他有可能是自杀的。可是，当时在车间的第三个人，就是那个因为返回来拿东西而无意中目睹了这整个过程的工人，又为什么要站出来做证说他亲眼看见是李小雁把厂长推下去的？让一个人坐十五年的监狱对他来说又有什么好处？可是现在，十五年都已经过去了，当年的那个证人有没有活到现在都不可知。

这时候夕阳大约已经彻底下山了，车间门窗外的颜色已经从金色变成了坚硬的铁青色，整个暗下来的空旷车间有如月球，弥漫着一种冷兵器上才会生成的朽寒与死寂，沉入黑暗中的巨大机器像远古时代的象群一样，隐忍沉默地注视着我们。在十五年的漫长光阴里，这些黑暗与寂静每晚都会如约来到，在空旷的车间里一层层地出生、死亡、再出生，直到像皮肤一样裹在这车间的每一寸空间里，达成了一种神秘而祥和的平衡。我对着李小雁那团模糊的影子说："如果根本没有杀过人而坐十五年牢，你也愿意吗？"

她说"天黑了"，就开始往外走，我紧跟在她后面。不知道后面是不是还有一双池底的眼睛正在黑暗中幽幽注视着我们，只觉得脊背上一阵发凉。夜空中铺着一层璀璨的星光，我们穿过巨大的工厂往回走。在走出工厂大门的那一刻，我回头张望了一下，对她说："其实你是不是连自己都搞不清楚你到底杀过人没有？"她又默默走了一段路才说："有些事情就算你彻底搞清楚了又有什么用。"

我甚至感到了愤怒，说："其实你心里一直就不确定他是怎么死的。就算你是一个被驯化得只会听话的人，当时有证人出来指控你，你就承认是你杀了人？那个证人除了自己的眼睛还拿出别的证据了吗？你为什么要承认？从法律上讲，没有足够的证据证明你杀了人你就可以不承认。别说没具体证据，就算是有证据，厂长被杀了，可是他连一点尸体的残骸都没有留下，他消失了。如果连尸体都找不到的话，那所谓指控杀人其实本身就很难成立。因为谁也不知道厂长到底去了哪里，没有人能说他已经死了，他有可能是失踪了，有可能是自己离家出走了而不愿告诉任何人，还有可能，三个月之后他自己忽然又回来了。"

她在星光下回过头来，脸上一半是明的，一半是暗的。她看着我说："可是他人已经死了，还有什么是比死更大的事情？我当时就在他眼前站着，就只有我们两个人，如果不是我那还能是谁？总不会是他当着我的面把自己杀了吧，他好好的为什么要杀死自己？人死了总得有人站出来承认的，不是我就是他，可你让一个死去的人还要承担什么？而且，如果当时我死活不肯承认，我知道我又会变成人们的话题，一定会有更多的人出来对我说三道四，抓我过去的把柄说事。与其让他们说三道四，我倒更愿意坐牢。"

"你过去到底有什么事？？"

"都已经和你说过了。"

我想起了棺材街上那些对她语焉不详的暧昧描述，关于她在外十年打工生涯的模糊片段，关于她脱光衣服坐在厂长办公室里的传闻。我说："这才是你愿意去坐牢的真正原因吧。"

她抬头看着星空，看了很久才说了一句："我已经无处可去，还不如去坐牢。"

我也抬头看着星空，荒野的上空是巨大的猎户座，星座跟随四季在我们头顶的这方夜空里轮番登场，恪尽职守。我们出生的时候它们在那里，我们死亡的时候它们还在那里，等我们死了一千年的时候它们依然在那里，嬉戏玩耍、自由自在，偶尔有一架飞机像蜻蜓一样经过夜空的时候，它们也只是宽容地、安静地注视着它出入于云堡、银河、黑洞、时空。

我说："你有没有想过，即使坐十五年牢又能解决什么问题？"

她依然看着星星，说："在监狱里我早就想明白了，有些事情其实是靠什么都解决不了的，最后还不是要靠自己的心？所以后来我愿意相信厂长是我杀的，是我用我的愿望杀了他，因为愿望太强烈的时候是可以杀人的。"

"所以你就去坐牢？"

"其实坐牢也好，也就无所谓下岗不下岗，无所谓再另找活路，无所谓社会又要变成什么样子，也省得人们再议论我、猜测我。坐了牢事情就都解决了。"

"……你真厉害。"

"告诉你啊，相信了这一点之后我就再不敢在脑子里随便诅咒谁死了，万一人家真的死了，那就是我的错。"

"……是啊，你都不用动手就能杀了人。"

"在监狱里的时候，我又想明白了一点，我既然可以在脑子里让谁谁死，不是一样也可以让谁谁生吗？反正他们都在我脑子里。"

"你看，那就是猎户座。"

七

李小雁的弟弟传来话，母亲快不行了。

在一个县城里找到一个胡子拉碴、成天扛着摄像机的外地男人太容易了，而这个男人又和一个刚出狱的女人在一起，那么这个目标便又膨胀了一倍，实在是太显眼了。李小雁哀求我和她一起回去，显然，她不敢独自回到弟弟家中。

我骑着电动摩托带着她回了家，一进门便看到那老妇人正平躺在床上，看起来像纸人一样，只剩下薄薄一层。李小雁过去伏在老妇人身上，只叫了一声妈，便不再说一句话。老妇人睁开混浊的眼睛看了她一眼，然后把一只手哆哆嗦嗦地伸到枕头下面取出一卷用塑料包着的东西，她慢慢对李小雁摇晃着那卷东西，咬字不清地说："这是我攒下的钱，你帮我数数够不够去看我闺女的路费？不敢让我儿子看见了，他看见就都拿走了。我老早就想着要在死之前去南方看我闺女一趟，可是老也攒不够钱，怎么也攒不够。我说钱不够坐飞机就坐火车，不够坐火车就坐汽车，汽车也坐不了就走着去，慢慢地走，一月两月的总能走到。你看我早把出门的包袱收拾好了，就等着出门了。"说着说着她好像困极了，说要睡会儿，便又闭上眼睛昏睡了过去，手里还死死握着那卷用塑料包起来的钱。

李小雁就那么一个姿势趴在床边抱着老妇人，不动，不说话，也没有一滴泪。她的脸上看不到痛苦，只有一种要和母亲靠得近点再近点的贪婪，还有一种近乎恐怖的平静。老妇人再没有睁开眼睛，到了晚上十点多钟的时候，她躺在那里静悄悄地停止了呼吸。李小雁把母亲那只握钱的手放在了自己的两只手之间，然后把脸慢慢贴了上去，却还是没有一滴泪。她一遍一遍细细地抚摸着那只手，好像要记下长在上面的每一条皱纹的位置。

她弟弟不时进来看一眼，她对他说："睡着了。"到了半夜她还是对他说："嘘，别吵，她睡着了。"到第二天白天，她还是用那个姿势抱着那具已经变冷变硬的尸体，还是赶走每一个走过来的人，说："嘘，她睡着了。"她一直握着母亲的手，似乎这样她就可以不必再离开她，也就无法再失去她。她不吃，不喝，不动，最后，她终于趴在尸体上握着那只僵硬的手睡着了。她的头发落在额前遮住眼睛，像极了一个写作业写累了，蜷缩在母亲身边的小女孩。我用摄像机默默记录这一切的时候，几次都要落下泪来。直到黄昏时她才被她弟弟猛地叫醒，他到第二天黄昏时才发现她竟然一直和尸体抱在一起。

安葬完母亲的那个深夜，月光如雪，整条棺材街变成了纯银色的，像从很深的海底轰隆隆浮出来的象牙宫殿。街上已经看不到人影，给死者送行的夜纸还在墙脚闪着蓝色的磷光，远处传来几声低低的狗吠。此外就是无处不在的月光，淹没了街道两边的每一扇门、每一块石板。她蹒跚着走在前面，步伐机械干枯，并没有什么目的，只是好像一定要给自己找件事情来做。我只在她后面跟着，一路走着。不知漫无目的地走了多远，都像是要走到世界尽头了，她还在往前走。我终于对她说："歇会儿吧，不要太难过了，人都是要死的，包括你和我，最后都是要死的。"

前面就是那片废墟般的工厂，巨大金黄的月亮正俯视着大地上的一切。她站住了，对着月亮呆呆立了片刻，忽然就对着那月亮号啕大哭起来。我暗暗松了一口气，她终于是哭出来了。她伏下身趴在地上放声恸哭，整个人痉挛成一团。我默默站在后面，也不劝她，只由她哭去。我们两人连同我们身后的那片工厂都变成黑色的剪影拓在了月亮里。她在寂静的深夜里哭了很久很久。

启明星已经在天边出现的时候，我才终于把她背回了我们租的房子，安顿在床上。我刚喘了口气，忽然见她又挣扎着从床上爬了起来，像临终前的人回光返照一般，眼睛明亮异常，脸上浮着一种很诡异的笑容。我吓了一跳，问她又怎么了。她扑朔迷离地笑着，看着周围的空气说："我妈她没有死，我看到她了。"我愣住了，不知所措地看着她。只见她从口袋里掏出一张她母亲生前的照片，小心翼翼地放进了她每晚睡觉时都要抱在怀里的小布袋。她说："我怎么忘了，我有这样的本事啊，我心里想着让谁死谁就真死了，我心里想着让谁活那谁就能一直活着啊。只要我心里让她活着她就能一直活着，她就死不了，我走到哪里她就能陪着我到哪里，就像我儿子一样，无论我在哪里他都一直陪着我。以后，我们一家三口就团聚了。"

她说着，哆哆嗦嗦地从那只神秘的布袋里掏出一张小男孩的照片给我看，我拿过来仔细一看，居然是印着外国小男孩的纸片，看上去好像是从什么旧画报上剪下来的，因为长期被摩挲的缘故，已经发黄变皱，可能是怕纸片破损了，又在外面仔细地罩了一层塑料，用透明胶封上。这张纸片带着一种奇怪的体温卧在我的手心里，让我想到它一定是被一个人的体温日日夜夜烘焙着，日日夜夜地吮吸着一个人的感情和血液，有了这样的哺育，才能在一张旧纸片上最终长出接近人类的体温。我甚至怀疑在它的最里面是不是也已经长出了心跳和血液，怀疑它是不是在月圆之夜还能变成人形开口说话。

这就是她口中那个八岁的儿子。

她把她"儿子"的照片要了回去，和她母亲的照片一起装进了那只贴身的布袋。然后她不再说话，翻过身去，紧紧抱着那只布袋闭上了眼睛。这时候窗外已经是黎明了，青色的天光象征着阳光将再一次普照大地，新的一天和过去的一天将不会有任何区别，大地上的悲欢离合和天体运行一样永恒。我坐在床边，从摄像机的镜头里看着这疲惫到极限的女人。她脸上已经没有了悲伤，睡得近乎安详，但怀里一直死死抱着那只布袋。我想到在监狱的十五年里，她一定是经过了漫长的绝望和渴望之后，终于为自己发明出了这样一个儿子，然后监狱里余下的每个夜晚她都是这样度过的，把这个幻想中的儿子紧紧抱在怀里，给他留出睡的地方，温暖他，哺育他，和他说话。

现在，她又用同样的方式为自己发明了一个母亲，亦是可以随身携带的亲人，可以装在手心里或口袋里，可以寸步不离，可以同生共死。天光渐亮，我恍惚觉得对面睡着的真的不是一个人，而是女人和她年老的母亲还有她年轻的儿子，他们三个人以一种天衣无缝的姿势，在这个世界上紧紧拥抱成了一个人。我坐在那里，忽然无声地笑了。我觉得自己笑得温柔而慈悲，简直像一个老祖父。

我走到窗前拉开窗帘，与窗外阳光对视的一瞬间，眼泪还是流下来了。我一直想逼她说出某种过去的真实，却不知道，她的这些幻想和癫狂其实是最大的真实。

她看起来需要一场很长的睡眠。我独自出门，扛着摄像机，向棺材街慢慢走去。已经是深秋了，白杨和银杏的叶子开始变得金黄剔透，柿子树的叶子则开始变红，在阳光下猛地看过去，就像叶脉里流动着鲜血一样。我踩着地上的枯叶嘎吱嘎吱往前走，秋风过处，落叶像大雪一样从我头顶簌簌飘落。现在，还有一件事是必须弄清楚的，那就是，当年厂长到底是怎么死的。我的直觉，这才是这件事的真正关键所在。我想找到那个多年前的证人，因为他是当时唯一的目击者，只是，十五年过去了，物是人非，不知道他是否还活着。我想去棺材街上再细细打听一番，看是否能有些收获。

这时候我听到我身后似乎又出现了那种嘎吱嘎吱的神秘脚步声，我想起曾几次三番听到过这样的脚步声，不由得打了个寒战，猛一回头，不远处果然跟着一个人。我站住的同时他也站住了。我站在那里不由得一愣，跟在我后面的居然是那老车间主任。我打了个招呼："老主任，您怎么也在这里？"

他慢慢走近了些，然后站在离我十步开外的地方，不再往前走却也并不说话，只是用一种奇怪的神情看着我。我发现他比我上次见时瘦了不少，目光却如刀剑出鞘，锋利异常。这使他看上去好像浑身上下只剩下了两只眼睛，散发着一种阴冷坚硬的气息。不知怎么，我心里忽然有些莫名的恐惧，嘴上却忙掩饰着："这天气真是说凉就凉啊，等我把片子收尾了就该走了，我还想着走之前再去看看您呢。"

他仍然站在那十步开外，一身的刀气，有些像落魄在江湖里的老剑客，让我万万想不到的是，他忽然毫无征兆地对我说了一句："她进监狱确实是被冤枉的。"我大惊，说："您说的是谁？"他说："李小雁，她进监狱是被冤枉的，她白坐了十五年牢。"

我彻底愣住了，呆呆地站在那里不知道该说什么。他却又往前走了一步，说："厂长确实不是她杀的，厂长是自杀的。"

我的头一阵眩晕，勉强让自己站定，半天才问了一句："可是，你又是怎么知道的？"我只听见他冷冷地回答了一句："因为，我就是当年案发现场的那个证人。"

我俩最终还是在路边坐了下来，我点了一支烟，又递给他一支。我看见自己点烟的手在不停地发抖，点了几次才勉强点着。一阵秋风过去，落叶像雪一般，落得我们满头满身都是。我张口说了声："老主任，你知道你在说什么吧，这可不是玩笑。"然后继续抽烟。他说："其实这么多天里我一直都跟着你们。"

　　我想起这么多天里总不时会听到身后传来的神秘脚步声，不觉骇然，又猛吸了一口烟。他说："我等她出来等了十五年，这十五年里我连死都不敢死，就是为了等她。"

　　"……你当年真的看到她杀人了吗？"

　　"她没有杀人，厂长是自杀的。"

　　"老主任，你是不是以为你这样说就能出名？我知道你想出名，可是，这不是闹着玩的。"

　　"我再说一遍，厂长是自杀的。"

　　"那……你为什么要做证人？"

　　"因为这本来就是我和厂长早计划好的。"

　　"……老主任……"

　　"这些天我一直跟着你们，我看你还算个仁义的人，待她还可以。你要待她不好，我是不会放过你的。她可是坐了十五年的牢啊。"

　　"……你为什么要跟着我们？"

　　"我不放心。我和厂长本来也没有想过让她坐牢，我们当时想的是把杀人这个罪名栽赃到她头上以后，她肯定会死不承认，她那么死脑筋的一个人，没想到她很痛快地就承认了，结果进去就是十五年，都不知道她这十五年是怎么过来的。"

"……可你为什么要栽赃给她杀人的罪名？"

"我和厂长是十七岁一起进的厂，我们的工作可是那时候最好的，一起喝过酒，一起打过架，在厂里待了四十年，亲如兄弟。工厂倒闭的时候，我们没有别的谋生技能，也没有了单位。他是厂长，所以他比任何人都更不想离开工厂，他必须想一个办法引起所有人的注意，注意到他们这些下岗工人。所以他死前那段时间和我说得最多的就是怎么能把这些话让更多的人听到。那就必须有一个轰动性的事件能引起所有人的注意，最好能上了报纸、上了电视，让人们都看到、都听到。"

"……所以，他就想到了靠自杀引起人们的关注？"

"光自杀是不够的，一个人死了根本不稀奇，别人该怎么过还怎么过，所以必须制造出一个事件来引起人们的注意。大活人说句话谁会听你的？像放屁一样。一个人只有死了而且还得死得蹊跷，才可能引起人们的注意。没办法，自古世道就这样。那时候厂长就反复和我说，我们都已经是五十多岁的人了，六十岁就够一辈子了，六十岁往后一天那都是白赚的。既然快活够一辈子了，那舍出这一条命去又怕什么？怎么死不是死？要么病死了，要么老死了，要么被车撞死了，要么哪天掉进水里淹死了，横竖是要死的。一件终归要丢掉的东西早丢几年又怕什么？所以他就想到让死人来说话或许还有用。厂长是早死了，你别看我多活了十五年，这十五年都是白赚的。"

我坐在大雪一样的落叶中深深吸了一口气，又哆哆嗦嗦地点上了一支烟，问他还抽吗。

"再来一根。"

半支烟下去我才又问了一句："你明知道李小雁并没有杀人，又为什么要做这个伪证？就是为了出名吗？"

八

⚓

　　他坐在那里看起来越发苍老，如同一株长在深秋里的枯树。他弹弹手中的烟灰，看看天空说："让她坐牢其实还不如让我去坐牢，我心里那个不好受啊，所以到现在我都不敢站在她面前和她说一句话，我心里亏得慌。从她出来的那天起，我就一直跟在你们后面，我远远就能看到她那半头白发。进去的时候她才三十来岁，我记得她那时梳着一根长辫子，有时候还喜欢在辫子上绑点花儿草儿，出来的时候已经像个小老太太了。可我当初不那么做又能怎么做？厂长把自己的命都搭进去了，我敢让他白白死了吗？你倒是试试你能死几次。"

　　"……"

　　"我怎么都忘不了厂长临死前的那个眼神，当时他站在电解池边和李小雁说话，我就按计划躲在车间里不远的暗处，他知道我正在那里看着他，所以他临跳进池子之前还向我那边看了一眼，就一眼哪，但我知道他在说什么，那是千言万语啊，那是他在和我道别，是在托付给我遗言。我躲在那里差点哭出来。他又不是活不了，为什么非要让自己死？他是宁愿和工厂一起没了，所以他做不完的事情只有我接着去做，才对得起他这一死。"

"……他为什么要选择在盐酸池里？"

"因为这样他就会很快被盐酸腐蚀掉，连救都救不上来。他连救都不想被人救上来，他就是决心了要死的。"

"你没想到李小雁会那么痛快地就承认了？"

"是的，我真的没有想到。在我们本来的计划中，我做证揭发之后李小雁一定死不承认，一定会反抗，而我就咬定说我亲眼看到了她杀人，这时候厂长已死，死无对证，只要我们各咬一头，那这件事就会变得沸沸扬扬起来，会被人们议论纷纷，然后就会引来媒体报道，媒体一报道就会有更多的人知道，说不来还能上电视。可是万万没想到她很痛快地就承认了，承认是她杀了厂长，就这样她坐了十五年的牢。可我当初真的根本没想让她去坐牢。"

"你知道她为什么要承认吗？其实她仅仅是害怕人们说她的闲话，怕人们又翻出她在广东打工时的那些陈年旧事。就像她当年为了不让人们知道她的学历，就连履历表都不肯填。"

"所以我才恨她，这十五年熬下来我真是恨透了她，她怎么能这么轻易地就承认是自己杀了人，杀个人就这么容易吗？她以为是割韭菜还是过家家？她居然连反抗都不反抗一下就去乖乖坐牢了，一坐十五年，你说她怎么能这样？这十五年，每次一想到她还在牢里，不知道她每天都吃的什么、穿的什么，我就会整宿整宿地睡不着觉，半夜里爬起来在黑漆漆的屋里转圈，想象这就是一间牢房。我从这头走到那头，再走回来，就这么来来回回地走一夜。我不应该还活在这世上，对吧？其实要是她出来了想要我的命，我倒高兴了。"

"你是故意让我找到她的吧。"

"这世上本来只有我一个人知道这个秘密，现在你也知道了。我看你不愿把我拍进电影，觉得把我拍进去没意思，所以我就想让你把她拍进电影。不管是拍她还是拍我，都一样的，就是想让你把这件事的真相拍成电影，等到电影放映的那天，所有的人就都看到了。人们就会知道厂长当年是为什么死的，也会知道她李小雁是被冤枉入狱的。都不是坏人，没有坏人。"

"如果根本没什么人会去看我的电影呢？"

"怎么可能呢？那是电影啊。我年轻的时候只要听说哪里放露天电影，就是连夜赶二十里山路都要过去看。在电影院看不比看露天的舒服？怎么会没有人看？"

"现在她已经出来了，你打算怎么做？"

"现在你也知道了，那我们赶紧帮她翻案，让她知道自己是冤枉的，白坐了十五年牢。她肯定咽不下这口气，最好能往上告，哪怕告到中央，让天下人都知道这是一个大冤案，再让上面判她个清白，那我也算对得起她和厂长了，然后我就是死了也不亏了。"

"让她告你当初做伪证陷害她？"

"我在其中扮演了一个好人还是一个坏人又有什么区别？好人怎样，坏人又怎样？都一样的。你还记得我曾对你说过的话不？我说只要你让我上了电视电影、让我出了名，你让我做什么我都愿意。因为只有我出名了，我说什么才会有人听。"

"你把你们三个人都当成了道具在用。"

"人在世上谁不可怜？"

"可是……你们当初为什么一定要选中她？她这样一个人……喜欢写点诗……你们就不觉得……"

"厂长死之前我们就已经想了很长时间，她是最合适的人选。厂长对我说，从李小雁在他面前脱下衣服的那一瞬间，他就明白了，这是她最后仅有的一点东西了。她在三十岁的时候就已经只剩下余生了。所以他说，就是她了，这个帮助我们完成计划的人也只能是她了。"

工厂
李小雁

我总是会在下着春雨的夜晚
迷路在
去往工厂的那条小路上
好像我从不曾走过这条路
也不知道路的尽头通往哪里

我第一次看见路边的

那朵蒲公英

在雨中给自己撑起了一把白色的伞

　　落叶越来越多、越来越厚，前面一排平房的屋顶上已经铺了一层厚厚的落叶，在阳光里看上去如金色的庙顶一般闪闪发光。有一只黑猫正从屋顶上无声地经过，又顺着一棵槐树跳了下来。落叶正从四面八方涌来，整座小县城像沉浸在了一场奇异而蛮荒的大雪之中，四季沉睡，时间倒流，一只孤鸿掠过田野，大地上所有的回忆和往事都将被这些金色的落叶彻底淹没。

　　我坐在那里大口抽着烟，脑子里飞快地盘桓着。显然这才是事情最核心的那个部位，但我还是不能不心酸。显然，老主任还不知道，他等待了十五年的那场轰动已经不可能了，他完全不知道。现在是二〇一五年，任何信息都是转瞬即逝的，只要过一夜便消失得无影无踪。没有人会去关注一个十五年前的老下岗工人和一个刚出狱的中年女人之间已经过时的故事。他白等了十五年。他这十五年和李小雁在狱中的十五年本质上是没有区别的，一脚踩下去，中间都是空的。他们其实都还站在十五年前的码头上遥遥望着对岸。这个真相公布之后，唯一能震撼到的估计只有李小雁。可是如果让她知道了当年厂长并不是她杀死的，她就只能得到一个空洞的清白，已经没有人在乎她是不是真的杀过人。与此同时，她的那两个亲人就没有存在的依据了，他们将会随之消失。

我终于站起来扛上我的摄像机，我对他说："我不会告诉她的，你也不能把这真相告诉她。"

他绝望地看着我，问："为什么？她本来就没有杀过人。她也知道自己根本没有杀过人。她是被冤枉的。她白白坐了十五年牢。为什么不让她知道？"

"在监狱里一开始的时候她也相信自己没有杀过人，她第一年信，第二年也信，但是等到第十五年的时候，她已经深深地相信，厂长就是她杀的。"

"可我当时在旁边看得清清楚楚，她连厂长的衣服都没碰到，厂长已经向后一仰，掉进了电解池里。难道她真的以为厂长是被她推下去的吗？"

"她后来真的相信是她杀死了厂长，她是在自己的脑子里把他杀死的。"

"傻瓜都知道那是她在骗自己。"

"她现在每天有两个形影不离的亲人：一个儿子，一个母亲。但事实上，她从来没有过孩子，她母亲也已经离世了。"

他整个人几乎扑到了我的脸上，声音开始嘶哑："我等了十五年就为了告诉她一个真相，如果我不告诉她真相，我既对不起厂长，也对不起她。那我就根本不是个人了。"

我往后退了一步，让我的摄像机能看到他的脸，我感到我的手明显在发抖，但是我嘴里说："老主任，现在已经不是十五年前了。你信我吧，十五年过去了，没有人会在乎的。"

他站在那里没有再动，状如枯木。他喃喃地说："不管过去多少年，有人把自己的命都舍进去了。"

我只好又说："老主任，十五年里一切都变了，都回不去了。"

他干枯的眼角流出两行泪来，看着我说："不能让一个人到死都以为自己是杀人犯，那死了连自己的祖宗都见不了。我必须告诉她。"

我把目光收回，声音也开始沙哑："老主任，你还是放过她吧。"

然后我便丢下他，扛着摄像机，踩着枯叶，嘎吱嘎吱地向我们租的房子走去。进去一看，李小雁还没有醒来，想来是因为前几日安葬母亲已经心力交瘁到极致了。她蜷缩着身体睡在半张床上，另外半张仍然空着。就是在很深的睡梦中，她都会记得要把半张床留给自己的儿子，他正睡在她的身边，她不能把他压着了。现在，这半张床上也许还睡着她的母亲，显然，她得给他们腾出更多的地方来才能保证他们睡得安稳。

我没有叫醒她，此前我还没有拍到过这么疲惫、这么安静的她。现在，在一个长镜头里，一个半头白发的女人小心翼翼地睡在半张床上，另外半张空荡荡的床上可能正躺着一老一少两个看不见的人。我盯着这个镜头看了很久，竟恍惚真的看到了那两个隐身人的身形和眉眼，他们和女人紧紧抱在一起，正在熟睡中。这种幻觉让我一阵骇然，我忽然发现，幻象本身也许真的是另一种真实。只要给它填入足够的感情和思念，它就确实可能获得另一重维度里的生命。

屋子里的光线正在镜头里一点一点变化着。爬在白床单上的那丛金色的阳光渐渐暗淡下去了，变成了绯红、橘色、灰橙、暖青、灰青、苍青、银灰 、深灰、藏青、宝蓝、鸦青、玄青、乌青、油黑、漆黑。这些转瞬即逝的光线在这个寻常的黄昏里变得像一曲波澜壮阔的交响乐。在音符庄严停下的地方，巨大肃穆的黑夜将会再次如期降临。

我来到窗前推开了窗户。今晚没有月亮，却满天星斗。巨大的猎户座正高悬在我的头顶，从我记事起，这巨大的猎户座便会在每年的深秋出现，伴我度过了一个又一个漫长的冬天，以至于每年冬天看到它的时候竟有了见到亲人般的感觉。我忽然想起李小雁曾说过的一句话——我最想写的那些话怎么都写不出来。我站在窗前点上一支烟，我想把太多的话寄托给这部电影，可是，我最想说的话又能说出多少？其实我和她之间究竟又有多少区别？

这时候我忽然听到床上有一个异常平静的声音在问我："天怎么黑了？"一回头，李小雁正坐在床上看着我。我说："你睡了一个白天，现在天黑了，晚上刚刚开始。"然后便开了灯。她在灯光里呆呆地坐了一会儿，忽然像想起了什么，连忙把身体往边上挪了挪，像怕压住还躺在那里的人。我便再次想到，这被子下面还藏着一个小男孩和一个老母亲。

我带着她来到一家小面馆吃晚饭，昏暗的灯光下摆上了两碗热气腾腾的面条，我们对坐着却都半天没动筷子，我忽然有一种相对如梦寐的沧桑感。我说："快趁热吃吧。"她还是不动，我便自顾自拿起筷子，又斟酌着字句说："等电影拍完，接下来我还得做剪辑，可能最后要剪成三个小时，然后我可能要去电影节上碰碰运气。你呢，你也要为自己做些打算了，就是说，你还得找点事情去做。就是不为糊口，人也总要找些事情做的对不？我可以帮助你，但我不知道你最擅长做什么……其实也有很多事情可以做，怎么都饿不死人的。我已经替你想过了，你可以摆个小摊卖菜卖水果卖包子，还可以卖花生瓜子什么的小零食，这也不要多少本钱的。或者，你还可以租间门面做裁缝，因为我记得你说过你们在监狱时每天都要在车间里做衣服。"

我小心地看着她的脸色，只见她低着头半天不语，脸上并没有太多的表情，过了好久才终于说出一句："那就还是做裁缝吧，习惯了。"

我说："那太好了。"然后便赶紧埋下头吃面，竟不敢再抬头看她一眼。又过了半天，忽然听见她用很紧张的声音小心试探着我："你，是不是要走了？"我抬起头才发现，她坐在我对面，不知什么时候已经满脸都是泪水。那碗面还一筷子没动。

我故作轻松地说："电影快拍完了，干我们这行的就是得成天东奔西跑的，在这里拍完了就得再换一个地方。不像你，以后就可以在自己家乡安定下来了。我也是光人一条，没老婆没孩子，倒是去哪里都没什么牵挂。"

忽然，她的眼睛深处又浮出了那种诡异空洞的目光，她不再看我，而是看着周围的空气，好像空气里正有人和她对视着。她看着那团空气说："你走吧，我不怕的，我什么都不怕，我白天出去干活，晚上有我儿子陪着我，他就和我睡在一起，他长着一头金色的鬈发，像只小狗一样毛茸茸的，他还长着蓝眼睛。我临睡觉的时候就给他讲故事，他睡着了我就把他抱在怀里。现在还有我妈陪着我呢，能和两个亲人在一起也足够了，我就什么都不怕了。在这世上，只要能和亲人在一起，我就什么都不怕了。"

她的目光慌乱而热切地在空气中游弋着，似乎随便抓住一点什么都可以。我的眼泪也要下来了，却对她说："你不要怕，大家活到最后都是一样的。"她机械地重复了一遍："是的，大家活到最后都是一样的。"我又试图宽慰她："每个人最后都是要死的，就是死法不一样，比如多年前那死去的老厂长，他也许……"

她忽然大声地、暴烈地打断了我："不要说这个事了，我早就认输了，我真的早就认输了还不行吗？求求你们放过我吧。"

婚礼

李小雁

第一场大雪下起来的时候

你说我们结婚吧

我说　好

白纱裹不住我的衰老

如果我不肯流泪

你就离开

九

我帮助李小雁买了一台缝纫机，然后就选择在县城十字街口的百货商店的房檐下开张了，这样可以把房租省下。这屋檐下已经摆了好几个小摊，跻身其中倒也不显眼。第一天开张的时候李小雁很紧张，像个小学生一样端坐在缝纫机后面一动不动，她不敢看来来往往的行人，只是不时地偷看一眼坐在旁边的我。以至于后来有了第一笔生意的时候，我看到她缝衣服的手都在发抖。第一天只有两笔生意，一个修裤脚、一个修领口，五块钱是她这天的全部收入。一直到天黑时分我们才开始收摊，收摊的时候我忽然看到马路对面的暮色里坐着一个人，正看着我们。是老车间主任。暮色里的世界重峦叠嶂且万分静谧，我和他隔着一条马路遥遥相望着，如同站在一条大河的两岸，光线渐渐沉入河底，铁画银钩，枯如白骨。我拿起摄像机对准了他，河对岸的人影却忽然消失了，看上去一片模糊，状如水渍。

第二天，第三天，连着几天我都会在黄昏时分、在行人渐渐退去之后，看到从对面浮出来的老车间主任。即使看不到他的身形，我也能感觉到他的气息像鹰隼一般，正阴森地盘旋在我们头顶。我一边把李小雁做裁缝的点点滴滴拍下来，一边时刻留意着老主任的身影，我这时候才发现，他也是这部电影里的一个重要角色，只是他自己不知道罢了。

我渐渐和周围的小贩们都熟悉起来，我和他们聊天打趣，中午学他们就近买碗几块钱的面条吃下去，我看起来和他们没有了任何区别。熟悉的结果就是，他们同意偶尔在我的镜头里露个脸。只是，我坐在小贩们中间，偶尔还会恍惚看到那个在大学的课堂上给学生们讲塔可夫斯基的男人。我几乎忘记了他的样子，只有无尽的气味和画面留了下来，如同破晓时分清新的空气、无风时候飘落的白雪、长满鲜花的草地、金银和青金石的饰物。

我知道那个男人就是我自己。

李小雁会在每个早晨醒来的第一瞬间走进我的房间，紧张地朝我床上看一眼，她在看我还在不在，她怕我会半夜悄无声息地走掉。在一个早晨起床之后，我收拾了一下我的行李，她忽然转过身来，泪流满面地看着我，问："你是不是今天就要走了？你是不是真的该走了？"她的目光里有一种小女儿在父亲面前才会有的痴缠的悲伤，还有一种即将被遗弃的动物在主人面前的无限敏感。我想到此时那一老一少两个隐形人也正吸附在她身上，乞求地看着我。他们三个人组成了一个庞大而虚弱的巨人，温顺而求死般抬着头，等候着我的怜悯与发落。

我说："不走，今天还不走。"

今天还不走，听起来就像一种最深的恐吓。

我们依旧按时出门摆摊，要一直走到县城中心最热闹的十字街口。这里是各色小贩、各种小店云集的地方，就是在这里，我见过一个卖葱的老大爷拿着一张一百元的假钞坐在路边哀哀地哭，他收了张一百元的假钞，然后找了人家九十九块的零钱。我还见过一个开饭店的小老板站在桌子上挥舞着一只手，大声训斥一群不敢说话的服务员。我还见过带着小孙子每天在小超市里盘旋一圈，然后掩护孙子往嘴里塞一块话梅的老人。他们足够真实，正是我想要的真实，却渐渐让我觉得畏惧。我忽然明白了连日来我坐在小贩们中间时那种奇怪而迷茫的快乐，因为它暂时帮我掩饰住了这种畏惧。也就是在这个时候，我发现自己终于看明白了李小雁的那些诗歌。

这个早晨，当我和李小雁刚走到十字街口的时候，天空忽然纷纷扬扬地下起雪来，再一看，不是雪，而是不知道从哪里撒下来的雪白的传单。我接住一片，看到白纸上面是油印的黑字："十五年前的惊天冤案。十五年前五金厂在倒闭前夕发生了一起杀人案，厂长华建明被职工李小雁推到电解池里尸骨无存。李小雁因此被判刑二十年，后被减刑到十五年。而事情的真相是厂长华建明当年死于自杀，李小雁被冤入狱，白白坐牢十五年。当时的目击证人伍学斌在华建明死前就已经与华建明串通好，在华建明死后做伪证陷害李小雁坐牢。十五年过去，是还无辜的人一个清白的时候了。"

满地、满秋天都是这样的白纸、这样的黑字，像一场无边无际的大雪，又像满月之夜狼人即将出没的月光，月光里的那些枯瘦文字如累累尸骨排列着，似乎可以随意地组合起来，"自杀……尸骨无存……杀人案……死后……十五年……死前……清白……入狱……"。那张白纸从我手里被一阵风吹走了，我却发现那些油印的黑字已经被断断续续地印在了我的手心里，我一个字一个字辨认着，"杀人……真相……证人……李小雁……"。我试着擦拭，却怎么也擦不掉，那些黑色的字像是已经被篆刻在了我的手心里，如同山林深处长满青苔的古老石碑，锈迹斑斑，沧海桑田。

来来往往的行人在秋风中接住或者从地上捡起这些白纸黑字，有的一边看一边和旁人窃窃私语，有的一边看一边四下寻找扔传单的人，还有更多的人只是匆匆看一眼，只一眼，就扔下传单踩着走过去了，像是什么都没有看到。地上的传单越来越多、越来越多，像盛大的月光一样，轰然开放了满地、满世界，仿佛这是一个极其隆重的节日，才配得上这么多这么壮观的月光。行人们已经不再好奇，纷纷踩着这些传单走过去了，照常去上班、去买菜、去摆摊，整个世界安静异常，甚至没有一点多余的声音。我心里忽然一阵剧烈的抽搐，又是兴奋又是疼痛，我知道这就是最好的镜头，我愿意不惜一切地捉住这些镜头。我连忙打开摄像机，就在这时候，李小雁站在那里也伸手接住了一张纸片，我不顾一切地向她冲过去夺下了这张纸，而与此同时，她的另一只手已经接住了另一张纸片，我绝望地站在那里，试图再把这张纸也夺下。但她已经读了第一行字，"十五年前的惊天冤案"。就在我徒劳地想把这张纸也夺下之前，她微微一愣，然后，只是瞬间的工夫，她已经松开手，让这白纸黑字随风而去了。

她没有再往下读任何一个字。

突如其来的释然让我感到了一种从没有过的巨大疲惫和欣慰，我眼睛忽然湿润。当我挣扎着抬起头再看她时，她却正站在一堆雪一样的纸片中扑朔迷离地对我微笑着。

就在这时，我们忽然听到附近什么地方传来一阵可怕的嘶哑哭声。是一个老人绝望的哭声。

我最终下定了决心，要带她离开这个小县城。然后我开始忙着退房子，忙着收拾行李，做离开前的准备。那天下午等我收拾好才发现，李小雁早已经静静地站在我的身后等待着出发。

西方的群山之上烧起一片玫瑰色晚霞的时候，我和李小雁搭上了离开这个县城的最后一班汽车。就在汽车即将驶出县城边界的时候，忽然猛的一个急刹车，全车人跟着东倒西歪成一片，只听司机骂骂咧咧地下了车，原来是有人借着暮色把自己像子弹一样撞向了开过来的汽车。我心里一怔，不让李小雁下车，自己却拿着摄像机下车过去围观，已经有一圈乘客在那里观看了。我钻进人群，却仍然不忍心看地上的那个人，闭着眼睛默默站立了两分钟之后，才睁开眼睛看去。借着天边的最后一丝光线，我看到躺在血泊里的人果然是老车间主任。

他的脖子已经撞折，脑袋以一个不可思议的角度耷拉在胸前。血流了很远。

现在，除了我，世界上没有第二个人再知道这个秘密。终于到结尾的时候了。我打开摄像机，把一动不动的老主任拍进了镜头。旁边有人问我："你拍什么？你是哪里来的？"我头也不抬地说："我是电视台的。"旁边立刻有人惊诧地议论："电视台的来了，已经有电视台的人来了，都拍下来了。"

在一片混乱嘈杂的声音里，我忽然看到老主任的手里还握着什么。我凑过去仔细一看，是一个牛皮纸信封，信封上写着一行钢笔字——李小雁收。我默默地从他手里接过那个信封，装进了自己的口袋里。

只听司机还在大声打电话，接着又听到了警车的刺耳声音。我只是静静地、肃穆地站在那里看着地上死去的老人。警车来了，另一辆空车也开过来了，司机指挥着乘客们换车，他要我留下来配合他一起处理这起交通事故，因为我是电视台的人。李小雁也下车了，她朝那躺在地上的尸体望去，但她只飞快地看了一眼便收回了目光。

我走到了她面前，她问了我一句："死的是一个什么人？"我想了想，说："是一个不认识的老人不小心被车撞到了。"然后，我从随身带的包里取出笔和纸，飞快地在上面写下了我的名字、电话和地址。我把写好的纸递给她的时候，她愣住了，怔怔地看着我。这时候群山上玫瑰色的晚霞已经燃烧殆尽，黑夜正从大地的每个毛孔里生长出来。我已经看不清她的表情了，我知道她也无法看清我的。但我还是使劲地对她笑着，我说："我们就在这里道个别吧，你跟着车回去吧，你已经不用离开这里了，这儿毕竟是你的家乡。回去以后还是做你的裁缝，有什么事就给我打电话，写信也可以。快回吧。"

那辆换下的车要返回县城了，我目送着她慢慢上了那辆已经在拼命摁喇叭的汽车。汽车开动了，我看到空荡荡的车厢里她一个人一动不动地坐在车窗后面。她上车前没有和我说一句话。

我回到北京的第一件事便是找一份工作。几经辗转，才在老同学的介绍下去了一家影视公司做美术指导。工作了几个月之后我才把借前女友的钱如数奉还到她的账户里，她什么都没有说。我倒还算喜欢这份工作，场景布置，视觉效果，甚至连室内的陈设都是由我来设计的，这些都是虚拟出来的，甚至，连拍摄时用的阳光都是我用灯光做出来的。做这种工作的时候，我会时刻感觉到电影的虚幻性，就像李小雁的诗一样，它们都不真实，但是这种虚幻让我心安，让我不再失眠。

那部已经拍完的电影，自从我把它封存在一只硬盘里之后，就再没有打开过。深夜里，我有时候会把那只硬盘拿出来细细摩挲半天，最终却还是会把它放回抽屉深处，再悄无声息地把抽屉关上。

李小雁从没有给我打过电话，大约过了一年多的时候，我忽然收到了一封她寄来的信，是从那个北方小县城里寄来的。信中说她一切都好，她每日去摆摊做裁缝，一天下来总能收入十几块钱，最多的时候一天能收入三十多块钱。她说她收养了一个三岁的小男孩，已经会说很多话了。春天的时候，她带着他去看那些刚发芽的鹅黄的柳叶，带着他去大杏树下面看那一树雪一样的杏花。夏天的时候，她带着他去采指甲花，把指甲花捣碎，配上明矾，再用苍耳叶把指头包起来，给他染了十个红指甲。在雨后的黄昏，她带着他在去往工厂的那条小路上采鸡腿菇和蒲公英。秋天的时候，她带着他去杨树林里，用针和线把那些金黄的杨树叶穿成一大串戴在脖子上，她还带着他去地里认识南瓜和玉米、柿子和葡萄。冬天的时候，她会守着炉火给他讲很多故事，一只花猫正趴在她脚边打呼噜，他听着听着就睡着了，脸蛋红扑扑的。她说这时候她才发现，窗外不知什么时候已经下起了大雪，天地间白茫茫一片。第二天她会带着他在雪地里放爆竹，红色的鞭炮屑撒落在雪地上，她帮他堆起了一个大大的雪人，雪人的鼻子是一根长长的胡萝卜。

这封信我翻来覆去看了很久，然后我连着抽了几支烟。第三支烟抽完的时候我开始收拾行李。我要去看她。我明白，她又在写诗，这只是她的又一首诗，而她所有的诗都是她生活的虚拟，就像我现在手中的工作一样。我拎着简单的行李来到火车站，买好票，在候车室等了半小时之后开始检票了。我检好票，下了月台，长长的列车已经等在那里了，但就在临上车的那一个瞬间，我还是犹豫了。最后，我看着那辆列车从我身边呼啸而过。我回去便给她回了一封信，我在信中说，我也过得很好，已经结婚了，现在工作和生活都很安稳。我说上次在你们工厂拍的那部电影后来真的在电影节上获了个大奖，还有笔可观的奖金。我说很多人都会看到这部电影的，都会看到你和你的工厂。

她没有再来信。直到三个月之后的一个深夜，我忽然收到一条短信，短信里告诉我李小雁昨晚病故了。她已经生病有一年了，临死前一再嘱咐过，要记得告诉我一声她不在了。发信人是她弟弟。

我在深夜里慢慢打开抽屉，终于取出那只一直被我封存着的硬盘。然后我几乎几天几夜没有合眼地把这部电影剪辑了出来，九小时的电影最后只剪剩下了六十分钟。

电影里都是一些零碎的镜头，每一个镜头都是关于李小雁的。她躲在给母亲洗好的床单里哭泣；她用那块粉色的毛巾一次次抚摸着自己的脸；她把红色的纱巾蒙在眼睛上，站在窗前看夕阳；她坐在长满荒草的工厂的台阶上；她慢慢走进神秘黢黑的电解车间；她抬头看着午后的阳光；她采了小路边的一朵波斯菊；她惊恐不安地坐在我对面；她穿着那件红衣站在月光下；她抱着她想象中的儿子正在熟睡；她拉着她死去的母亲的手，怎么也不肯放开；她一边喝酒一边泪流满面地对我说"你不相信吗？……你就不信吗？"；她捧着她那写满诗歌的本子，对我说"我最想写的那些话怎么都写不出来"。

这是一部关于她一个人的电影。

那一晚，我在自己的房间里，用投影仪把这部电影看了一遍又一遍。看着看着我忽然看到了一个从没有见过的镜头，回头想想，可能是那个时候我正站在窗前看星星。镜头里的李小雁正疲惫地躺在床上熟睡，她身边的光线正在渐渐转暗，看起来天马上就要黑了。就在那天色完全黑下来之前，她躺在那里忽然睁开了眼睛，却没有动，她和她面前的摄像机静静对视了片刻之后，忽然就对着它无声地笑了。

很快，那笑容就像一滴水一样融化在了镜头里无边的黑暗中。

⚓

去往澳大利亚的水手

一

⚓

　　他第一次见到那个叫小调的男孩是在那片废弃的桃园里。

　　正是三月，桃花开得诡异真诚，整座桃园看起来如一座刚浮出地面的巍峨宫殿。

　　那片桃园在却波街的尽头处再走一段路。你走着走着就会突然遇到它，仿佛它是从哪个古戏台深处飞出来的，戴着满头满脑的桃花，风鬟雾鬓，极尽艳丽。

　　他小的时候没有地方可去，很多时间都是在这桃园里慢慢消磨掉的。因为怕被看桃园的老人逮住赶走，他便总是偷偷藏在那棵大桃树下玩，或者在月光下溜进桃园折桃花、偷桃子。一寸一寸的光阴长着脚，缓缓爬行在阳光和月光里、春风和冬雪里、桃花和枯骨里。每到三月桃花盛开的时候，整条却波街都在花香的浸泡中慵懒地盘着，花醉一般。只有卖豆腐和磨刀的来串巷子吆喝几声，才略搅进来几分清醒。

桃园深处有一口井，井旁一间土坯小屋，里面住着看桃园的老人和他的狗。那老人的头脸看起来总是灰蒙蒙的，好像很多年都没有洗过脸的样子。他怕这老人会放狗咬他，只要远远看见老人走过来就赶紧逃掉。每年三月，到夜深人静的时候，他就在月光下偷折桃花。一树一树的桃花在月光下看是一大片湖水一样的银色，连花香也是银脆的，看不到，指尖却可以触到花香里的那缕神经。

桃园深处传来几声遥远模糊的狗吠，狗好像也乏了，只是在应付差事地叫几声。从枝杈间隐约可以窥到小屋里那点橘色的灯光。银色的月光淹没了整座桃园，只要一碰到那些枝杈，桃花便像雪一样纷纷扬扬地下起来，落了一地。头顶是浩大的明月，身后是幽深的却波街，那个春夜，他站在桃树下这场一个人的雪中，忽然预知到了一种来自时间深处的幻象，漫天大雪、迟迟春阳、葳蕤青草、人面桃花，包括其中生生灭灭的动物和人其实都不过是幻象，都是往生图中的幻象，转瞬即逝。只有时间是真实的，或者说，在这世界上，它才是唯一的真正的主人。

那晚，他偷偷折下一枝桃花回到家里，小心翼翼地插在装满水的罐头瓶里。

这个春天，宋书青在桃树下猛地看到这个男孩的时候，心里竟哆嗦了一下，疑心是看到了四十年前站在桃树下的自己。他凑近了一些看，是个七八岁的小男孩，很瘦，眼睛奇大，正在桃树下的杂草丛里挥舞着一把塑料做的玩具宝剑。宝剑一碰到树枝，桃花便像大雪一样纷纷扬扬地飘落下来，闻上去也像是四十年前的雪。男孩一手提着宝剑，一手接花瓣，一边独自咯咯地笑着。宋书青站在不远处看着男孩，男孩并没有看到他。他站在那里恍惚觉得他和男孩之间正静静流动着一条大河，有桃花落在河面上，他们隔河相望。

那枝插在罐头瓶里的桃花会一连开很多天，他把它摆在窗前有阳光的地方。夏天那里摆着血红色的人头一样大的西番莲，秋天摆着金色的雏菊，冬天摆着米黄色的白菜花。白菜花是杀开大白菜从最里面剖出来的，粉黄粉黄，像新出世的婴儿。有时母亲宋之仪也会站在那枝桃花前看一会儿，但只是一小会儿她便慌忙走开了，对那桃花再视若无睹，好像那桃花看久了便会刺目，让她眩晕、生病。至于那片桃园，宋之仪更是避之不及，在桃花盛开的季节里，她下班回家情愿绕远路都要避开那桃园。他一直不明白她为什么要害怕那片桃园。

眼前的小男孩似乎玩宝剑玩累了，便小心翼翼放下宝剑，趴在草丛里捉虫子。这片桃园已经废弃了好几年，他记得开始是老人的那条狗走丢了，老人便失魂落魄地满县城找他的狗，直到半夜了人们还能听到老人满大街带着哭腔的声音："花花，花花。"那条母狗叫花花。他几乎是挨家挨户地找，逢人就问："有没有看见我的狗？"他找了好久，后来终于在一户人家找到了。花花在那家人院子里和小孩玩，他站在门口偷偷地看，第二天又来偷看，第三天还来。一连偷看了很多天，发现这户人家对花花确实好，他便不作声地离开了，回到桃园里，再没有返回来找花花。

都过了几个月了，那条狗自己忽然跑回桃园找他去了，脖子上还戴着一条铁链子，背上有片烫伤。回到桃园没几天那条狗就死了。老人去找那家人，那家人说这狗流浪到他们家，过了没几天就把它送人了。他又去找第二家主人，结果那家人说他们也是没多久就把花花送人了。于是又找到第三家、第四家。最后老人不再往下找了，独自回了桃园。老人把狗埋在桃园深处，筑了一座小坟。

又过了一年，满园桃花再次如雪的时候，人们忽然发现很久没有见到看桃园的老人了，就进桃园找。土坯房里却是空的，窗上架着蜘蛛网，久没有人住的样子。然后人们在桃园深处找到了三座坟。那座最小的应该是花花的坟，那另外两座呢？如果说其中一座是老人的，那另外一座是谁的？又是谁把他们埋在了这里？

不久又听却波街上的人们说，沙河街上的那个瘸腿光棍失踪有段时间了，一直没找到。这瘸子早年因为父亲成分不好，在"文革"中受牵连被打断了一条腿，那条腿骨折多日了也没人管他，就外面连着一层皮，他就拖着那条断腿在街上爬来爬去。小孩子们见那条腿竟可以像面条一样随意绕来绕去，只觉得好玩，便不时跑过去把那条腿摆个造型，或塞进他的裤带别到腰上，或像围巾一样盘在他脖子上，活像架着线操纵的木偶戏。后来这条腿外面的皮发黑了，腿被截掉了，装了条木腿。他拄着一只木拐，远远地从沙河街的青石板路上走来的时候，就像一匹三条腿的木马发出的声音，"笃，笃笃"。坐在屋里的人光听声音就觉得这走路的瘸子下半身已经被组装成了一部木制的战车，血肉的上半身嫁接在上面，最上面是蛇芯子一样昂起的头。轰隆轰隆的碾压声如坦克一般让人一阵心惊肉跳。

据说瘸子后来忽然被却波街的那片桃园迷住，便经常出入于那片桃园，再后来就几天几天地住在里面赏桃花，轻易不肯出来。据说瘸子和看桃园的老人一起睡觉，一起在桃花下饮酒，从广播里听悠长的梆子戏，在秋风中采摘肥桃，每逢周一赶集就挑到集上去卖。后来看桃园的老人不见了，瘸子也跟着不见了。

桃园里因为坐着那三座坟，坟里的人死得又离奇，便没有人再敢进来。桃树一年年还在按时开花、按时结桃，仍然在三月的时候任性地开出一园子的桃花，只是那桃花比从前更妖更香，有一种阴森森的卖力，似乎暗藏着无人看管之后的委屈。八月的桃子肥硕圆润，一路从青变红再变成暗红，都无人来采摘。人们说这桃子红得好诡异，只有树根吸了死人的血才能红成这样。肥桃最后像尸体一样横陈一地，除了鸟雀和虫豸，没有人来吃。

没有人来让一园子的寂静腐蚀得更深一些，更溃烂一些。

他穿过木栅栏走进桃园，走到小男孩跟前。男孩抬头看到有个大人走过来，连忙转身抱起了自己扔在草丛里的宝剑。他以为男孩是要学电视剧里那样拿宝剑防身，但很快就发现，不是，男孩只是怕自己的宝剑被别人抢了去。那把塑料宝剑看起来玩了很长时间了，剑把上已经磨起了一层毛边。他问："你几岁了？"男孩说："八岁。"他问："八岁了怎么不去上学在这里玩？"男孩低头不说话。他又问："你妈妈呢？"男孩低着头说："在家里。"他又问："那你爸爸呢？"男孩忽然抬起头兴奋地看着他，眼睛亮得吓人，他大声地、自豪地对他宣布了一句："我爸爸去澳大利亚了。"

他疑惑地看着男孩，问："你爸爸去澳大利亚做什么？"男孩不管他，只是像背诵课文一样大声地、上气不接下气地说："澳大利亚在地球的另一边，我们白天的时候他们是晚上，所以我们看不到他们，他们也看不到我们。我们和他们中间隔着一片很大很大的海洋，我坐上大轮船就可以去澳大利亚。我要是能捉到一只鲸鱼，就骑上大鲸鱼去澳大利亚，鲸鱼的头上长着一棵椰子树，还可以喷水。这样喷，这样喷。澳大利亚有大堡礁，水里有孔雀鱼，有数不清的绵羊。还有袋鼠妈妈，口袋里住着小袋鼠。还有考拉熊，背上背着小宝宝。还有鸭嘴兽，它们的嘴是这个样子的，扁扁的。"

他说着就扔下宝剑，用两只手把自己的嘴唇捏起来，捏成鸭嘴兽的样子给宋书青看。宋书青愣了半天才问了一句："都是谁教给你的？"男孩忽然像想起了什么，赶紧从地上捡起宝剑，又抱在怀里，嘴里说："我妈妈。"

这时候天色已经悄悄暗下来了，只有在县城西边的群山之上还燃烧着一大片血一样的晚霞，似乎要焚毁整个山脚下的交城。桃园里只剩了黑白两种颜色，黑的夜色和白的桃花，大块大块地咬在一起，看上去有些恐怖。他对男孩说："天黑了，快回家吧，你家住在哪里？"男孩说他家住在离却波街不远的麻叶寺巷，宋书青便一路送他回去。走到十字街口的时候，卖烧饼的刚挂起风灯，黑糖和青红玫瑰丝的香味盘绕在空中。男孩走得很慢，有气无力地握着自己的宝剑，却并不向那烧饼摊看一眼，甚至故意把脸扭到另一边。宋书青停下给他买了两个黑糖烧饼，男孩也不说一句话，只顾埋头吃烧饼。直到把两个烧饼吃得一粒芝麻都不剩，把油乎乎的手指挨个吮了一遍，才抬起头看着宋书青，忽然把手里的塑料宝剑递给他，说："让你玩一会儿吧，这宝剑可贵了，是我爸爸花了好多钱才买来的。原来里面还有个红色的小灯泡可以一闪一闪的，现在灯泡坏了，亮不了了，不然更好看。"

宋书青接过来打量着这把宝剑，男孩很不放心，仰着头对他说："你要拿得小心一点，不要用坏了。我教你怎么玩吧，要这样拿，要拿这里。这真是一把好剑啊，你说是不是？"

走到麻叶寺巷里一个破败的院子前，男孩说他到了。只见院子里有两间房，一间黑着，一间亮着一盏昏暗的灯，猛地看上去还以为是遇到了荒郊野外鬼魅变出来的宅子。男孩握着宝剑往屋里跑，他在后面问："你叫什么名字？"

"小调。"

"小跳？"

"小调。"

"小条？"

"小——调——。"

出了麻叶寺巷，正好迎面碰上了母亲退休前的同事，在县中学教过数学的郭老师。他一向怕见人，现在躲闪不及，只好借着惯性迎面往上撞，在靠近她的一刹那，他清晰地感觉到此刻的自己是如此不真实，以至于让他觉得这不过是他躲在一个暗角里窥视到的幻影。郭老师也已经退休多年，臀部和肚子越来越臃肿，衬得头和脚都很孱弱，看上去像一只巨大的梨正稳稳地蹲在他面前。她一见是宋书青，连忙抓住他的胳膊，他一哆嗦，想躲。她问："是书青啊，我都多久没见到宋老师了，早说买点吃的喝的要去你家看看她，这不成天不是带孙子就是做饭洗碗，像签了卖身契一样，退休了还得给人卖力气，就这样我那儿媳妇还是不满意，还是要找碴，所以你不娶媳妇也好，省得麻烦。你妈她现在身体是个什么情况，下得了地吗？"

他连忙说："能下能下，已经好多了，就是走路的时候需要人扶着点，别的都好，吃饭也没问题。"郭老师在路灯下半信半疑地研究着他的脸，嘴里却说："那就好那就好，万一瘫床上可就麻烦了。"他慌忙摇头道："她好得很，好得很，再过几天就能上街串门了。"说完他刚要逃走，忽然又像想起了什么，犹豫了一下，回过头问这梨形的老妇人："郭老师，你们这麻叶寺巷里是不是有个叫小调的男孩？"老妇人一拍大腿，嘴里近乎痛苦地呻吟了一声："那个小孩啊，你可不知道啊，他爸爸前年因为失手打死了一个人被判了无期徒刑，现在还在监狱里。他妈以前是个小学民办教师，现在学校不让用民办教师了，她又转不了正，就没了工作。身体又不好，见她成天吃药打针的，不知怎么还要拿艾叶熏肚子。去给人家门市部站柜台也站不了几天，什么都干不了。就你见到的那小孩，八岁了，幼儿园只上了半年就不让上了，你猜怎么，连学费都交不起。他妈这不连个正经营生都没有吗，得养孩子，还得每月给监狱里的男人送生活费，你猜怎么，就靠晚上和男人们睡觉。她家那院门从来不关，大半夜都是敞开着的，便于男人们进出。那小孩也真是可怜哪，巷子里的小孩被父母教育，都不让和他玩，连从他跟前走都不让。"

他跌跌撞撞地又欲往前走，老妇人的声音从背后追上来："书青啊，改天我一定去你家看宋老师。"

他丢下老妇人仓皇逃走。

进了却波街，推开自己家的门，院子里静悄悄的，天上有月亮，脚下铺着一地冰凉的枣树影，屋里黑着灯，看来宋之仪还没有醒。宋书青坐在枣树下点起了一支烟。他也搞不清楚这枣树到底有多少岁了，从他能记事起它就这么老态龙钟地站在这里。这院子里的主人换了几次，最后还是他和母亲住回来了。当年回来一看，一切物是人非，只有这树居然还在，他们的眼泪就下来了。

如今他已到不惑之年，它还是一声不吭地站在原地。它的树皮变得越来越粗糙，裂满了口子，像各种异形的文字不经翻译就被刻了上去。树的根部则蜷曲着，长满青苔，看上去像一只壳背生苔的古老龟兽驮着石碑静静蛰伏在这里。有时候他想，大约在他还没有出生的时候，就有人这样背靠大树坐在这里，等他死后，也许是再过几十年，也许是再过一百年，还会有人像这样背靠着这棵大树坐在这里。大树记不住人，他只是它千年大寐中的一个幻觉。更多的时候，他觉得他是整个社会的一个幻觉。

幻觉。

父亲就是他的一个幻觉。他从来没有见过父亲。听母亲说，年轻的时候她和父亲都是某大学中文系的老师，后来被打成右派下放到交城县改造。再后来"文革"开始，过了两年父亲就自杀了。那个时候他刚出生不久，所以他从没有见过父亲的面，家里也没有关于父亲的任何照片。

他没有上过一天学，因为出身不好，小时候没有上学的资格。等到有资格上学了，年龄却已经大了。他能写字、能看书、能画画，都是宋之仪在夜深人静的时候悄悄教的。因为怕有人在院子里偷听，在教他的时候，她经常会放样板戏《红灯记》中的一个唱段做掩护。他记得有一次，她一边放《红灯记》一边给他讲古希腊神话里因自恋而死的那喀索斯。

"就在那天晚上，天也是这么黑，也是这么冷，我惦记你爷爷，坐也坐不稳，睡也睡不着，在灯底下缝补衣裳。"

"那喀索斯的母亲得到神谕，儿子长大后会变成第一美男子，但他会因为迷恋自己的容貌郁郁而终。所以他的母亲特意安排他在山间长大，远离所有有水的地方，让他永远无法看到自己的容貌。"

"一会儿，忽听有人叫门：'师娘，师娘，开门，您快开门！'我赶紧把门开开。啊！慌慌忙忙地走进一个人来。是谁？就是你爹。我爹？嗯！就是你现在的爹。只见他浑身是血，到处是伤……"

"那喀索斯生性高傲，对倾情于他的少女不屑一顾，于是女神涅墨西斯决定惩罚他，便趁他在野外狩猎的时候把他引到了湖边。然后，那喀索斯在湖面上看到了一张完美的面孔。他并不知道湖面上的面孔就是他自己的倒影，便深深爱上了自己的倒影。"

"左手提着这盏号志灯……哦，号志灯？右手抱着一个孩子！孩子，……未满周岁的孩子！"

"那喀索斯为了不失去水中的爱人，日夜守护在湖边，终于，神谕应验了，那喀索斯因为太迷恋自己的倒影，最后枯坐死在了湖边。"

"这孩子不是别人——是谁？就是你！是我？"

"仙女们赶去安葬那喀索斯的时候，却发现湖边长出了一种奇异的小花。原来是爱神怜惜那喀索斯，就把他化成水仙花，开在有水的地方，让他永远看着自己的倒影。"

"说明了真情话，铁梅呀，你不要哭，莫悲伤，要挺得住，你要坚强，学你爹心红胆壮志如钢。"

…………

半导体里的样板戏源源不绝，源源，不绝，源源，不，绝，像是要在这深夜里高亢坚硬地填满这整个世界。听母亲说，他们挨打的时候放的也是这段样板戏。在那些深夜里，他和母亲像两个即将溺水的人躲藏着、挣扎着、恐惧着，享受着这临渊的半塌的古堡。古堡里飘荡着血红色的音乐和神经里的碎片。

宋之仪最后已经是自言自语，她不再是和他说话，她也不需要他听懂，她的声音低低地掩埋在样板戏的褶皱里、皮肤下。复调的协奏，细弱游丝，听起来如一层皮肤之下的皮肤、血液深处的血液。

"古希腊神话中追求理想的结果是让自己沉入水中，与水中的完美幻象变成一体，爱、美、死本身就是一体，甚至算不上牺牲，因为它们本身就是不可分离的。可是你去看看中国的古代小说，看看中国最美的山水写意画，就会发现我们是从没有完美形象的，我们也没有真正的牺牲，我们追求的也许不过是些幻觉。比如这音乐，就是一种幻觉。"多年以后，她得了帕金森病，已经卧床不起。一个黄昏，她忽然指挥他给她放一段《红灯记》。她伏在枕上，开始是安静地听，听着听着就无声地、诡异地笑了起来，后来笑得越来越厉害，却拼命忍着不让自己发出一点声音，然后她开始剧烈地咳嗽，再然后，她咳嗽的时候没忍住，把裤子尿湿了，床单也洇湿一片。

她就听着《红灯记》，仰面躺在那片湖泊一样的尿渍里，也不让他给她换床单。她踩着样板戏节拍里的空隙对他说话，似乎院子里站满了人在偷听她说话，似乎还要像多年前那样把自己的每一句话都偷偷掩藏在这音乐的褶皱里。然而她声音里又有一种奇怪的肃穆，好像她正躺在教堂里说话，又好像她回到当年的中文系课堂上讲课："你知道希腊悲剧的核心是什么？是歌队。因为歌队是神在唱，是神的语言，不是人的语言，才会有那样的光辉。你再听这样板戏的时候，有没有觉得，它不是人的语言，但也绝不是神的语言。所以它永远变不成悲剧，也变不成喜剧，它就只是一个时代里的动作、一个被做好的标本，无法腐烂，会一直悬挂在时间里。"

后来的一个黄昏，吃晚饭的时候下了一点雨，雨后她说空气好新鲜，让把她快点推出去透透气，他便用轮椅推着她在街上慢慢溜达。空气里有一种盛开的雨腥味。走到十字路口的时候，他们看到一群老年女人正在那里跳广场舞。音乐浓艳，流光溢彩。她们穿着统一的紫色丝绒衣裤，自顾自认真透顶地在抬腿提臀。他们两人一站一坐地默默观看了一会儿，他以为她是羡慕人家，说："等你好了也带你来跳。"不料她忽然脸色发灰，摇摇手说："回吧，快回家去吧。"直到走到家门口了，她才忽然问他："你觉得她们那舞蹈像什么？那么统一，那么投入……又是集体。看到那种舞蹈的时候你没有觉得害怕吗？"

二

⚓

　　屋里仍然没有任何动静，他不想进去，便坐在枣树下又点起一支烟。

　　他又想起那时候他有十二三岁吧，宋之仪已经得到平反，又被安排了工作，在县里的中学当上了语文老师。他却无论如何都不愿再去上学，也不愿和人多说话，没有伙伴，每天就愿意独自待在家中或躲在桃园里。那天他一个人在家里写出了第一篇完整的作文，等宋之仪下班回家了就连忙拿给她看。

　　她接过那张写满字的纸时显得很惶惑甚至很紧张，但一句话都没有说。她愣了一会儿神，才慢慢走到窗前，就着外面的光线把那张纸抻平，用两只手捧着读了起来。他感觉她都已经读了很久很久了，却见她忽然把稿纸掉了个头，原来她刚才竟是反着读了半天。他站在那里只是看着她一寸一寸往下挪动的目光，他不敢看她的手指，因为她的手指一直在发抖。那目光挪下去，又爬上来，再下去，又上来。他默默数着，她反反复复一共读了三遍。

三遍之后她还是什么都没说，却忽然看看桌上的"三五"座钟说："呀，已经这么晚了，该做晚饭了。"便放下那张稿纸做饭去了。她自己在院子里开了一块很小的菜地，种了几棵菜椒、几架豆角，插了一排大葱。这个黄昏，她把菜园里结出的几颗红红绿绿的菜椒一口气都摘了下来，又拔了几棵葱，然后把剩下的半罐煎猪肉都炒了大葱。对他们来说，这一小罐煎猪肉是要吃一个月的，每次炒菜只敢放几块，提提肉味。然而这个黄昏，宋之仪忽然摆出一副大不了不过了的架势，几欲把家里所有能吃的东西全都吃完。

因为一种近乎恐怖的浩瀚与丰盛，这顿晚餐他多少年里一直都记得。大葱炒肉，青红辣椒丝，葱花炒鸡蛋，烙油饼。

在那个食物匮乏的年代，他看着一桌子的菜真被吓住了，举着筷子半天不知道该从哪里开始吃，好像这桌菜独自长成了一只庞然大物与他对峙着。宋之仪摆好菜，放了三双筷子，又拿出一瓶竹叶青酒，摆上两个杯子，都倒满了。他看着那双多出来的筷子，再看着白瓷酒杯里蛇一般绿茵茵的竹叶青，只觉得背上有种阴森森的感觉。仿佛这屋子里还有一个透明的隐身人正和他们坐在一起，或许此刻正细细端详着他。她把自己那杯喝完了，又把另一杯也一口喝完。喝完才说："你爸爸以前最喜欢竹叶青，今天我就替他喝一杯。"

晚饭当中，她很少吃菜，只催着他多吃。她自己喝了一杯又一杯竹叶青，每喝完一杯她就拿起他的作文大声朗读一段，再喝再朗读，反反复复读。读到最后他都要哭出来了，她却终于醉了。她趴在桌子上睡着了，额上一缕细碎的头发被晚风吹起，看上去竟像一个小女孩趴在那里。杯子里还残留着半杯酒，翠绿的竹叶青如蛇魅一般盘绕在她的唇齿鼻息间。她浑然不知，独自醉卧流年。有几滴酒洒在了那张稿纸上，有几个字被洇开泡软了，忽然从纸上跳出来，臃肿丑笨，铁画银钩，状如山洞中的甲骨，随时可以篆刻下这人世间的每一个白天与黑夜。

第二支烟也抽完了，他起身向屋里走去。自从宋之仪卧床不起之后，他每天只有黄昏时分趁她睡着时可以出去透透气散散步，顺便买好第二天的菜。

走进屋里一看，宋之仪仰面躺在床上一动不动，正在熟睡的样子。他也不开灯，蹑手蹑脚地走到她身边，忽然就着窗外的月光看到她的两只眼睛正大睁着看着他，目光在黑暗里灼灼的，吓了他一跳。她其实早已醒了。因为卧床太久，躺在那里，她全身的肉都是死滞的、没有生命的，那些肉像石头一样挟持着她一起沉入了古潭深处。这样一个肉身之上，却长着两只活着的眼睛，如枯木上长出的奇异菌类，在深夜里看上去尤为清醒、疼痛。

他把手伸进她的被子里一摸，果然褥子又被尿湿了一大块。汪洋般的尿液正浸泡着她的身体。她的身体摸上去冰凉呆滞，仿佛是在福尔马林液里浸泡了太久的标本。他叹口气，却没有别的办法，只得开了灯，从柜子里翻找干净的床单和衣服。宋之仪几乎每天都要把床单尿湿两三次，有时候是因为他不在身边，有时候他就是在身边她也会尿到床上。因为她不愿意一直打扰他，让他帮自己解手，她就无声无息地尿到床上，然后再一声不吭地在自己的尿里躺半天，直到臀部被浸泡得苍白溃烂。

看到她又尿床了，他忍不住愤怒地说："怎么就又尿到床上了，下午刚洗的床单都还没有干就又尿湿了，连换洗的床单都没有了。我明天去百货再给你批发上十块床单，你想怎么尿就怎么尿。"

她裤子也湿了，他换完床单再扒下她的裤子。她一声不吭地尽量把自己蜷成一个团，竭力想遮挡住自己的两腿之间，也不敢看他，只在他手里蠕动着，像条准备挨宰的苍白的死鱼。他没给她再穿上裤子，转身去洗床单和裤子，让她把浸泡太久的下半身晾干。她便裸着苍白溃烂的臀部明晃晃地晾晒在灯光下，全身只有眼睛和手指在顽强地动。帕金森晚期的症状是，十根手指如独立出去的凶悍桀骜的异族，在整个身体之外不停地抖动着、抽搐着。心情好或不好的时候，那手指就抖动得更加剧烈，像把一个盛大野蛮的秋天放在了她的手指之间，瞬间便万物凋零、落叶缤纷，只剩下了神经末梢最原始、最无法控制的那股抽动。

他坐在屋檐下就着窗里昏暗的灯光搓洗床单，使劲搓了几下，力气便被耗掉大半，整个人忽然萎靡了下来，虽还坐在那里，内里却是空的，一点重心都没有了。他握着湿答答的床单，忽然想起来三年前的一个夜晚，那时候宋之仪还是帕金森病的早期，被人扶着还勉强能走路。她每次都坚决要求他把她扶到厕所去解手，自己哆嗦半天才能解下裤子，但也绝不用他帮忙。到后来就无论怎么哆嗦她都解不开自己的裤子了，直到已经尿到裤子里了，裤子还是没解开。

那天他拿着她的工资卡出去替她领了一次退休金，她每月有四千块的退休金，是母子俩的全部生活来源。晚上他把工资卡随手放在了床头柜上，等到做好晚饭进来一看，发现柜子上的工资卡不见了。他心里有些不悦，便阴阴地说了一句："妈，你还怕我拿了你的工资卡不还你了啊，还要藏起来。"

宋之仪半躺在床上，一只手抖动起来，慌里慌张地说："我是怕你随手一放就忘了，过会儿找不到了怎么办，就先替你放在枕头下面了。"说着就撑起上半身，昂着头，把一只手伸进枕头下面摸索起来。

宋书青干巴巴一笑道："工资卡是你的，你愿意怎么保管就怎么保管，别找了，先吃饭吧。"宋之仪像是没听见，手还在枕头下面摸索。他把稀饭和馒头端到床头柜上，又说了一句："快别找了，先吃饭吧。"

宋之仪像是完全听不见，她费力地挪开枕头，还在那块空无一物的床单上胡乱摸索，好像那床单上一定能长出什么东西来。

宋书青再次说："饭凉了，快吃饭吧。"

宋之仪的那只手还在拼命继续找，就像一只被鞭打着的转圈的驴，一步都不敢停下来。她嘴里还在说："就放在这儿的，我怕你过会儿找不到了，就放在这下面的。"

她拱起臃肿的屁股，两膝着地，把两只手都塞进枕头下摸索，看上去像一只笨重的动物正在四肢着地地寻找食物。

他不愿再看下去了，声音提高了好几度："不要再找了，能不能先吃饭？"

她头也不回，手也并没有停下来，几秒之后却忽然哑着嗓子低低吼了一声："你少说我两句吧。"声音嘶哑有力，不像是从嘴里发出的，倒像是从身体的其他什么部位里忽然扎出来的，血淋淋的，像匕首。

他不再说话，也不敢看她，只是呆呆站在那里，不知道该怎么办。他忽然看到床头柜下面的抽屉开着一条缝，一拉开，赫然看到工资卡正躺在里面。他对还在床上摸索的宋之仪说："妈，别找了，你放到抽屉里你自己又忘了。"

但宋之仪像是已经完全听不到他的声音了，她居然在他们中间筑起了一道奇异的玻璃墙，把自己关在里面，任他在外面参观，只是无法触摸到她。她像兽类一样仍然跪在那里以那个机械的可怕的姿势刨找着她的工资卡，她像是一心要在床上挖出一个大洞来，把那洞全部掏空，一定要证明她确实放在那里了，她没有骗他。

他拿起那张工资卡，在她面前晃了晃，高声说："妈，快别找了，在这里呢，肯定是你放进去自己也忘了。"

宋之仪看了那工资卡一眼，但目光里是空的，像是完全不认识那是什么，继续她手里仓鼠一般的浩瀚工程。

他几乎是哀求了："妈，工资卡是你的，你想怎么保管就怎么保管，我只是帮你去领工资，并不是要替你保存工资卡，你放心啊。妈你快不要找了，已经找到了啊。"

她不理他，继续刨床单。在那一瞬间，他忽然觉得无比绝望，他亲眼看着自己的母亲正在变成一种远古的动物，亲眼看着她要在时光中挖出自己的洞穴逃走，离开他，永不复返。然而渐渐地，她的手指抖得越来越厉害，终于支撑不住她的身体了，像一座颓败古旧的建筑轰然倒塌在床上。她疲惫地闭上了眼睛，却仍然不肯向那张工资卡看一眼。

夜已经很深了，天上高悬着一轮月亮，晚风驮着桃园里的沁香在无人的街巷四处游荡。他坐在屋檐下，搓洗床单的手忽然停了下来，呆坐了半天之后他开始无声无息地流泪。然后他猛地起身，扔下洗了一半的床单，湿着两只手跑进了屋子里。他扑过去紧紧抱住了赤裸着下半身的宋之仪，他的泪水流到宋之仪的胸脯上、脖子里，他更用力地抱住她，似乎要把她镶嵌进自己的身体里、骨头里，直至把她变成他的婴儿。宋之仪一动不动，也默默流下一行泪来，顺着眼角的皱纹无声地爬进了脖子里。

就这样过了许久，宋之仪摇晃着五根手指慢慢说："快给我穿上裤子吧。"他忙找出干净的衣服给她换上，把她重新放在月光里，放平放整。他就着月光躺在她身边。她对他说："你不要怨我，我真的是老了，都忘了自己刚做了什么。"他使劲摇头，不说一句话。她又说："我最怕脑子变空什么都不想了。我日日夜夜躺在这床上的时候，就靠着东想西想去打发时间。这几天我一直在想，到底什么样子才应该是中国人的理想形象。我们的文化里没有那喀索斯，那到底有什么？我想啊想啊，还是觉得最理想的中国人就是嵇康那样的。那些离自然最近的人才最像中国人吧，醉卧竹林，鸣琴长啸，采薇山阿，散发岩岫，高蹈独立，才应该是最理想的中国人吧。当年孙登'夏则编草为裳，冬则披发自覆'，阮籍'邻家妇有美色，当垆酤酒。阮与王安丰常从妇饮酒，阮醉，便眠其妇侧'，刘伶'常乘鹿车，携一壶酒，使人荷锸而随之，谓曰："死便埋我。"'，这样的心性我们为什么后来就再没有了？不光是心性没有了，就连想法都没有了。你不信吗，你不信人可以失去任何一点想法吗？真的会。那时候我终日被批斗，每天要做检查，饥饿、羞辱会让你失去最后一点想法，只是像一堆肉一样活着。人完全还原为肉，和任何动物的肉都没有区别。因为脑子里没有了想法，渐渐地，我周围的现实就对我失去了效力，我身处其中越来越迟钝，渐渐不再觉得羞耻，甚至失去了恐惧。所以，这也算是人最本能、最卑微的自我保护吧。"

"想太多会耗神的，你好好养病就好。"

"现在我躺在床上不能动了，你知道吗，我真的很害怕，我害怕慢慢地我可能连意识都没有了，又变回一堆没有知觉的肉。你要答应我，千万不能让我活到那天啊。你答应我，啊？"

他不再说话，只是静静蜷缩在她身边，像是已经睡着了。

三

⚓

　　过了几日，桃花已经开始陆陆续续凋谢的时候，宋书青忽然又在桃园里看到了那个叫小调的男孩。

　　他正站在一根桃花仍然簇拥繁茂的树枝下握着自己的宝剑，那树枝因了这满枝的桃花，看上去有一种异常明亮的感觉，以至于把树下小男孩的脸都照亮了。

　　小调一看到他就跳起来，远远地笑着跳着对他招手。他走到了那枝明亮的桃花下，还没有来得及开口说话，就见小调从自己口袋里小心翼翼地掏出一只旧手机来，是一只老旧的诺基亚3100手机。男孩把手机递给他说："叔叔你能帮我给我爸爸打个电话吗？这是他以前用过的手机，他去了澳大利亚，这手机留在家里被我找出来了。我昨天晚上偷偷充上了电，这手机是我爸爸的，那我用它打电话，我爸爸就一定能接到电话，是不是啊？"

　　宋书青接过手机摸索着，翻来覆去地看着，却并不打电话。他对男孩说："澳大利亚太远了，他接不到我们的电话的，因为实在是太远了。等你长大了，你就可以去澳大利亚看你爸爸了。"

男孩失望地看着他手里的手机，问："不能打？你试过了吗？要不你再试试？你是说让我去个水手吗？是不是做了水手坐着大轮船就可以去澳大利亚了？叔叔你说是不是坐上轮船就可以去澳大利亚了？"

男孩把手机要了回去，仍旧小心翼翼地装进口袋里，然后又握着那把塑料宝剑在树下挥舞了起来，好像对面正有个隐形人在和他对打。

宋书青看着眼前的男孩忽然再次感觉是与四十年前的自己重逢了，那时候他也是这样，终日一个人游荡在这片桃园里，至于父亲，他连父亲的照片都没有见过。父亲对他来说只是一种麻木迟钝的模糊痛苦，这么多年里他对这种痛苦进行了蒸馏提纯，最后只给自己留下一点人造的回忆。这点回忆是他看到别的父亲做过的，他便强加到自己的身上。比如父亲一定给他削过木头手枪，一定曾把他扛在肩头。因为每个父亲都会这么做，他的父亲只是这个称呼皮肤下的一个单体细胞。

他看着眼前的男孩，或者说看着四十年前的自己，忽然有一种奇异的冲动，他想挑衅男孩，想把男孩身上那层薄薄的皮揭开，想一直看到里面去，似乎一直看到里面去，他才能与那个真正的自己重逢。他说："你还记得你爸爸长什么样吗？"

"记得。"

"你爸爸对你好吗？"

"好。他给我买好吃的，还给我买了这把宝剑。"

"你是不是只有这一件玩具？"

"等我爸爸从澳大利亚回来的时候，就会给我买很多很多的玩具。"

"他答应过你吗？"

"我每次梦见他的时候，他都是这样对我说的。"

"要是你爸爸再也不会回来了呢？"

他默默收起宝剑，背对着宋书青走到桃树下抱住了那棵桃树。宋书青忽然发现他其实是在那里流泪，是一种很安静的哭泣，没有动作或声音。安静，无奈，精疲力竭。这样的哭泣出现在这样一个小小的人身上，看起来竟有些可怕。

宋书青一边旁观着小男孩，一边窥视着四十年前的自己，越来越近了，近到了逼真的地步，真的就是他自己。小男孩有多痛，他就有多痛。小男孩不过是个演员，在替他饰演这场很多年前的舞台剧，寂静的观众席上只坐着他一个人。这种带着血腥味的窥视忽然让他感到一阵剧痛，他几乎站立不稳，也伸手扶住了身边的一棵桃树。桃花汹涌地落了一地，像是要把这一大一小两个人都掩埋进这个春天的黄昏。他想，春天的黄昏，其实多么适合埋葬人们的悲伤。所有的桃花变成了一场一望无际的大雪，直到把这里的人们掩埋得不留一丝痕迹。

　　宋书青带着男孩去饭馆里吃了一碗饸饹面，又给他买了几个黑糖烧饼，让他带回去给妈妈吃，然后把男孩送到了麻叶寺巷的家门口。男孩一手提着宝剑，一手紧紧抱着烧饼，用那双奇大的眼睛看了他两眼，忽然说了一句："叔叔，等我长大了也给你买好吃的。"然后像个骑士一样转身向屋里冲去，一边跑一边兴奋地尖叫着："妈妈，妈妈，你快看我拿回来什么了。"

　　宋书青回到家进了屋子没有开灯，床上躺着的宋之仪一动没动。一阵夜风吹过，窗前蜀葵和西番莲的影子透过玻璃印在了墙上、桌子上、被子上。它们像南国雨水充沛的妖魅植物一样，蓊郁地、阴森森地覆盖着她的脸、她的手，还有她木匣子一样日益空洞腐朽的身体。然而，她还是一路携带着自身的重量，以一个加速度向着那个更深不见底的地方坠去，坠去。他习惯性地把手伸进她的被子里摸一摸是不是湿的，她忽然开口，因为这几天舌头已经开始变僵硬，声音听起来多少有些陌生："没有尿湿，我不喝水就尿得少。"

　　为了不尿床就不喝水？他赌气一般拿起她喝水用的奶瓶——她最近已经开始用婴儿奶瓶喝水了，因为她用杯子的时候总是把水洒满胸脯。他坐在床头扶起她的上半身，抱在自己怀里，用奶瓶喂她喝水。肥大葳蕤的植物倒影在他们的脸上、身上一幕幕上演，像是四季都正在他们身上出生、交错、凋零、更替，像是桃花与白雪、垂柳与落叶、霞光与夕阳同时盛开在他们的身上。她很听话地偎依在他的怀里吸着奶瓶，看起来像个刚刚出世的婴儿。

　　他知道，过不了多久，她的吞咽功能也将出现问题，连奶瓶都不会用了，只能靠注射器打入她的喉咙里。

　　一奶瓶水喝完了，他还是不忍放下她，就那么紧紧地把她像个婴儿一样抱在怀里。他摸索着她稀薄的头发，摸索着她脸上和手上的皱纹，他说："你不要怕，尿到床上也不要怕，你想喝多少水就喝多少水，尿了床也不怕，我给你洗床单就是。有什么好怕的……只是，你不要离开我就好，我把你当小孩子养着，只是，妈妈，求你千万不要离开我。"

　　她一句话都没有说，也不看他，那张被他抱在怀里的脸湿漉漉的。他就这么坐着抱了她许久许久，以至于让他觉得好像一千年都要这么过去了。他轻轻把她放下，让她睡，她却挣扎着，像条被砍去了头尾的怪鱼一样蠕动着、挣扎着，不要走，不要走。他说："妈你不瞌睡吗？"她拼命用目光挽留他，舌头打着卷："我要说话，和我说说话……我怕哪天，我连话都不会说了……今晚和我好好说说话吧。"

　　仍旧没有开灯，他坐着，她躺着，月光、晚风还有植物的呼吸游弋在他们周围。又在黑暗中静默了一会儿，他先开口了："妈，给我讲讲我爸爸吧，为什么很少听你说起他，以至于让我从小就觉得自己没有父亲。"

　　黑暗在他们中间筑起了一道温钝的隔离带，使他们彼此都有了些许安全的感觉。她面目模糊地躺在那里，看上去如一条失去了年龄与性别的河，而他孤独萧索地等在河边。她开口了："我一直都想告诉你什么叫盘底盛宴，就是你的盘子里就剩下那么一点吃的的时候，无论那剩在盘子里的是什么，都将是你的盛宴，不管剩下的是一颗土豆、一片菜叶、一块面包，还是面包屑。如果你不想饿死，那剩下的那点东西就是你的盛宴。你只能去舔那盘子。你仔细想过这个可怕的动作吗？舔。人活到一定程度的时候会觉得生活看上去骨骼林立，上面没有任何多余的东西。这时候无论别人随便给你点什么，你都会感激不尽地接住。"

"……"

"我们被下放到交城县的第二年你父亲就自杀了，跳楼死的，那是一九六八年……是的，那时候你还没有出生。他死后，他曾经喜欢的东西，很多年我都不愿去碰，因为我怕伤到我。当年你父亲死后，我还是整日被批斗，每天在扫大街，就这样过了好几年。那时不知道还会平反，我已经一眼看到我的后半生会怎么过了，没有工作没有丈夫没有家庭，还是牛鬼蛇神，就是以后想随便找个人再建立个家庭，也会被人嫌弃，最多只能找个引车卖浆之流或是残疾人，人家还嫌你成分不好嫌你结过婚。那真的是盘子已经看到底的感觉，空荡荡的。我必须想清楚我后半生最需要的那一点东西是什么，到那个时候，什么文学什么诗歌都已经没有一点用了。我甚至顾不上去悲伤，因为悲伤也很奢侈，你根本悲伤不起。我只能去想那一点点最后的东西是什么。"

"那是什么？"

"一个真实的孩子，一个亲人，不是幻想中的，不是在大脑里行走的孩子。我需要一个真实的孩子，只要有一个孩子，那我的后半生就不那么害怕了。有一个孩子我就有了家，就有了亲人。有了一个孩子，无论我以后多么丑陋多么贫穷多么活得不像一个人，不论我被整个时代怎么折磨，他都不会离开我。那时我每天都在扫大街扫厕所，就慢慢认识了一个靠拾荒为生的男人，我从来没有问过他的名字。他是个善良的人，大概觉得我可怜，就不时关照我一下，白天给我一口水喝，晚上还偷偷给我送过两次吃的。晚上我一个人躺在光木板床上的时候就翻来覆去地想，就他了，因为只能是他了。他毕竟是个男人，只要是男人就可以。我只是需要一个孩子，而不管父亲是谁。"

"……"

"这两天我预感到我可能很快连话都不会说了，所以我必须告诉你这些秘密。很多人活在这世上都将成为秘密，可我不想让你这样。那时我为了说服自己，拼了命地去想他那一点好、那一点对我的关照，想他还给我送来一点吃的东西。我把那一点细节无限地放大，翻来覆去地在心里背诵，背诵得滚瓜烂熟，背诵得让自己都开始恶心。就这样，那点细节比他本人都要更真实更具体，都更像一个活着的人，以至于我能够拼尽全力地去忘记他那口从没有刷过的黄牙、黄牙间的口水，忘记他粗鲁的举止，忘记他从不洗澡积攒下来的体味，那种体味我一辈子都忘不了，过了这么多年，那种体味好像还牢牢长在我的身上，像一层皮肤……后来我真的怀孕了。无论他们怎么折磨我，最后我终于把一个孩子生下来了，就在那光板床上，自己一个人。对，那个孩子就是你。这就是盘底盛宴。你该知道盘底盛宴的感觉了吧。光光的一览无余的盘底，代表着破碎、赤贫、灰烬、一无所有。盛宴却是华丽的，光影斑斓，流光溢彩，堆积着婉转的色彩与无尽的想象，甚至是富丽堂皇的。然后生生地把这两个词绑在了一起，让它们成为一体，在虚无中享受着。而那舔着盘底的人，你知道吗？看起来会不像一个人，而更像一种可怕的兽，会为了盘底的那一点东西，或是一点吃的，或是一点依赖，或是一个人，而去乞求、去下跪、去哭泣、去挽留、去头破血流地一次次往上撞，直至长成一个人形的怪物，或一个怪物一样的人。

"……"

"我这么多年里从来不敢去要求你什么，就是因为觉得我对不起你，因为你是被我硬生生地拽进来的。所以你后来不愿去上学，我就不让你上，你从小不愿和外人接触，我就让你一个人待在家里，你长大了害怕找工作，我就养着你。好在我还有一份工资，够我们两个人生活，你喜欢一个人安静地看书就可以一直看下去。可是……"

"不要再说了。"

"可是，我终究是要死的，我死了你怎么办？"

"不要再说了，妈，求你不要再说了。"

"我这样瘫在床上几年了还不忍心去死，我还要拼命活着，你以为我就真那么喜欢这人世间吗？我早已厌倦不堪。那你知道是为什么？因为我一死，我那份退休工资就停了，你没有收入怎么办啊？你一个人可怎么活啊。"

"你要再说我就把你放到院子里去。"

"你放吧，你把我扔到街上都可以，我知道让你伺候一个瘫子好几年早就让你烦了累了。我其实真没有那么想活，人世间是什么，四十年前我就再清楚不过了。可是，小书，我死了你怎么办啊，你都没有工作过一天，你连一技之长都没有，你都不知道什么是社会。所以我一直不忍心死去。我是真的不忍心。"

"你再说一句我就走，我睡到街上去，你一个人睡。"

"小书，你一定要听我的，你要记住我今晚的话。如果我死了，千万不要办丧事，不要通知任何人，你就悄悄把我埋在谁都不知道的地方，或者把我烧掉，但不能让任何人知道，你要瞒过所有的人。这样你就可以继续领我的退休工资，因为那工资每次都是你替我去领的，他们都认识你，而且领教师工资也不用我自己的手印……你就这么领着，领一天算一天，你就能活下去，你再领十年的工资，就当我又活了十年。那时候我都八十多岁了，不知道一个人老到八十多岁是什么样子，会不会看起来老得吓人？只要你还领着我的工资，就当妈妈还一直活着，陪着你……只是，千万不能让任何人知道我死了，一定要让他们以为我还活着。"

"不许你再说话，求求你不要再说了。求求你了。"

"我用了这么多年才想明白一个道理，对人最大的怜悯其实就是对肉的怜悯，你不知道被剥夺了任何想法的人是多么可怜，就是一堆和动物没有任何区别的肉。你让他做什么他就会做什么，你想让他骂自己他就骂自己，你想让他死他就会去死。所以真正的怜悯是对世间这些行走的肉的怜悯，而不是对人的怜悯。我一直不愿告诉你，你真正的父亲就是那个看桃园的老人。平反后我去教书了，他去守了桃园。这么多年里就在一个县城里，我总是避着他，生怕碰到他，就是碰到了我们也像不认识一样，从没有说过一句话。他知道我厌恶他，便也从不靠近我，我甚至至今都不知道他的名字。可是，就是这样，我还是能比别人更多地感觉到他的存在。后来他和那瘸子一起死在桃园里的时候，我是最早知道的。因为有段时间一直没见到他的背影，我就感觉可能他出什么事了。我这么多年里第一次进桃园找他，就看到他和瘸子死在一起，已经开始腐烂，身上爬满了苍蝇。可是这样腐烂的肉身与当年你父亲跳楼摔成一堆血肉比，又算得了什么，没有比一个人硬生生把自己摔碎更可怕的了。我不知道他们是怎么死的，我猜测也许是自杀，因为他们死的时候躺在一起，姿势并不痛苦，身边没有一滴血，衣服整整齐齐。可就是知道了他为什么死又怎样，他没有一个亲人，谁会在乎他？我想了很久，没有告诉任何人，最后就悄悄把他和瘸子埋在了桃园里，给他们筑了两座坟。每年的清明节我都在他坟前给他点一支烟、倒三杯酒，也算我们在这人世间认识过一场。"

"……"

"你小的时候我从不阻止你去桃园里玩，是因为我想他虽然不认识你，但就是能多看你几眼也好。"

宋书青转过身跌跌撞撞地疾步往屋外走，屋里没有开灯，黑黢黢地错落着一团一团坚固的阴影。他走到门口的时候，忽然整个人重重撞在了门上，他痛苦地呻吟了一声，弯下腰抱住了自己的膝盖。床上的人也不再说话，屋里忽然静得恐怖。就这么安静了几分钟之后，他忽然回过头，踉跄着向那张裹在暗影中的木床冲过去，一头扎在床上，把脸紧紧贴在老妇人的身上，无声地、哗哗地流着泪。他抓住老妇人的一只干枯的手，放在自己脸上，一遍一遍地摸着自己的那张湿漉漉的脸。那张脸因为无声的哭泣而变得狰狞、变形。

四

⚓

已到四月，杨花飞雪。整个小城的人们都慵懒地倚在飞絮蒙蒙的窗前看满城飞雪。

他走进桃园的时候，又看到那个叫小调的男孩子正在树下挥舞那把宝剑。桃花谢尽，整个桃园从那座巍峨的宫殿里退了出来，剥落出一树树碧绿。小调站在树下，脸色仍是黄的，换了件不合身的旧衣服，空荡荡地在身上晃荡，袖口挽了两道还是嫌长。

他手里拎着一件事先买好的塑料汽车玩具，还有一盒饼干，向男孩走去。男孩远远看见他，便在树下高兴地又跳又叫，拍打着自己的屁股，嘴里喊着"驾驾"，把自己当成一匹马，赶着自己往前跑。等宋书青走到他跟前了，他先是偷偷朝宋书青手上看了一眼，然后又假装什么都没看到，只是脸上忽然就明亮了起来，像在脑袋里面点了一支蜡烛。他举起那只握着的拳头给宋书青看，手掌心里卧着一只指甲盖大小的青桃，毛茸茸的，顶着一朵谢去的桃花。他说："叔叔，地上捡的小桃子，能不能吃啊？我妈妈说要等到秋天，秋天什么时候才能到啊？我还是喜欢冬天，会下雪，我小的时候我爸爸还带我去滑过冰。"

宋书青把玩具和饼干都递给他，说："你现在就已经不是小时候了？别老玩你那宝剑了，来玩这汽车。"男孩怯怯地看了看他手里的东西，犹豫了一下还是接住了。他一边兴奋地拆汽车的盒子，一边低声辩解道："宝剑是我爸爸给我买的，很贵的，是一把好宝剑。"男孩一只手抱着饼干，一只手玩着汽车，又趴在地上，把从地上捡起来的青桃和蘑菇都装在汽车的车斗里，满满装了一车，然后一边推着汽车走，一边咯咯笑着。

宋书青站在那里，静静地看着地上的男孩。忽然，他清晰地听到他的唇齿之间跳出来一句话，好像没有和他商量就径直蹦出来，把他自己吓了一跳。他听到自己说："你想你爸爸吗？"趴在地上的男孩不吭声，继续玩汽车。他忽然想狠狠抽自己一个耳光，然而一种更可怕更强壮的力量从他身体里走出来，看都不看他，就兀自对着那地上的小男孩说了一句："你爸爸什么时候就回来了？"他踉跄了一下，几乎站立不稳，好像真的被谁狠狠推了一把。地上的男孩还是不说话，也不肯抬头看他，只是机械地玩着那辆塑料汽车。

夕阳从树枝间落下，被割开，捶打在他身上、脸上。他站在那里有些眩晕的感觉，恍惚之间觉得地上的男孩其实就是四十年前的自己，而看着自己的其实是另一个陌生人，陌生到了残忍的地步。他盯着地上那个曾经的自己，那个像虫子一样弱小，无法抵挡任何杀戮与伤害的自己，忽然有了一种迷恋的感觉，迷恋伤害，迷恋他身上所有的灾难故事，迷恋他身上那些最痛的缝隙。似乎只有更多的灾难才能治疗他的灾难，更多的疼痛才能喂饱他的疼痛。他听见自己忽然又对四十年前的自己说："你爸爸到底去了哪儿？他到底什么时候才能回来？他真的能回来吗？"

男孩的眼泪终于流了下来，他心里被这眼泪狠狠割了一刀，但这疼痛又让他越发贪婪，他失去控制地盯着男孩脸上的每一寸表情。男孩无声地流着泪，忽然抬起头对他说："我爸爸在澳大利亚，他回来的时候会给我买很多玩具，还会买很多好吃的。他快要回来了，我已经给他打过电话了，他在电话里告诉我的，他很快就要回来看我了。"

刹那，他的泪也几乎要下来了，嘴里说的话却已经完全不受自己控制了，完全是那个陌生人在代替他说。他说："能告诉我你怎么给他打电话的吗？"

男孩抹了一把眼泪，低声说："我爸爸的手机就留在家里，我一打他的号码，他的手机就响了，就能在电话里和我说话。"

终于，他的泪哗地下来了。他满足地站在那里，昂起头，心里剧痛着，不让男孩看到他的泪水。

男孩又高声对他说："我爸爸还说了，他要是回不来，我就去澳大利亚找他。告诉你一个秘密吧，我有一只储钱罐，里面已经攒了一百个金币了，我已经有一百块钱了。等我攒够了金币，我就坐轮船去澳大利亚找我爸爸去。你不信吗？下次我把我的储钱罐拿来给你看，是一只小猪储钱罐。"

他很想很想一步跨过去，紧紧抱住男孩，抱住四十年前的自己，在这桃树下，在这夕阳里，痛哭一场。然而他只是抹去眼泪，轻声对男孩说："快吃点饼干吧，你还喜欢吃什么？都告诉叔叔。"

天黑透的时候，他把男孩送到了麻叶寺巷的家门口。男孩抱着玩具汽车往里冲。"妈妈，妈妈，快看我的新玩具。叔叔送给我的，还能装小桃子，还能装蚂蚱。"

屋檐下坐着一个女人的身影，她正在洗衣服，听见声音抬起头来，他们在黑暗中对视了一眼。他看不清她的脸，只能看到一层薄薄的剪影。女人看了他一眼，然后继续洗手里的衣服。

回到家里，第一件事就是给母亲换床单、换裤子，毫不意外地，她又尿到床上了。他把她日益滞重的身体搬开，铺好床单，又打来一盆热水给她擦洗身体。她由他摆布着，一动不动，她全身上下只有眼珠还能动，她便使劲地向他眨着眼睛。自从她不能说话了以后，她就依赖这双混浊的眼睛和他说话。他问："饿了吗？喂你点稀饭吧。刚买菜时给你买了些香蕉，可以帮助通便的，吃了饭再喂你。"

宋之仪失去说话的功能是在那个长谈之夜后的第二天，她再张开嘴的时候，发现嘴里一片阒寂。昨晚说过的所有话已经如落叶坠入大地永安之心，草木成灰，万物凋零。所有关于父亲的秘密在这里戛然而止，所有关于她自己的秘密也永远被关进了一扇紧闭的窗后。琴弦在月下崩断，她嗓子里已经发不出任何声音了——晚期帕金森的病症之一。接下来，她还会渐渐失去咀嚼和吞咽功能，失去排泄功能。唯一维持身体机能的办法就是输营养液，再把排泄物从身体里抠出来。

到黎明，她听到万物断裂的声音

包括碎成几段的河流

他把她的头放在自己腿上，像婴儿一样给她戴上围嘴，然后用勺子把小米稀饭一勺一勺送进她嘴里，她的喉结在缓缓蠕动。她的整个身体忽然在他眼中开始变得透明，他都能清楚地看到她的血液、她的骨骼和她那些正逐渐走向衰竭的脏器，他能看到金色的小米稀饭像一群游鱼一样在她身体里缓缓游动，正往那深的、更深的地方游弋而去。他恍惚看到自己也像条鱼一样正在母亲的身体里游动，从立春到秋分，从水湄到山涧，从更漏将阑到满川烟草，他住在她的湖泊里、血液里、每一块骨头里、每一根神经里、每一寸光阴里。他忽然发现，他真是不想离开她这残缺破败、锈迹斑斑的身体啊，他真想永远寄宿于其中，她生他便也葳蕤，她死他便也凋谢。活在这世上，犹如月痕，譬如朝露。

那碗稀饭，她吃了很久很久，屋子里只有勺子碰到瓷碗的叮当声和坠入喉咙的咕咚声，空气里四处蛰伏着她卧床太久发酵成的酽熟与腐败的气味。她极温顺、极听话地枕在他的腿上，仿佛是他新生的小女儿。

闲云归后，月在庭花旧栏角。他觉得一生一世就这样过去其实也挺好。

再次走进桃园的时候，小调果然又站在那里。他断定小调一定是在那里等他。他远远看着那男孩孤零零地坐在一棵巨大桃树的枝杈上望着远处，看起来像一个正在大海上航行的水手。男孩一看到他，就从树上跳了下来，先悄悄地看了看他两只手里拿着什么。一看宋书青手里不是空的，他便分外高兴，却又忙藏起这高兴，不敢去问他拿的是什么。宋书青见他手里还是拿着那把宝剑，就问："上次送你的汽车呢？"男孩说："放家里了，舍不得拿出来。"

宋书青把买来的蛋糕递给他，男孩看见蛋糕，连忙搓着两只手，兴奋得不知道该如何是好。他最后挑了一块大的，边吃边讨好地抬眼看着宋书青说："叔叔，我妈妈说要我谢谢你。"宋书青看见他嘴里的一口乳牙基本已经换完了，只有一个豁口还没有长出来，就问他："你掉的那些牙都哪儿去了？"男孩说："都去了它们该去的地方。"他问："哪里是它们该去的地方？"男孩说："上面的牙齿就扔到门后面，下面的牙齿就扔到房顶上，我妈妈说这样才能长出新的牙齿。"他说："你怎么不去上学？你不想上学吗？"男孩只是默默啃着蛋糕，眼神黯淡下来，不再说话。

他又从包里掏出两本画报，递给男孩说："你最喜欢看的是什么？"男孩立刻又高兴了，指着天上说："我最喜欢看奥特曼，奥特曼住在外星球上，有时候会来到地球上打怪物。奥特曼很高很高很高，有几层楼那么高呢，几下就把怪物打死了。"他翻开一本画报，说："那都是假的。我教你看书吧，这是一本《海底世界》。你看这是各种各样的鱼，这是鲨鱼，这是鳗鱼，这是鲶鱼，这是巨口鱼，这是灯笼鱼。"

男孩连忙说："灯笼鱼会自己打着灯笼吗？"他说："灯笼鱼的头顶上就长着一只灯笼，可以给它照亮海底的路。"男孩咯咯笑起来。他又说："这是各种贝，有白玉贝、鹦鹉螺、星螺、砗磲贝。最大的砗磲贝能把一个人装进去，它们还会在海底走路呢。这是海底的珊瑚，漂亮吧，五光十色。"

男孩连忙跳起来说："珊瑚我知道，澳大利亚的大堡礁就有很多珊瑚，我妈妈说珊瑚是珊瑚虫盖起来的房子。等我到了澳大利亚，我就能看到珊瑚了。"

又是他的澳大利亚。他有些厌烦、有些疲倦地合上了画报，看看天色，说他得走了。男孩用乞求的目光看着他，说："叔叔你能和我玩个游戏吗？就一个，一个就好。"他叹了口气，说："好吧，你想玩什么？"男孩眼睛倏地又亮了，说："那我们玩捉迷藏吧，我藏起来你找我。你快把眼睛闭上，从一数到十才能睁开。"

他闭上了眼睛，听着周围的动静。他能听到风过树叶的沙沙声和虫子的弹琴声，还能隐隐听到男孩子渐渐走远的声音。他竟一时不想睁开，只想彻底融化在这黄昏里。等他再睁开眼睛时，忽然发现天光已经暗下去一截了，整座桃园影影绰绰，看起来有些阴森的感觉。不见了男孩的踪影，他在桃林里穿行，四处寻找男孩的影子。走着走着，他忽然有一种奇怪的感觉，似乎他正走在一条隐秘的时光隧洞里，每走一步，便感觉离自己的童年更近了一步，而他自己也缩小了一点，他整个人正向着一个他最害怕的角落里坠去。他从不愿去回忆自己的童年，以至于到后来他就以为自己已经没有了童年。此刻那童年就匍匐在桃园深处的阴影里窥视着他，最后一缕天光从树枝间落在地上，明暝分际，他忽然明白，他要找的男孩正是那个童年里的自己。那个四处被人嫌弃、被人欺负的孤独的小男孩，没有任何人愿意和他玩游戏。只有一次捉迷藏的经历，他被别的孩子锁进了一只破立柜里，他在那立柜里喊了很久很久才有人听到把他放出来。

他深一脚浅一脚地寻找着那个男孩，更像是寻找着那个多年前的自己，心里越来越恐惧。他叫了一声小调，没有回应，只有沙沙的树叶声诡异地低吟。他又叫，还是没有人影。他又往深处走去，忽然眼前出现了三座静静的坟墓，正与他对视着。

所有的记忆在一个瞬间复活。父亲，肮脏的老人。他怔怔地与它们对视了一会儿，然后转身就往出跑，一直跑出了桃园。他要马上离开这里，不再管那个小男孩。走到半路上的时候，他的泪忽然就下来了。他转身又返回桃园，这时候半轮月亮已经升起了，桃园里铺了一层疏淡的月光。他刚走到桃园的入口，就看到一个小小的身影正一动不动地站在那里。男孩正无声无息地看着他。

第二天男孩没有去桃园，第三天也没去，宋书青便买了一些吃的，又按男孩的身高买了一身新衣服，黄昏时分来到了麻叶寺巷的男孩家门口。男孩正和一个女人坐在屋檐下吃晚饭，看见他进来，男孩有气无力地叫了一声叔叔。女人连忙让他坐下，说："快喝碗稀饭。"他第一次看见这女人的脸，淡眉疏目，脸色苍白，倒很清秀的样子。女人似乎想说点什么，但也没有开口，只是很感激无措地站在那里。他不敢再看女人，只忐忑不安地看着男孩，说："小调，我给你买了吃的来，还有一身新衣服，也不知合不合身，怎么这几天不见你去桃园里玩？"女人说："他这两天在发烧，不知怎么感冒了。"见男孩蔫蔫的，并不想和他多说话，他便转身离去。女人一直把他送到门口。一直到他快走出巷子了，回头一看，女人还站在门口。

门口的虫鸣高高低低。我曾经与多少人遇见过

在没有伴侣的人世里

宋之仪病情恶化，宋书青一连多日没有出门了。

第三日。宋之仪不再进食的第三日。他把蔬菜、肉、水果打成灰色的汁液，用注射器注入她嘴里，然而她连最后的吞咽功能都退化了、消失了。灰色的汁液从她的嘴角溢出，看上去像是恐怖的毒药。他又打进去，她又吐出来。他再打，她再吐。他恐惧地大声抽泣着。她怎么能这样？她不能这样对他。她怎么可以把赤裸裸的死亡一步之遥地摆在他的面前吓他？她怎么就不知道他会害怕？他使劲掰开她的嘴巴，一边抽泣一边蛮横地把那灰色的汁液往里灌。她喉咙里发出了可怕的咕咚声，然后她再次吐了出来。他抱住她号啕大哭，他使劲摇晃她的身体哀求她："求求你，求求你了。"她却只是无声无息地躺着，如安静地上班下班，安静地做饭洗碗，安静地生和死。

第十日。宋之仪不再进食的第十日。他早已放弃给她的喉咙注入毒药般的肉汁，她停止进食，也停止排泄。她像一株植物一样静静地长在泥土里，承受着日月与流年、春光与秋风。她不再有腐败之气，看起来枯瘦而洁净，通体散发着植物的清香。一只透明的塑料管子插在她手上，营养液一滴一滴地流进她的血液。他日夜坐在床边陪着她，他也陪着她不吃、不喝、不睡，陪着她活成人世间的一棵植物。草木有大命，枯而又荣，荣而又枯。一只鸟，不厌其烦地纠缠它喜爱的那棵树。液体一滴一滴地落进血液，是时间的脚步，是更漏将阑的声音。一滴，一滴，渐渐走进黄昏深处。他紧紧握住她的另一只手，把它藏在怀里，把它种植于自己的血肉之中。他把脸贴在她的胸前。

那个夏天，还有那个冬天的故事

你忘了也挺好

就是记得，也无妨

就像任何一个夏天和冬天一样

其实，都不过是

你栖身的土壤

第十五日。宋之仪不再进食的第十五日。她周身变得透明，连皮肤下面紫色的血管都纤毫毕现，纵横蜿蜒的血管如植物的纹理。她变得出奇地轻、出奇地小，似乎只要一根指头就可以轻轻把她捻碎。她的骨骼、她的五脏全部被她自己吞噬掉了，像人类一万种重复的罪孽，上演着万物刍狗的古老神话。他已经不吃不喝不睡多日，他已经失去人形，就这么躺在她身边，紧紧抱着她，贪婪地呼吸着她身上那种属于母亲的气味。他想变小，想回到她体内，他想死在她的前面，就可以不用看到她的死。

"如果我也死去，我们就会靠近一些，而我知道自己不会死，我也知道自己将亲眼观看着你的死亡。能不能离我再近一点，再近一点，就像我小时候发烧时那样抱着我，寸步不离我。小时候我很乖很安静，就坐在小板凳上安静地等你回来。"

她不吃不喝不屙不语不笑，植物一般种在那里。他以为她已经不再知道什么是悲伤、什么是喜悦，却忽然看到她的眼角流下一滴大大的眼泪。那滴眼泪一直往下流往下流，流到了枕头上。他明白她在告诉他什么，其实他早就明白，于是不去看她的眼睛，她身上那唯一活着的地方。他却不知道，她原来还是会流泪，她并不是没有了任何想法的肉。他坐了整整一个晚上，即将坐到天荒地老了。黎明前，他慢慢把几乎没了重量的母亲轻轻抱在了怀里，像抱着自己初生的婴儿。他亲吻她的额头，她干枯的皮肤，她脱落的头发。然后，他伸出一只手静静地拔掉了那根正滴着液体的塑料管。

他就这么一直抱着她的尸体，一连抱了几天几夜。他一滴泪都没有流。他终于明白，这就叫拥有，因为她再不会离开，而他将不再感到失去。她终于死了。屋子回到了一种旷古的宁静，再没有人会打扰他的寂静与厮守。

五

⚓

　　这个深夜，麻叶寺巷里飘过一个失魂落魄的人影，它步履踉跄地飘进了男孩小调家的院子。院门是开着的，有一间屋子里还亮着灯。

　　他无声无息地站在院子里，干枯地、饥渴地、精疲力竭地与那盏灯对视着，它看起来就像母亲临死前的最后一缕目光，他做出拥抱的姿势向那灯光走去，好像这样就可以抱住母亲。他推开门，空空荡荡地飘了进去，只见灯下呆坐着一个女人，她见有人进来，并不惊慌，只是抬头看了一眼。他什么都没有想，什么都来不及想，就向着那女人直直走了过去，一把抱住了她。多日的不饮不食榨干了他的所有水分，他身上散发着枯木、深渊、尸体与败德的味道，然而他又浑身滚烫，几欲燃烧，似乎此时燃烧的已不是水分，而是血液。血液燃烧产生的蛮力浇筑在他手上，他一把就扯掉了她的裤子。女人没有挣扎，光着下身躺在昏暗的灯光里，安静地看着他。他久久地看着女人两腿之间，女人躺着，一动不动。他忽然低下头去，把脸深深埋进了她的两腿间，似乎这样他就可以从那个部位再次回到母亲的子宫里，这样他就可以离母亲近些、更近些。他伏在她两腿间一遍一遍地叫着："妈，妈，妈，妈妈，妈妈。"

"如果我死去，我们就可以靠得更近些。可我没有死，我只是这样静静看着你生你死你病你老，就像站在杨柳依依的桥边看着船上远行的你。最后我看着你就像看着这人世间最纯真的婴儿。你死的那一刻我忽然无悲无痛，周身没有一点裂缝，我什么都不想做，我什么都做不了。我多么想一直把你拥入怀抱、据为己有，让你再没有机会离开我。让我可以一直随身携带着你，如携带着一块玲珑的宝石去周游这人世，去看那一夜的大雪和那一春的桃花。你是否能忘记我曾经对你的所有厌烦和热爱，能否忘记这人世间曾经对你的所有厌烦和热爱？"

这么多天以来，他终于能够哭了，终于能够号啕大哭出来，一直哭到后半夜才渐渐安静下来。在哭声结束的那一瞬间里，他忽然觉得自己刚刚被重生了一次，他像一个透明的婴儿一样重新来到了这个世界上。周围的一切看起来熟悉而遥远、空洞而陌生，像是很多个世纪之前曾来拜访过的星球，恍惚留着些斑驳的记忆。他哭完之后就一直用那个姿势蜷缩在她的两腿之间，好像他是她刚刚生出来的婴儿，又好像他随时都准备离开这人世，返回他的故乡。女人整晚上一直抱着他，轻轻拍打着他。小调在隔壁的房间里睡得很熟。

第二天早晨离去的时候，他给女人留下一些钱，到晚上的时候又来了，仍是整晚上抱着那女人，离去时又留了钱。周而复始了多日之后，他忽然对女人说："以后我来养活你和小调吧，我每个月有四千块钱的收入，够养活你们。"

他惧怕一个人待在家里，家里到处是宋之仪滞留下来的气息，甚至她尸体上的霉菌都在屋子里的每一个角落繁衍生长开花结果。他一走进屋子便觉得宋之仪还躺在那张床上，还睡在那绿色小花的被子底下，还在那里等他喂饭喂水。他真的带着荒诞的相信走过去了，他想象母亲的离去其实是他刚做的一个梦，现在是梦醒的时候了。他甚至满怀信心地站在了这梦的边缘，等着纵身往深渊里一跳。揭开那被子一看，下面是空的，只有一个年深日久烙出来的人形凹槽静静地躺在那里，枕头上有母亲留下的几根灰白色的头发。他再次无法分清究竟哪个是梦境，他到底站在梦境里还是现实里，到底是梦中的他在看着他，还是他正阴森森地看着梦中的自己。立起来的三维空间如高墙一般把他困在最里面，上面、下面、左面、右面、背面、正面，全是宋之仪破碎的零散的器官和影子。他趴在床上静静流了一会儿泪，然后，他小心翼翼地把那几根灰白色的头发收了起来。

他不肯回家，生怕碰见邻居，白天便去桃园里徘徊，趁天黑下来再去麻叶寺巷的小调家里。然而这天他一出门就碰到了对面的段老太，段老太正把手袖在围裙下站在自家门口，一见他出来了便笑眯眯地看着他说："怎么好久不见你推着宋老师出来溜达了？宋老师的病怎么样了？我还想着这两天买点好吃好喝的去你家看看她呢，结果敲门没人应，整天连你个面儿也逮不住，今天总算逮住你个面儿了。"

宋书青浑身一哆嗦，在阳光下忽然有窒息了几秒的感觉，好像他正沉在水底看着岸上的段老太。然后他听见自己冷静得有些异样的声音，摸上去像玻璃一样光滑寒脆："我妈她这几天回我乡下的小姨家住去了，住一段时间或许对身体好，乡下空气好。我小姨家吃的蔬菜都是自己种的，一点化肥都没下。我妈已经有好转了，都能自己拿勺子了，就是手还抖。"

他感到当他特意加上最后一句话的时候，就像有一条蛇从他嘴里游过，倏忽的，冰凉的，血腥的，然后游到他身体深处狠狠咬了他一口。他几乎呻吟出来，却只是痛苦地闭上了嘴。

段老太从围裙下抽出一只手，搭起一个凉棚，饶有兴趣地看着他说："哦？已经能拿勺子了？宋老师真是命大，都不用人喂饭了，还能自己拿勺子吃饭了，说不来过两天就能下地走路了，我可等着她来我家串门了，自打她都不能走路串门了，我这心里呀，就觉得空落落的。"

他勉强竖起一个直直的背影消失在了段老太的视野里。然后，背影轰然塌下来，他拖着残破的影子向桃园走去。前面的桃园像一个大梦一样正安静地、诡异地等着他，他只想躲进去，简直都有些急不可待了。一走进桃园他就看到，那棵大桃树下正站着一个小小的身影在挥舞宝剑。他阴着脸走了过去，小调看见他过来便停住了，可是也并不怎么敢看他。他怒冲冲地对男孩说："你怎么又逃课了？好不容易把你送回学校上学，你怎么老是逃课？你看看一年级的小孩们哪个年龄不比你小，你比人家大就更应该好好学习。"

男孩不说话，只是低下头去仔细摸着宝剑被磨坏的毛边。男孩的态度更是激怒了他，他一把夺过他手里的宝剑。"没听到我和你说话吗？你现在不好好学习，长大了怎么办？让你妈妈一直养着你吗？等你到了我这年龄还让你妈养着你吗？"

话刚说完，他感觉像拿兵器砍矵到了自己的骨头上一样，是很钝的痛，他痛苦地弯下腰去。男孩跳起来夺过了自己的宝剑，大声对他说："不要你管。我不喜欢你老去我家，你又不是我爸爸，我爸爸在澳大利亚。我给我爸爸打过电话，他就要从澳大利亚回来了。"

他的眼泪几乎下来了，却又伸手一把把男孩的宝剑夺过来，做出要把宝剑扔出去的样子，说："你去不去上学？你为什么不好好上学？我小的时候是想上学都没学可上，学校不要我，我没有进过一天学校，我连什么是学校都不知道。可你现在有学上了，为什么不去上？你说，为什么不去？"

男孩跳起来要够那把剑，嘴里不停地叫着："要你管我要你管我，你是谁要你管我，你又不是我爸爸还住在我家里。谁要你管我，谁要你管我。"

他一把把那把剑掷了出去，宝剑掉到了密林深处。男孩突然不说话了，只是阴森森地无声无息地看着他，看起来正在变成一团发酵的固体，散发出一种能腐蚀人的气息。宋书青一阵后悔，想开口跟男孩解释点什么，张开嘴却又说不出一个字，只觉得内里在被一把大火焚烧，五脏六腑都已瞬间成灰。

男孩跑进了密林深处寻找他的宝剑。他看着男孩的背影，忽然觉得眼前的景象是在他自己身体上打开的一扇窗户，站在这窗前，可以看到神谕般的晨光正渗进这幽暗的斗室。窗外是许多年前的风景，到处是大字报，背着炒黄豆、踩着两脚血泡的学生们四处走动搞大串联，学校的老师们在扫大街，八岁的小男孩宋书青则躲在桃园里最大的那棵桃树下。那棵桃树结满了青色的桃子，那些青绿色的圆形果实挤在树叶的后面，像大大小小的乳房，以至于看起来充满了母性，像一个千秋万世哺育过无数子孙的庞然怪物。

如今窗外的桃树依旧，那棵最大的桃树因为苍老看起来更加虬媚，它似乎可以就这样永生永世地活下去，可以年年在白发苍苍的头颅上依旧开出艳丽的桃花，它已经有了妖的气质。树下的男孩抚摸着树的年轮，像在八岁之前就已经路过了湖泊、山川、春风、秋霜，最终埋葬了自己的白骨。他忽然如此想成为男孩的父亲，因为他深知一个没有父亲的人的今生和来世。

就在黄昏降临的那一个瞬间里，他想不顾一切地冲过去，把那男孩拥入怀抱，把他四十年虚度的光阴如祭祀一样全部虔诚奉上。他希望男孩能接住这祭祀，能慢慢咀嚼、慢慢吞咽，能让其慢慢流入枝杈蔓延的青色血管。如果可能，他愿意变成男孩的父亲，他愿意替男孩提前走过人世间所有的婚礼和葬礼。而这不是因为他爱这个男孩，他爱的其实是这黄昏时分人间所有徐徐开放的伤口。那些伤口饱满艳丽又安静诡异，如这桃园深处的那几座小小的坟墓，正盛开在大地之上。

男孩在桃园深处捡到了自己的剑，但并没有向他走来，只是站在那里，像一个小小的剑客一般，执着自己的宝剑冷冷地看着他。

开始有更多的邻居关心起宋之仪的病情。这天他刚走到自己家门口，房前的老张夫妇就向他包抄过来，张老太的手里还提着一篮鸡蛋。老头老太唯一的儿子五年前死于车祸，如今就靠老头贩卖点核桃、枣什么的来维持生计。他在看到那篮鸡蛋的瞬间，手猛地一抖，钥匙差点掉在地上。张老太仔细端详着宋书青的脸，说："书青啊，怎么出去这么久？你妈一个人在家里能行吗？我早就说要去你家看看你妈，这不终于抽出一点时间了，我就想着买点什么实惠呢，还是给她买点鸡蛋吧，咱们房前房后的，什么实惠买什么。快开门啊，让我们进去坐坐。"宋书青紧紧捏着那把钥匙，听见自己声音在发抖："我妈去了我小姨家，还住在乡下，没回来呢，我明天要回乡下去看她。"

"你妈怎么还住在乡下，走了有一个月了吧，老住在人家家里也不是个办法吧。"

"乡下空气好，对身体好。"

"赶紧接回来，你说你都不伺候她还有谁愿意伺候？指望别人那不更是假的？"

等他开了门，老头老太又坚持一定要把鸡蛋给他送进去，他说："不要不要，你们留着自己吃吧。"张老太脸一沉，说："是看不起我们吗？鸡蛋是花不了几个钱，可也不要看不起我们哪，都是房前房后的。"

　　他不再挣扎，任由他们进去放鸡蛋。院子里多日没有打扫过，看起来荒芜破败、没有人迹，只有那棵枣树看起来分外茂密繁盛，叶子上闪着一层异样的釉光，整棵树看起来繁茂到阴森的地步。老头老太放下鸡蛋四处张望，一边狐疑地抽着鼻子，捕捉着空气里滑过的蛛丝马迹。宋之仪曾住过的那间屋子严严实实地拉着窗帘，看不到里面，这使这间屋子本身就具备了一种奇怪的硬度，锋利地矗立在那里。张老太说："我就羡慕你妈当老师，退休了还有工资养老，多好哇。"一边说着一边朝窗户里张望。宋书青忙说："我妈在乡下，真不在屋里。"老太重复了一遍："你看看我又忘了，你妈她，回乡下了是吧？"

　　终于送走了老头老太，那篮鸡蛋却留了下来，放在枣树下。他有些惊恐地看着那篮鸡蛋，不知该如何处置它们，好像它们是老头老太扣留下来的一个人质。

六

他日夜躲到麻叶寺巷的女人家里，好让邻居们以为他去乡下接母亲去了。

夜阑人静，小城深处，昏暗的灯光下有一男一女，女人坐着，男人跪着，男人在给女人洗脚。女人不安却并不挣扎，只是深深吸一口气，呆坐在向日葵图案的床单上。男人一边为她洗脚一边说："直到我妈死了很多天之后我才慢慢清醒，慢慢明白过来，我再没有机会给她洗一次脚了，你知道我多想再给她洗一次脚。把她那双瘦骨伶仃的脚捧在手里的时候，就好像我正捧着她的一辈子。她的脚后跟上满是裂纹，一个大拇指因为受过伤变形了，特别肥大，看起来很丑陋。可是当你把那样一双脚捧在怀里的时候，你就会觉得她的根在你的手上，就好像她永远都不会离开你。让我给你洗洗脚吧，谢谢你。"

他跪在这假想的母亲面前，虔诚地为她洗脚。他想用这无边的静谧的深夜去包扎她所有的伤口，让她看起来有一种誓死不休的美。

他想起母亲临死前那些无法掩饰的丑陋，那不能人语的丑陋，那两腿之间的丑陋，那不再粉饰太平的丑陋，那终于要离开桃花与少年的丑陋，那魂魄即将告别肉体的丑陋。他想在这个深夜里一一给她补偿。

他为她刚买的新衣正挂在窗前，一袭红色的长裙在夜风中飘摇，如同一个柔媚无骨的女人正悬挂在今夜的月光下，合二为一，不知生死，也无须知生死。在今夜，活着与死去已经失去了界线。他买来的肉和点心正搁在盘子里，如同庙堂里隆重的祭祀，正袅袅地冒着青烟。

"母亲，今夜我在这里等你就如同你当年带着阴谋与恐惧静静等待我的到来。有时候我恍惚，为什么那个必将到来的人是我，而不是别人。可是我和别人又真的有区别吗？如果你此刻从云端俯瞰下去，我和那些别人是不是都长着一模一样的面孔，是不是其实根本没有任何一点区别？其实每个人都有可能做你的孩子，只是碰巧我们相遇了。"

他和女人每晚抱在一起睡觉，就只是抱着，别的他从不想。女人试图主动过，因为花他的钱，觉得不安。他说："不行，能让我抱着你就好，能抱着，我就觉得离我母亲还很近。因为有时候我觉得小调就是那个小时候的我自己，看着他就像在看着我自己。对了，明天一定让他去上学，不能再让他逃课了。"

隔壁的房间里似乎传来几声低低的抽泣，他打了个寒战，是不是小调在哭？女人仔细听了听，哭声停了。她说："他晚上睡着了就不会醒的，小孩子都睡得死，可能是在做噩梦。"

第二天早晨起来后，他到隔壁房间叫小调去上学，却发现隔壁的床上是空的，小调已经不见了。他把手放在男孩躺过的褥子上，温的，说明男孩刚出去不久。他想他是不是自己去上学了，或者又去桃园里玩耍了。等到中午吃午饭的时候，小调还没有回来，女人去学校找，他则偷偷摸摸地去桃园找，生怕路上碰到熟人问他："你妈身体怎么样了？你怎么不守着她自己出来了？她身边没人照顾能行？"

他溜进桃园，桃园里静悄悄的，没有一个人影。午后的阳光从枝叶间筛下来，斑斑驳驳地落了一地，树底下长着蘑菇、蒲公英，还有滑腻的青苔。他一边找男孩的影子，一边往桃林深处走去。已经走到那口井边了，仍然没有男孩的影子。他知道再往前走就是那三座坟墓了，它们对他一直有一种奇异的引诱，就如同一种必将到来的黑暗蛰伏在那里，他向它们走近的时候总有一种被催眠的感觉。忽然，一片落叶敲在了他的肩头，他猝然停住了，慌忙转身，从桃园里逃走。

直到天黑男孩都没有回家，宋书青和女人打着手电筒在县城里一直找到半夜，几乎把县城里的每一条街巷都找过了，就是没有见到小调的影子。半夜回到小调睡的那间屋子，只见被褥还是他早晨离去时的样子，像一只遗失在大地上的蝉蜕，冰凉而透明。

"你还不懂得在这人世间，一场大雪因为过于洁白就会接近春天，有多少日子因为耽于薄酒看起来便像极了快乐；你还不懂得一棵树长得越高、离太阳越近，根就扎得越深越暗。那么多植物的苦苦生长，不过就是为了镇压那一场枯而又荣、荣而又枯的徒劳。"

他把手伸进那被子里，想触摸到男孩的体温，在那一瞬间他甚至怀疑男孩是不是正躲在被子里和他开了一个玩笑。然而被子里是一团坚固的冰凉，早已没有了温度。他忽然打了一个寒战，像想起了什么，打开柜子寻找男孩的储钱罐。果然，那只小猪储钱罐也不见了。他明白了，男孩带着他的全部积蓄去澳大利亚找他的父亲去了。这时女人又发现宋书青给他买的那身新衣服也不见了，大约是男孩穿走了，他想穿着新衣服去见自己的父亲。

背上行李来流浪

澳大利亚民歌

背上行李流浪，

从前有个快乐的流浪汉，

扎了帐篷在死水塘旁，

古里巴树下好阴凉。

他坐着歌唱，

等待壶里水烧开。

你会跟我一起，背上行李来流浪，

背上行李来流浪，流浪，

你会跟我一起，背上行李来流浪。

他们去公安局报了警。一天、两天、十天已经过去了，男孩还是杳无音信，下落不明。女人在县城的每一根电线杆、每一个十字路口都贴上了白纸黑字的寻人启事，男孩阴森森地站在每一张黑白照片里，如同一个无处不在的幽灵逡巡在县城的每一个角落。人们围着照片交头接耳，啧啧摇头，但是没有一个人知道男孩的下落。

男孩已经失踪半个月了。女人连哭泣的力气都失去了，白天晚上地陷入一种巨大的昏睡状态。这个深夜，他看女人已经睡熟，就一个人出门，飘出麻叶寺巷，向着却波街走去。夜很深了，月光雪白，除了他，街上看不到一个人影，只有零碎的狗吠像梦呓一般在月光下响起又落下。他无声无息地走过却波街，打开门进了自家院子。屋子里黑着灯，一团死寂。院子里月光流转，满地是荒芜的碎银，就着月光他看到墙头上的砖头有两块掉到地上碎了，大约是有人爬墙头向里窥视时不小心弄掉的。看来已经有不止一个两个人在怀疑宋之仪究竟是不是还活着了，也许哪天趁他不在家的时候，他们还会翻墙进来，在院子里、屋子里四处寻找关于宋之仪的所有的蛛丝马迹。一旦证实宋之仪其实已经死了，他们就会立刻向教育局告状，叫停一个死人的工资，并让他退回所有冒领的工资。他们不能忍受，当然也在嫉妒，身边有个活人一直在领死人的工资。

他惊恐地盯着那两块碎砖看了很久很久，然后扑通一声跪在了枣树下，紧紧抱住那棵枣树哗哗流泪。最近这棵枣树身上的妖气越来越重，叶子油绿，结出的枣一个个都硕大无比，鸡蛋似的挂在枝头，站在墙外都能看见枝头上可怕的大枣。午夜的月光越发凶猛，把人间的一切剪出了黑白的边缘。他跪在那里，只觉得千钧重的月光正夯入他的骨骼、他的血液，似乎整个世界的重量都正压在他的身上，一定要榨出他的那点原形来。他跪在那里一直哭到后半夜的时候，才慢慢从地上爬了起来，环顾了一下四周可有窥视他的人影，见一切寂静，便拿起一把铁锹，在枣树下挖了起来。挖了一会儿，他猛地停住了，再次跪在地上。那埋在枣树下的正是宋之仪的尸体。

月光把一切白的事物都照黑了：白的霜，白的时辰

白的骨头

小调已经失踪一个月了还没有找到。他不敢回却波街，便终日躲在女人家中，和女人一起猜测小调的下落。女人呆呆地说："他会不会是被人贩子拐走卖到别处了啊，他会被卖到哪里？云南，四川，贵州？他要是真被拐走了，我就一辈子都见不到他了。"他说："如果他被卖到一户家境好的人家，人家供他上学，给他吃好的穿好的，你说是不是你也会放心一点。"女人说："卖到好人家总比跟着我好，我都没有给他买过一个新玩具，他就只有他爸爸给他买的那把宝剑。可是那样他就连妈都没有了，太可怜。"他说："或许小调真的被卖到国外了，或许真的就去了澳大利亚，以后他长大了就过来认你，然后把你也带到澳大利亚。"她说："我不该骗他的，不该告诉他什么他爸爸去了澳大利亚，我只是想着说个遥远的外国地名骗他，没想到他会记得这么清楚，是我该死。"他说："也说不来再过几天小调就突然回来了，小猫小狗丢了一个月有时候还会自己跑回来，更何况小孩子还会说话，还会问人。"她便期待地看着他，问："你觉得可能吗？你觉得他还可能回来吗？"他说："说不来的，也许明天就回来了。"她又更期待地看着他的脸，说："你说明天吗，你觉得明天有可能？那就等明天吧。"

他们等完了一个又一个明天，男孩一直没有回来。有时候半夜院子里有一点响动，女人就会忽然从床上爬起来，披头散发地往外冲。"是小调，是小调回来了。"冲到院子里一看，只有满地苍白的月光和房檐上倏忽而过的黑猫的背影。

他把女人抱在怀里说："要是小调真的回不来了，我就做你的儿子，我会养着你，会一直对你好。"女人只是精疲力竭地哭泣着，并不说话。有丝丝缕缕的月光从窗格子里漏进来，在夜里织出了另一重的时空，在那个时空里，他看到年幼的自己正站在窗前，窗前摆着一瓶盛开的桃花，在他身后是宋之仪漠然地走来走去，不去看他，也不去看桃花。在他和宋之仪的身后是一面古老的穿衣镜，年幼的他从镜子里看到了那里面的第三重时空。在那重时空里，年老的他独自坐在一张桌子前，桌子的尽头有一群面目模糊的人正远远看着他。桌子上有盘子和勺子，盘子里是一堆鲜红色的食物，他仔细看去，那食物正在轻轻跳动，那是一颗心脏，是他母亲宋之仪的心脏。

午夜的月光越发惨白，所有的空间在瞬间凋零为幻象，只剩下床上干枯的男人和女人。

他把女人紧紧抱住，也泣不成声，他从小惧怕走进这个世界，现在，他和这世界之间唯一的遮挡物就是母亲了，准确地说，是死去的已经开始腐烂的母亲仍然在为他遮挡着这个世界。他体内的疼痛再次发作，他对女人哀求着："我叫你妈妈好吗，让我叫你妈妈吧。妈妈，我以前对你不够好，我真的对你不够好，我知道错了，可你要给我机会让我改正啊。现在你是我唯一的亲人，就把我当成小调吧，就把我当成长大后的小调，当我是你的儿子吧。求你了。"

一天天过去了，小调还是没有回来。

女人不再试图从他那里得到一次又一次的安慰和假设，而开始提着力气一天到晚往县城里唯一的教堂里跑。她终日在那里对着上帝祈祷，和一群年老的女人聚在一起捧着福音书唱圣歌。第一次在教堂里听圣歌的时候，她哭得几乎瘫倒在地上，此后逢人就说感觉自己进了教堂像回家了一样，说看来天上真是有一个父亲存在着，他会眷顾他所有受苦受难的儿女。

她也不再流泪，脸上终日挂着一层小心翼翼的僵硬的笑容，有人的时候她这样对人笑，没有人的时候她对着石头也这样笑。他有些看不下去了，说："你能不能不要整天都这样笑，老这样笑让人感觉挺害怕的。"她指了指天空，低声说："嘘，上帝会听到的。只要我够虔诚，上帝就会照顾我，就会让小调回来的。他们说只要相信就一定会实现。我就在心里想象一个天上的父亲，我信赖他、感激他，他就会真心来帮助我。人得信点什么啊，要是什么都不信了还怎么往下活。"

他想起了最后变成水仙花的那喀索斯，那喀索斯愿意沉入水底是因为他相信那水中的倒影是世界上最美的人。那倒影存不存在其实都没有太大的关系，只要他相信。

微风过处，繁花如雨，落红无数。

他又想起宋之仪跟他讲过："邻家妇有美色，当垆酤酒。阮与王安丰常从妇饮酒，阮醉，便眠其妇侧。"

当垆酤酒，眠其妇侧。柳外楼高，雨打梨花。不知春尽。

不知春尽，也挺好。

几千年过去了，我们还在受难、老去、离世、成灰，唯有留在水中的那些倒影明艳如昨天，连一丝衰败都不肯。

七

⚓

　　这天他刚走到女人家门口，就被梨形的郭老师一把抓住了。老妇人喘着气说："我就猜你在她家里，你啊你，也不回家去看看，每天就躲在这里，教育局的人正四处找你核实情况呢。"他脑子里嗡的一声，嘴上却硬说："他们为什么找我？"老妇人看看四下无人，连忙把嘴凑到他耳朵上说："听人说宋老师其实早就死了，你瞒着不报教育局就为了还能冒领她的工资，这是真的假的？"

　　他立刻面色如土，几乎从地上跳了起来，一把抓住老妇人的胳膊说："这是哪个说的，哪个说的？你带我找他去，我一定要问个清楚。"老妇人把胳膊从他手里拽出来，一边观察着他的表情一边说："我就是不信才问你，我说哪个至于连自己的妈死了都不敢给办个体面的葬礼，倒还要冒领着死人的钱，那真是忤逆不孝了。"他僵在那里，虚弱地对着空气说："是，哪个至于还要领死人的钱，哪个至于。"

老妇人又说："那你不回家照料你妈去，一天到晚待在这里做甚？"他说："我妈住在乡下养病，我这两天就把她接回来。"说完便仓皇逃走。在县城里失魂落魄地游荡了半日，他只吃了一只烧饼，又躲进桃林独自待了半日，直到黄昏时分才向却波街走去。正是晚饭时分，却波街上家家户户正端着饭碗坐在门墩上吃饭，不是小米稀饭就是柳叶面，日复一日。他从却波街上一路往过走的时候，所有的眼睛都一路跟着他往前走，这些眼睛都吸附在他的背上，形成了一整块石头或者玻璃一样的物体，冰凉地、沉沉地压着他的脊背。前方是从大地里、从泥土中缓缓升起的暮色，看上去仿佛是刚刚停泊在这个星球上的巨大飞船，浩大得近乎恐怖，似乎它将从这个星球上裹挟一切，再带走一切。

　　他就这样一路走到自己家院子门口，开锁进去。枣树依旧蛮横诡异地站在院子里，黑着窗口的房子看上去越发神秘破败，自从母亲离开之后，他就再没有勇气独自睡在这房子里。他坐在屋檐下点了一支烟，暮色更重了，不断把他引向一种更深的寂静，这寂静听久了居然如同一种音乐长出了肌理和花纹，似乎只要他沿着这肌理走下去，就可以走进某一种睡眠。忽然，他跳了起来，原来是烟灰烧到手指了。鲜红的烟头掉在地上，他赶紧吹那只手指。

　　等到手指的疼痛过去了，地上的烟头也熄灭了，一切重归寂静。他忽然觉得不对劲，似乎这寂静比刚才的更巨大、更坚硬，几乎像牙齿一样咬住了他。他打了个寒战，慢慢抬起头，却看到在他面前、在夜色的笼罩下站着十几个人，正悄无声息地看着他。他忽然想起进来时没有关门，他甚至不知道他们是什么时候进来的。他本能地后退了几步，然后在夜色中与他们静静对峙着。

对面的那群人里终于有人开口了，看不到脸，他却一下听出是对门老段的声音。因为面孔在黑暗中消融的缘故，说话的人可能也意识到了这点，声音听起来与往日很不同，就像是这声音吞噬并消化了他的面孔和五官，让他觉得骄傲又觉得愧疚，便在这声音里长出了鼻子、嘴巴、眼睛和牙齿。听他说话的时候，就能感觉到眼睛和牙齿正像蛇一样顺着这声音爬过来。老段借助着黑暗的力量，没有做任何掩护就直直说："你把你妈藏到哪儿去了？怎么一个多月了都没有见到她？"

他又往后退了一步，舌头几乎咬到了牙齿。他发着抖说："我妈她……回乡下她妹妹家养病去了。"

立刻有另一个声音从老段后面冒出来："老早就说你妈回乡下去养病了，怎么能在乡下住这么久？你为什么一直不把她接回来？你就这么不孝？"

他挣扎着，说："乡下空气好，她想多住一段时间，对病好。"

又有一个声音从黑暗中冒出来，那团黑黝黝的人影看上去就像一只九头怪兽，它的每一只头都能吐人言，都长着血红色的舌头。这个声音是女人的："骗谁啊，你妈是帕金森晚期，根本就走不了路，乡下空气好对她有什么用，还不是一天到晚躺着。你这么久了都不管她？"

他又往后退了一步，但是已经靠到墙了。他想到这些人都是却波街上的邻居，在一条街上一起住了这么多年，见面总会打个招呼，母亲身体好的时候他们还时常来串门，他从没有觉得他们身上有什么地方让他害怕的，都是些再普通不过的人，虫蚁一般活着。可是今晚，他忽然觉得他一个都不认识了，他们的面孔齐齐隐匿，他们在今晚变成了一个集体、一个庞然大物。他忽然想起了小时候看到过的忠字舞，又想起了十字街头的广场舞，这个夜晚忽然变成了一个无比熟悉的陌生夜晚。

又有一个声音朝着他飞了过来，是直直飞过来的，带着某种利刃，空气里都能听见寒光一闪。这个声音苍冷地说："是不是你妈其实早已经死了，你为了能继续领她的工资所以不敢告诉别人，也不敢下葬她？"

他整个人都贴在了那面墙上，他真想把自己埋葬在那面墙里。他几乎要哭了，说："没有没有，真的没有，我妈妈好好地在乡下，我明天就去接她回来。"

另一个声音很熟悉，是对面的段老太："光听你说回去接人就说了好多次了，总是不见你接回来，恐怕这人根本就不在乡下吧。"

他几乎号啕起来："在，在，你们信我，她在乡下，真的在。"

另一个声音说："你不会是还在领一个死人的工资吧？"

他的嘴只是本能地一开一合，像条马上就要窒息的鱼，机械地重复道："活着的，活着的，她活着的。"

人群里的怒气越来越浓重，像白天被晒过的花香在月光下开始发酵，开始膨胀，开始变成另一种更庞大坚固的物质。有人说："现在我们就进去找，看他能把他妈藏到哪里去！那么大一个人，要是死了这么多天藏在屋里，都不知道臭成什么样了。"众人响应，于是呼啦一声，人群拥进了屋子，灯啪地被打开了，他站在院子里看到一群人的影子如皮影戏一般在窗前游动。他们在两间屋子里丁零当啷地找了半天，什么都没找到便又回到院子里来。就着屋子里流出的灯光，他看到每个人的脸上都有一个镀金的侧面，像青铜的面具。这群人在院子里也寻找了一圈，翻找无果，忽然有人指着枣树下的花池说："会不会是埋在这里了，我在墙外就看见他家的枣树长得不对劲，像追了大力肥一样有劲，枣比鸡蛋还大。"

于是有人拿起铁锹就在枣树下的花池里挖了起来，又有人从自家拿来铁锹也帮忙挖，三五个人在月光下挖了很久，直到在枣树下挖出了一个阴森森的大坑，却仍然什么都没有挖出来，只好作罢。

折腾到后半夜，有人说"还是回去睡觉吧"，人群便陆续结伴散去。临出门前，一个女人还是回头对他说了一句："你不说你妈在乡下吗，那你明天就接回来，要不我们就集体去告你的状。"

人群终于消散了，只留下空落落的院子和院子里的他。被挖开的新鲜的土坑在月光下裸露着，犹如一个血淋淋的伤口呈在那里。他彻夜坐在那土坑边抽烟，把烟头像种子一样一个一个埋入坑里。

第二天早上，他正想去麻叶寺巷看看女人的时候，忽然见街上的人们哗啦啦朝一个方向跑。只听见两个小孩子一边跑一边兴奋地说："快去看快去看，那边修下水道的时候挖出了一个死孩子。"他脑子里轰隆一声，几乎站立不稳，连忙扶住墙站了一会儿，然后跌跌撞撞地往麻叶寺巷冲过去。他冲进女人家的院子，院子里静悄悄的，没有一个人。他跑进屋里，也没有一个人。他明白了。再走出院子的时候，还有很多人一路小跑着紧走着往前赶，好像今天是一个盛大的节日。他也被人流裹挟着往前走，甚至都不用自己迈步居然就走到了事发现场。

挖下水道的工程已经被暂时搁置，挖开的管道边围着厚厚一圈人。他四下里看看，这是麻叶寺巷和沙河街的交叉处，其实离女人家根本没有几步。挤进去的人无不发出惊叹声，有的从人群里跳了出来，捂着眼睛表示不敢再看，有的一边嘴里啧啧着一边却上瘾了似的又回头看去。他站在那里只听见里面有人说："可惜哇，这才多大的孩子，怎么被埋到这里了？你说是不是人贩子把小孩打死了，还是小孩偷东西被打死了？"又有人说："这是哪儿来的小孩，怎么也没父母管着，是不是没吃的饿死了？"有胆大的使劲探头往前看，边看边和后面的人汇报："看不清啊，脸都腐烂了，哎哟，烂得什么都看不清了，不过衣服没烂，头发没烂，看穿的衣服应该是个男孩。"

他站在几步之外看着这圈密密匝匝的人，觉得此刻自己一个人正在水底看着这群人在水面上划船嬉戏。他只能看到他们的船底，却无论如何都游不上去，接近不了他们。他恍惚听到他们说的话了，也明白他们在说什么，又恍惚觉得听到的不过是饭时的闲话，是来自异国他乡的传说，这传说距离他还有十万八千里，他不需要担心，也不用害怕。但在这样安慰自己的同时，他感到自己其实越来越焦虑、越来越恐惧，他眩晕到几乎站立不住。他紧张地寻找着女人的影子，不知道她此刻是否被夹裹在这人群里。

半天看不到女人的影子，也许她还没赶到。他深深吸了两口气，站稳了，咬住了牙，使劲朝着那厚厚的人墙撞去。有人这样往里撞，围观的人措手不及，都骂骂咧咧起来，齐齐看他。他趁着这空隙硬是蛮横地挤了进去，面前的土坑里果然躺着一具小小的尸体。他忍着巨大的眩晕和恶心仔细辨认着那具尸体，尸体已经严重腐烂，脸看不清了，但身上穿的衣服还能看清，多长的头发也能看清。他想起小调走的那天身上穿的是他买的那身衣服，便仔仔细细地辨认着尸体上的那身衣服，最后断定这一定不是小调的衣服，又觉得尸体的身高也要比小调高些。他松了一口气，两腿一软，便坐在了地上。他心里想着，赶紧和女人解释去，赶紧告诉她，不是，不是小调。

正在这个时候，人群最外面忽然传来长长的一声尖叫，那声音像是从一个山洞的最深处、最靠近心脏的地方发出来的，黑暗浓烈，类似兽的声音。所有的声音瞬间戛然而止，他们齐齐回头寻找着那个声音的源头。

他坐在地上就明白了，他拼命想从地上爬起来，却起了几次又跌倒，最后他终于支撑起自己摇摇晃晃的身体，从人群最里面撞了出去，然后一眼看到了人群最外面一个匍匐在地一动不动的女人。

他架着女人走出人群，一步一步往前走。女人已经走不了路了，只是被他架着，拖着两只脚往前移动。看热闹的人群又从男孩尸体那里分散出一部分，紧紧跟在他们后面。他拖着女人往前挪，女人不看他，也不看路，不知道正看着哪里。他对她说："我已经辨认过了，不是小调，绝对不是小调，你放心，一定不是小调，那是别人家的孩子，真的不是小调。"她不说话，也不哭，看她的侧面，安详得可怕，简直什么都看不出来。她好像已经听不懂他说的话了，她根本不知道他在说什么。上午的阳光十分灿烂，把她的脸照得特别清楚，他像是第一次看清楚了她究竟长什么样。她居然长着两排长睫毛，眼睛虽然睁大了朝前望，却像是看不到任何东西。他又口干舌燥地说了一句真的不是小调，她仍然不语。

他们沿着麻叶寺巷一步一步往前挪，他想起第一次在那棵大桃树下见到男孩的情景，男孩握着那把磨起了毛边的塑料宝剑，十分爱惜地对他说："让你玩一会儿吧……这真是一把好剑啊，你说是不是？"又想起男孩仰起头对他说："告诉你一个秘密吧，我有一只储钱罐，里面已经攒了一百个金币了，我已经有一百块钱了。等我攒够了金币，我就坐轮船去澳大利亚找我爸爸去。"

女人还是没有发出一点声音，一点动静都没有。他有些害怕了，使劲捶着她的背说："想哭就哭吧，哭出来就好，求求你了，你哭出来吧。"女人好像终于听懂了他在说什么，她的表情开始慢慢变化，她的嘴角、她的眉梢、她的目光在阳光下都忽然开始了一种奇妙的化学变化，这变化很缓慢、很迟钝，就像一种物质还不足以彻底质变为另一种物质，就像电影分镜头一样一点一点地上演着。忽然，他浑身一怔，便立在那里动不了了。在他刚才侧过脸去看她的一瞬间，他绝望地看到了她脸上最后的表情——一种很诡异的笑容。

他明白了，她终于被自己的恐惧逼疯了。

八

⚓

　　男孩的尸体一直无人认领。最后他主动要求处理男孩的尸体，把男孩埋在了桃园深处。那里已经有大大小小四座坟了，一座是看桃园的老人的，一座是瘸子的，一座是那条叫花花的狗的，另外一座是宋之仪的。他在那个月夜，悄悄把她从院子里的枣树下挖出来，又悄悄把她埋进了桃园深处。现在，在它们的旁边又添了一座小小的坟——一个陌生男孩的坟。

　　他坐在它们旁边，久久陪着它们，点起一支烟。正是秋天，肥熟的桃子无人来采摘，只有大喜鹊和麻雀们整日飞过来大快朵颐。熟透的桃子扑通一声掉在地上，过不多久它就会被风沙掩埋到泥土里，腐烂，发酵，然后冬天一场大雪覆盖其上。等到来年春天的时候，这只桃子会不会就又长成一棵桃树？那把一个人埋入土中，到底会生长出什么？他想起了小时候他唯一一次坐火车出门的经历，那次是母亲带着他去父亲的老家河北。绿皮火车在平原上慢慢爬过的时候，他从火车车窗里看到路边的荒原上有很多大大小小的坟墓，有的挤在一起抱成团取暖，有的孤零零地坐在旷野上终日与一棵老树为伴；有的怀抱着一块体面的墓碑，有的只是寒酸干瘪的一抔黄土，随时会被风沙踏平。他平生第一次发现在没有人烟的荒野里居然聚集着这么多的坟墓，甚至发现它们的数量其实并不比活着的人少。它们无声无息地聚在一起，好像已经结成了属于它们的另一个王国，在它们的王国里也有风、有雨、有花、有草、有朝霞、有落日，也许还有国王和仆从，有穷人和富人。它们有它们的四季，它们有它们的循环，它们甚至是永生的，那些千年的老坟会在岁月里修炼出类似江河群山或群山之上的烽火台的气质——永固，彪悍，坚不可摧。远远看着怡然平静的它们，你并不觉得它们是这大地上的创伤，它们只是这缤纷大地上的一个群落。

犹如麦田。

犹如鸦群。

犹如农人。

犹如动物。

犹如植物。

犹如城市。

犹如乡村。

我在麦田中间，诚恳，坦率。负担爱的到来和离开

也负担亲人的到来，离开

低矮的屋檐，预备好了为途中的麦子遮雨

他想，活人的世界在它们看来，是不是其实只是一种幻觉、一场大梦？因为它们早知道他们必然的结局，便由着他们、纵容他们、宠溺他们，把他们当成孩子，直到他们也变成它们的那天。

眼前这五座大大小小的坟墓错落有致地聚在一起，看不出它们活着时有什么宿怨，有什么悲伤，甚至也看不出它们有什么往事。现在它们只是在秋风中安安静静地陪伴在一起，也许不久，它们将连最后的一点肉身都消散成烟，它们曾经作为人和动物的痕迹将从这世界上彻底消失。而它们雪白的骨头将如所有的种子一样深埋在泥土之下，衍生为一棵新的桃树、一只新的蝉、一株新的蒲公英、一个新的孩子。

那个叫小调的男孩仍然没有回来。他已经发疯的母亲日日守在门口望着那条他离开的路。

宋书青再次出现在了却波街上。此时宋之仪已经在教育局正式被注册死亡，工资停发，冒领的工资被退回。这日，宋书青穿了一双布鞋，布鞋的前脸上蒙着一层白色的孝布，这是在给亡者记孝的意思。他背着一只大筐，筐里装满了五颜六色的布料，他在夕阳下慢慢走过去的时候，简直像背着一筐璀璨的晚霞。却波街上的十户人家，他挨家挨户地走进去，放下一匹布料作为对母亲丧事的回礼，邻居们一脸惭愧，慌忙摆着手说："不行不行，不能要不能要，我们又没上礼，怎么能要你的回礼。"宋书青并不看对方的脸，也不说话，只是放下布，又在院子里趴下身，对着眼前的人毕恭毕敬地磕一个头就离开了，再进下一家院子。他一家一家地磕过去，一家一家地留下一匹布料，路过自己家门口的时候，他只看了一眼，就从那扇门前过去了。枣树油绿色的枝叶正在墙头摇曳着。他走过的地方，邻居们一路送出来，集体站在他背后默默目送着他。

已是黄昏，落日又在西边的群山之上烧起了一把大火，小城看起来无比宁静祥和。一群燕子从巷子上空呼啦啦飞过，向远处的魁星楼飞去。他一步一步走出了却波街，慢慢走远，慢慢从人们的视野里消失了。

此后再没有人在交城县见过宋书青和那疯女人。

后来听一个去省城刚玩回来的人和别人讲，他带着孩子在汾河公园游玩的时候见过宋书青和那女人。他们在汾河里划着一只租来的小游船，正一圈一圈地在河里转圈。

他听见宋书青一边划船一边对坐在船上的女人说："沿着这条河一直划下去就可以到澳大利亚了。"

（本文部分诗作引自余秀华《月光落在左手上》。）